Ilaria Pasqua

Il GIARDINO DEGLI ARANCI

Il mondo di nebbia

Nativi
Digitali
Edizioni

I edizione cartacea: aprile 2015

Nativi Digitali Edizioni snc
Via Broccaindosso n.16, Bologna

ISBN: 978-88-98754-44-1

www.natividigitaliedizioni.it
info@natividigitaliedizioni.it

seguici su:

Disegno in copertina e retrocopertina a cura di
Progetto grafico ed Art Direction: Stregatto
design Illustrazione di Davide Corsetti

Contatti Ilaria Pasqua
www.ilariapasqua.net
Profilo Facebook
Profilo Twitter
Profilo Linkedin

A chi tiene il mio mondo
al riparo dalla nebbia

Capitolo 1

È la paura che li tiene legati qui.

"È solo la paura. Non siamo noi" disse il Primo Sacerdote mentre osservava dall'alto le lunghe mura che circondavano quella città incantata.

"La nostra stessa paura" aggiunsero gli altri quattro all'unisono, nascosti nei loro mantelli. Una lieve brezza agitava i tessuti che li circondava e li avviluppava, rendendoli prigionieri.

**

Si sentì una voce, poi due che dicevano: *"Non puoi restare, non devi restare. Trova la strada"*.

Con questa frase nelle orecchie, Aria aprì gli occhi. Come ogni mattina le mancava il respiro. Quel suo incubo che la assillava da settimane, forse da mesi, ormai aveva perso la cognizione del tempo, non era spaventoso in sé, ma l'atmosfera, così come le sensazioni che emanava, le toglievano il fiato.

Percepiva il buio, appiccicoso e profondo, come se ogni notte, e poi ogni mattina, lei allungasse il collo all'interno di un pozzo scuro e cercasse di scrutare una luce che non c'era. Eppure continuava a cercare, sperando che quel buio si dipanasse, per risolvere quel mistero del suo inconscio. Perché era il suo inconscio, supponeva, che dava vita a quell'incubo.

"Chi altro?" si disse stropicciandosi gli occhi e scalciando con le gambe le coperte dalle lenzuola. Non si alzò per molti minuti, rimase a occhi chiusi in silenzio, calmando il respiro e concentrandosi solo su questo. Sapeva che intorno a lei il suo incubo stava già prendendo forma. Quando li riaprì, trovò vicino ai suoi piedi un procione che fluttuava, una piccola nuvola d'inquietudine. Non capiva ancora perché i suoi incubi assumessero quella ridicola forma.

"Stupido procione" urlò lanciandogli contro le coperte. Aria non riusciva neanche a guardarlo, gli occhi del procione erano due fessure buie e inconsistenti, due caverne in cui temeva di scorgere ogni sua bruttura.

Si alzò dal letto e inciampò in una scarpa che era rimasta in mezzo alla stanza. Davanti al letto, la scrivania era stracolma di libri, fogli, disegni scarabocchiati e altri più complessi. Sulla destra, poco sotto una piccola finestra che si apriva in cima alla parete, vi era una tela appena iniziata, solo uno schizzo nero su un fondo bianco, che non aveva ancora alcun significato.

Aria andò in bagno trascinandosi dietro il suo incubo. Una volta che il suo turbamento assumeva quella forma era impossibile fargliela cambiare. Ogni mattina si ritrovava in compagnia di quel procione, qualunque incubo avesse avuto. Le metteva angoscia essere seguita da quella nuvola nera, ma non poteva liberarsene, era legato a lei e, con il tempo, non aveva potuto far altro che abituarsi alla sua presenza. Non aveva sentimenti, né vita. Era un prolungamento dei suoi pensieri notturni, nient'altro. Era una parte di lei, elaborata dal suo inconscio.

"Perché dargli peso?" si ripeteva ogni mattina. Eppure sembrava molto più di così, gli altri non se ne accorgevano, ma lei sì.

Gli incubi erano qualcosa di inconsistente e allo stesso tempo di materiale, non era solo un pensiero ma un altro braccio, una gamba, una parte della sua stessa carne. Ogni mattina le sembrava di partorire una nuova inquietante verità, di tagliare a fette la sua mente, le sue ansie, e servirle su un piatto ben visibile a tutti, per poi gettare ogni cosa via. Si sentiva divorata da quelle assenze, un giorno dopo l'altro, ma ancora non l'aveva compreso a fondo.

S'infilò nel box doccia colpendo per sbaglio il vetro scorrevole, che oscillò pericolosamente facendo un brutto suono, le accadeva ogni mattina involontariamente, non riusciva mai a ricordare di stare attenta. Si lavò i capelli neri con lo shampoo alla vaniglia, se li asciugò rapidamente e, una volta tornata nella sua stanza, si infilò un paio di jeans e una camicia comoda. Raccolse da terra lo zaino e andò in cucina con passo trascinato.

"Ciao", salutò con voce fiacca.

"Ciao raggio di sole. Come al solito di buonumore" disse sua madre che aveva già fatto colazione, si era appena infilata una giacca nera pronta per uscire.

"Che ci vuoi fare, non tutti sono mattinieri come te" rispose sedendosi al tavolo e spalmando un generoso strato di marmellata alla fragola su una fetta biscottata.

"Su, tesoro, cerca di sbrigarti". La madre le piazzò un bel bacio sulla fronte proprio come la ragazza odiava di più.

"Mamma, dai" sbuffò scostandosi.

"Se non ne approfitto quando sei mezza addormentata, quando altro posso farlo?" ridacchiò lei, poi fece segno alla figlia di pulirsi la fronte.

"Rossetto" disse, poi sorrise e uscì.

Aria sentì i suoi passi risuonare nel piccolo corridoio che separava la cucina e le altre poche stanze, dalla porta d'ingresso. Infine il rumore secco della porta che si aprì cigolando, e il tentativo della madre di chiuderla delicatamente.

"Le buone maniere non sono di casa" disse Aria ridacchiando, con il suo incubo sempre ben attaccato alla gamba. *La mamma neanche si accorge più della sua presenza*, pensò lei buttando giù l'ultimo pezzo di fetta biscottata.

Dal frigorifero tirò fuori la bottiglia di latte e scrollò le spalle bevendo a canna. Se avesse preso un bicchiere, avrebbe dovuto lavarlo, per questo preferì bere direttamente dalla bottiglia.

"Figurarsi", si disse rimettendo il latte al suo posto e chiudendo lo sportello con energia. "Andiamo, fra poco ci sarà il tuo sacrificio", disse con tono seccato, odiava quel rito mattutino, e ancor più stupido le sembrava mettersi a parlare con quell'animale di fumo. Eppure non riusciva mai ad ignorarlo. Spesso si fermava a fissarlo sperando che quell'essere l'aiutasse a risolvere l'enigma. Quella voce familiare che le diceva di non rimanere lì, non riusciva a identificarla.

Non esiste nient'altro che questo posto, dove altro potrei mai andare? disse lei tentando di dare una reale forma a quella frase.

Perché quella persona continuava ad assillare le sue notti?

Quella mattina il sole era ben alto in cielo, eppure una nebbia leggera si era posata sui tetti delle case, come ogni giorno. La città era nascosta da un velo e Aria era costretta a vederla esclusivamente attraverso di esso, come da una sorta di schermo, o un paio di occhiali particolari che era costretta a indossare e che dettavano il modo in cui dovesse guardare il mondo.

Non riusciva a vedere bene i confini del quartiere, né il cielo.

"Buongiorno signora Frost" urlò alla vecchia vicina, che era in piedi a fissare il sole, stringendo in mano una tazza di caffè fumante, persa nei suoi pensieri. Sulla sua spalla c'era un piccolo grillo di fumo nero.

"Signora Frost! Buongiorno" urlò di nuovo.

La donna sembrò svegliarsi e si voltò: "Buongiorno a te, mia cara, tutto bene?" chiese dolcemente ma in modo sbadato.

"Sì, grazie, e lei?" domandò Aria fissando il piccolo grillo.

"Bene" rispose vagamente.

"Si ricordi di andare al punto di raccolta, fra poco la prima chiuderà" disse preoccupata la ragazza. Quella vecchia signora le aveva sempre fatto una gran tenerezza, con quell'aria dolce e vagamente distratta.

"Il punto di raccolta, sì, oggi ho un ospite" disse sorridendo.

Aria abbozzò un sorriso imbarazzato: "L'avevo notato". La ragazza non riusciva a capacitarsi di come molte persone trattassero i loro incubi, come fossero animali da compagnia, piccoli esseri viventi bisognosi di affetto. *Sono solo incubi, cavolo!* pensava sempre. "Arrivederci, io vado" disse improvvisamente Aria.

"Ciao, buona giornata" rispose la donna fissando il suo grillo.

"Anche a lei" disse infine la ragazza percorrendo tranquillamente il vialetto. Arrivata in strada si inserì nella processione di persone diretta verso i vari punti di raccolta. Ce n'era uno per ogni quartiere. Lei solitamente si dirigeva verso quello di passaggio. La scuola non era lontana, ma non avrebbe mai avuto la forza di deviare verso quello di sinistra, nonostante fosse più vicino. Andare verso la scuola, lasciare il pacco e proseguire le sembrava più naturale, come se quella pausa in realtà quasi non esistesse. Il deviare avrebbe presupposto un'interruzione del suo cammino mattutino, quasi un impegno più gravoso della scuola stessa. Una sorta di accettazione del fatto che seguiva le leggi stabilite dai Cinque Sacerdoti per il bene comune, e lei tutto voleva tranne ammettere di dare retta a quelle regole. Non poteva fare altro, però, e anche se non deviava, passando al punto di raccolta e fermandosi pochi istanti, niente poteva cancellare quella sosta, quell'accettazione. Seguiva la legge, non poteva negarlo, e ne aveva bisogno. Portarsi dietro quel peso era per ogni essere umano insopportabile. Quella legge, in un certo senso, permetteva lo svolgimento di un servizio necessario alla sopravvivenza di tutti, anche se odiava quei cinque uomini incappucciati che la dettavano.

"Per quale motivo non si fanno mai vedere?", si chiedeva sempre Aria.

Quella mattina in molti avevano avuto incubi.

Aria proseguendo nel suo cammino incrociò un suo compagno di classe, Martin. I capelli rossi spiccavano tra le persone, il ragazzo era spesso in compagnia di una lucertola attaccata al braccio che sembrava succhiargli energia vitale. Ogni giorno quel ragazzo appariva ad Aria sempre più bianco e magro. Le guance infossate e gli occhi cerchiati la inorridivano. Non capiva se quell'aspetto fosse un difetto di natura o l'effetto dei suoi incubi.

Chissà in base a cosa i nostri incubi assumono una forma. Perché lui ha una tenebrosa lucertola e io quel coso strano? È un'ingiustizia, si ritrovava a osservare.

Per quale motivo le era toccato quel procione ossuto? Come se poi lui avesse delle ossa. L'incubo era una sorta di marchio di fabbrica. Molto spesso, infatti, si ritrovava a incrociare persone che la deridevano, o che deridevano quelli che avevano incubi dalle forme ben più assurde e inutili del suo: a volte incrociava un uomo che si portava dietro un incubo a forma di ombrello. E allora rideva anche lei. *Che assurdità!* pensava, *un ombrello! Ma è ridicolo.*

C'era gente che sognava raramente, oppure che non sognava proprio, anche se era quasi impossibile. Quella città era la città degli incubi, dei sogni oscuri e lei non sapeva il perché. Nonostante la gente vivesse felice, ogni notte le persone facevano tonnellate di sogni, insulsi o meno, come se una volta addormentati fossero loro a richiamarli. Ne producevano in quantità industriale, senza ragione. O forse una c'era. In classe, tra gli amici, nessuno parlava di ciò che aveva sognato. Era diventato, o probabilmente lo era sempre stato, un tabù. Lei non rispettava questa regola, d'altronde non era una legge.

Un ragazzino di cinque o sei anni più giovane di lei le tagliò la strada.

"Ehi imbecille, stai attento a dove vai" urlò senza ritegno, e molte persone si voltarono. Aria li guardò male.

"Ehi Aria", la voce robusta e amichevole di un ragazzo la raggiunse da sinistra, "non riesci proprio a essere più gentile?"

Aria si voltò subito. "Henry, buongiorno, finalmente una faccia amica" disse sbuffando. "Lasciamo stare…"

"Fa piacere quando mi saluti con tutto quell'entusiasmo" rispose lui trascinandosi dietro una mangusta.

Aria rise senza volerlo.

"E dai, mi avevi promesso di non ridere" disse lui grattandosi la testa imbarazzato.

"Scusa, non ho proprio resistito, è così buffa", ridacchiò lei indicando la mangusta.

"Non è che il tuo procione sia meglio" rispose lui per difendersi.

Intorno le persone si voltarono a guardarli. Erano capitati accanto a un gruppo di uomini adulti, dall'aria silenziosa e in parte truce. Alcuni scuotevano la testa come se non accettassero che i due ragazzi scherzassero su una cosa così seria, forse in parte avevano ragione. Eppure Aria non poteva far a meno di ridacchiare alla vista di quella mangusta, soprattutto perché associata a un tipo come Henry, molto posato, serio e di classe. L'immagine strideva come mai nessun'altra.

"Tua madre come sta?" chiese Henry che andava terribilmente d'accordo con la signora e Aria non riusciva a capacitarsene, visto che con lei la madre non era tanto simpatica.

"Come al solito, è sola e nervosa" rispose lei pensando ad altro.

"Sicuramente gli manca tuo padre. Nessuna novità?" Il ragazzo era ingenuamente preoccupato, mentre lei non ci pensava molto, poiché quell'uomo era sempre stata un'ombra nella sua vita. Non credeva che meritasse le sue attenzioni, visto che se n'era andato o così le sembrava; iniziava a confondere le parti del suo passato, come se sbiadissero piano piano, sostituite da altre idee.

"Wade è sparito da… non so, da talmente tanto tempo che io non lo ricordo. E sai anche che mia madre non pensa ad altro. Forse spera ancora che torni. Queste sono cose che non si dimenticano" disse con tono distaccato, contrariata da quell'argomento.

"Scusa, non volevo infastidirti" disse dispiaciuto il ragazzo.

"Bah, tranquillo, non ricordo più nulla di lui, né da quanto sia sparito; non me lo ricordo" continuò a ripetere senza capacitarsene. La cosa la sconvolgeva.

"È come se ci avessero piazzate in quella casa, cancellando una persona. Un paio di foto sono appese ai muri, certo, ma la sua presenza è scomparsa, anzi, è quasi come se lui non fosse mai esistito. Sai che sembra? Come se qualcuno avesse scritto il copione della mia vita e di quella di mia madre, eliminando un ruolo ma facendo in modo che non lo dimenticassimo. Non è assurdo?" iniziò a ridere dopo aver parlato a raffica.

"È una follia" concordò Henry.

"Comunque è un argomento che non sopporto" disse Aria con voce aspra.

"Mi… mi dispiace" ripeté l'amico, che si ripromise che non avrebbe mai più chiesto qualcosa a riguardo.

Aria si sforzò di sorridergli, poiché Henry era rimasto male dal suo tono duro, ma lei non poteva farci niente, non riusciva a controllarsi. Eppure doveva ricordarsi di quanto l'amico avesse un animo delicato. Come poteva rispondergli male? Era sempre così attento a lei e a sua madre, così gentile!

"Tranquillo. Con te mi piace parlarne" mentì lei per risollevargli il morale, e funzionò. Il ragazzo sfoderò un sorriso solare, quasi dimenticandosi di essere in mezzo a quella folla di gente nervosa.

Aria guardò le persone che camminavano stanche e trascinate verso i punti di raccolta. Proprio davanti a lei vi era una donna accompagnata da un bambino di fumo, un'altra più anziana da un uccello. Di lato un incubo aveva preso la forma di un mantello nero che strusciava a terra occupando metri di terreno, mentre un altro, poco distante, aveva l'aspetto di uno scheletro.

Agli occhi di un estraneo quel gruppo misto di persone, sarebbe potuto apparire come un plotone di condannati scortati all'inferno da spettri maligni. Infatti, gli incubi erano subdoli, ti seguivano, silenziosamente, strisciando nell'ombra, erano come una catena sottile che ti legava al tuo inconscio, a una parte buia della tua mente a cui non potevi accedere, e che però eri costretto a portarti dietro. E ancora peggio, a mostrarla al prossimo.

In molti individui c'era una sorta d'imbarazzo, come se gli altri potessero scorgere nell'incubo vero e proprio, il buio della propria anima. Eppure era possibile solo in un caso: se una persona ci passava attraverso, allora avveniva una sorta di cortocircuito, l'incubo si trasmetteva, i due sogni si mescolavano stordendo i possessori, e molti svenivano, altri vomitavano. Una spiacevole situazione. Ma non era solo questo, le persone a cui succedeva, si risvegliavano sentendosi diverse, non sapevano spiegare qualcosa che non capivano, ma era quella l'impressione che avevano sempre avuto. Per questo ognuno camminava ben distanziato dall'altro, seguendo un proprio percorso. E così anche Aria e Henry, che procedevano spalla a spalla, senza che nessuno li potesse superare, né che loro potessero farlo a vicenda. Erano perfettamente allineati, come soldati in una marcia all'alba, condannati a morte che proseguivano attraverso la nebbia.

Era uno spettacolo particolare quello. Aria ci pensava spesso. Avrebbe tanto voluto vedere dall'alto come la cosa apparisse.

"Aria, ci sei?" disse all'improvviso Henry. La ragazza si era persa in qualche pensiero fissando i capelli biondi dell'amico e non aveva aperto più bocca.

"Scusa" disse subito lei abbassando lo sguardo, "mi ero distratta".

"L'avevo notato. Ci siamo comunque. E meno male che siamo usciti presto, guarda lì".

Il punto di raccolta dove solitamente si recavano era affollatissimo quella mattina, segno che quella notte gli incubi erano stati tanti. Ma la raccolta, in fin dei conti, era piuttosto rapida, una questione di qualche minuto.

Aria si mise pazientemente in fila: "Che strazio, vorrei tanto che finisse" disse spazientita.

"Peccato sia impossibile. Potresti smettere di fare incubi". Lei gli lanciò un'occhiataccia come per dire: *Se potessi, pensi che non lo farei?* Ma lo sguardo era bastato.

"Dai su, scherzo" disse l'amico, poi abbassò di colpo la voce "che hai sognato stavolta? Sempre quella stanza con la voce sconosciuta?"

"Sì, non mi lascia in pace" sbuffò lei tirandosi indietro i capelli neri ancora leggermente umidi.

"Non vorrà dire niente. Tranquilla. Spesso si intestardiscono solamente. Magari a te quello sfogo notturno fa bene. Per questo il tuo inconscio continua a replicarlo" spiegò da gran sapientone.

"Non fai altro che ripeterlo. Comunque non importa" disse lei. La mattina non aveva assolutamente voglia di riflettere, e poi quel discorso l'aveva già sentito mille volte. Aria continuava a rispondergli che un senso doveva averlo e lui controbatteva con quella storiella dell'inconscio che replica. Il ragazzo non era aperto alla possibilità che quei sogni potessero essere dei messaggi. Non lo accettava.

"È per questo che continui a sognare sempre la stessa cosa. Se continui a rimuginare su che cosa significhi, non te ne libererai mai" l'ammoniva lui.

Aria si distrasse di nuovo, poche file più avanti c'era uno dei suoi compagni di classe. Non aveva mai scambiato con lui che poche parole. Il ragazzo si voltò come se avesse percepito il suo sguardo addosso e con aria truce guardò prima Aria, dopo Henry, poi infastidito tornò nella sua posizione. Aria osservò il suo collo bianco e provò una fitta. Adorava quel collo e non sapeva il perché. Le piaceva e basta.

"Che guardi?" chiese Henry indispettito.

Lei saltò sul posto. "Niente. Che fila, eh?" balbettò. Henry era così possessivo alle volte. Erano amici da... non sapeva neanche da quanto, da anni comunque, e lui, probabilmente, aveva una cotta per lei. Perciò ogni volta che Aria notava qualche bel ragazzo, provava una sorta di senso di colpa nei confronti dell'amico. Perché doveva sentirsi in colpa?

Guardò i suoi occhi azzurri: "Veramente tanta fila" ribadì. Lui la scrutò in silenzio.

Il suo compagno di classe nel frattempo era scomparso tra la folla. Aveva i capelli neri ed era facile che si perdesse tra le altre teste dello stesso colore. La sua corporatura era all'apparenza esile, ma lei sapeva che aveva un fisico asciutto ma muscoloso, l'aveva notato durante gli allenamenti in palestra. Non era altissimo, eppure lei al suo confronto appariva una nana, come se si ritirasse vicino a lui. Ma anche accanto a Henry faceva la stessa, identica figura. Anzi, anche peggiore. Henry era eccessivamente alto.

Aria cercò ancora il collo del ragazzo, ma nulla da fare, si era volatilizzato. Tanti altri le sfilarono di fronte: tozzi, pelosi, troppo magri, troppo lunghi, troppo corti... in quel momento decise di arrendersi.

Non poteva fare a meno di osservare il suo compagno di classe, così come faceva con Henry. Sin da quando si era ritrovata in classe con lui, si era interessata a quello che facevano, una curiosità che le sembrò naturale. Erano entrambi due bei ragazzi. Perché non avrebbe dovuto guardarli? Eppure quando li osservava sentiva una scossa, un qualche avvertimento, come quando si è distratti e la mente cerca di svegliarti.

"Tanta fila" confermò il ragazzo allungandosi.

L'incubo di Will prendeva la forma di un serpente, e questo l'aveva frenata, come se quella forma la facesse pensare male di lui. In un certo senso credeva istintivamente che gli incubi prendessero la forma dell'anima della persona, perché provenivano dalla profondità di sé, attingevano dal loro buio, da quell'inconscio incompreso. Aria ne era quasi convinta e non riusciva a scacciare quella sensazione. Se quel ragazzo si portava dietro dei serpenti, beh lei non voleva averci niente a che fare. E per questo non si avvicinava. Eppure scacciava quell'idea, perché avrebbe dovuto ammettere che la forma della sua anima fosse quella somigliante a un procione spelacchiato e dall'aria cattiva, per giunta. Non che gli altri incubi avessero un aspetto migliore, erano tutti bui, cattivi. Gli incubi lo sono per natura. E per questo bisognava discostarsene. Mentre rifletteva su questo, Aria era sempre più vicina a quella cupola trasparente in cui avrebbe scaricato il suo incubo. Era una struttura piccola, alta neanche due metri. Da ogni parte si aprivano delle fessure circolari che correvano tutt'intorno e la stringevano come una collana.

Nel frattempo, un ragazzo dai lunghi capelli biondi nascosti sotto a un cappuccio blu, si fece spazio tra la folla, camminando in diagonale. Aria si ritrasse, così come fecero tutti gli altri. Il pensiero che i loro incubi potessero incrociarsi li terrorizzava.

Sembrava fissare proprio lei e si avvicinava sempre di più, fino a che d'impulso si affiancò ad Henry. Il ragazzo non distolse lo sguardo da lei neanche un secondo, in un attimo incrociò Aria e le diede una forte spallata, facendola quasi cadere, poi le lanciò un'ultima occhiata e scappò via confondendosi tra la gente. In quel momento altre due persone, qualche fila più avanti, si erano allontanate deviando verso la direzione del ragazzo.

Henry sorresse l'amica tenendola per il braccio. Notò quanto la ragazza si fosse fatta pallida. Aria aveva sentito una piccola scossa al loro scontro. Il ragazzo era trasalito e l'aveva guardata negli occhi come se avesse voluto strapparglieli.

"Non aveva nessun incubo con sé" disse Henry per tranquillizzarla, ma lei continuava a tremare; solo in quei momenti notava la fragilità di Aria, sempre molto sicura e intraprendente. Di scontrarsi con gli incubi aveva disperatamente paura. E anche del suo incubo aveva paura.

"È venuto dritto qui" disse Aria cercando di riprendere la calma.

"Come?" chiese Henry senza capire.

"L'ho visto da lontano, mi fissava e l'ha fatto di proposito" spiegò lei staccandosi dall'amico e infilando le mani nelle tasche della giacca. Si guardò intorno per vedere se qualcun altro ci avesse fatto caso. Cercò di carpire dai visi degli altri qualche informazione, ma tutti tiravano dritto, con lo sguardo fisso verso le cupole.

Intanto era trascorso poco da quando era uscita in strada, almeno così le sembrò, visto che il tempo in quella città era una cosa relativa. Non si era mai sicuri del suo controllo, o non lo si era abbastanza.

"Ma figurati" ridacchiò lui. "Niente paranoie, dai. Non aveva incubi, comunque. E mi pare che tu non abbia vomitato. Sei sempre tu" disse lui sorridendo dolcemente, poi le tirò indietro i capelli neri con il dorso della mano, senza resistere, e tornò a fissare davanti a sé serio. L'espressione stupita e infastidita di Aria era stata un colpo al cuore.

"Ci siamo quasi" disse Aria per alleggerire l'atmosfera silenziosa.

Una parte della folla proseguì verso i successivi punti di raccolta, mentre quella che rimase ferma si separò in due. Aria andò verso la cupoletta di destra e così fece Henry.

La gente si sistemava tutt'intorno alla struttura circolare, aspettando che uno dei distruttori fosse libero, venivano chiamati così quei cilindri trasparenti in cui andava inserito l'incubo. Erano delle provette piuttosto alte, che facevano assomigliare quella struttura a una torta charlotte. Ad Aria veniva l'acquolina in bocca solo al pensiero. Aveva una gran fame e si tastò lo stomaco che borbottava. Se fosse riuscita a svegliarsi prima la mattina questo non sarebbe accaduto, avrebbe avuto tutto il tempo di imburrare più di una fetta biscottata, masticarla senza tranguiare e strozzarsi, magari proseguire con latte e cereali senza essere costretta a scegliere. E sarebbe persino riuscita a evitare le battutine di sua madre.

"Fra poco ci andiamo a prendere qualcosa da mangiare, che ne dici?" chiese Henry che conosceva l'appetito dell'amica, stomaco brontolone o meno. E in tutta risposta Aria emise un sonoro sì, e aggiunse: "Mangerei un bisonte".

"O un procione" disse l'amico e scoppiò a ridere mentre alcune persone si voltarono.

"Spiritoso" disse Aria senza voltarsi verso il suo incubo. Lo sentiva ansimare sul collo. Sentiva che era lì, come se avesse al piede una catena e stesse trascinando una palla di ferro. Ormai la gente si era abituata a quelle presenze, ma a lei la sensazione di quel peso rimaneva.

Aria si avvicinò alla provetta e prese quel maledetto procione in mano. Solo il suo sognatore poteva farlo. Solo per loro, al tatto, quell'essere non era intangibile e fatto di fumo, eppure nessuno lo prendeva tra le dita, se non in quel momento. A contatto con la pelle del suo sognatore, l'incubo sembrava assumere forma.

Aria infilò il procione nella capsula cilindrica in cui un turbine potente di aria lo aspirò. Lo stesso fece Henry.

Aria si sgranchì la schiena alzando al cielo le braccia. "Oh, finalmente".

Anche Henry sembrava più sollevato. Aria si voltò più volte, mentre cercava un punto da cui poter prendere fiato, libera dal respiro della gente che ancora sentiva addosso.

Ogni mattina era un piacere scrollarsi di quel peso, ma quella sensazione non resisteva a lungo, quel sollievo era di breve durata.

Il distacco da quella parte di sé si faceva sempre più fastidioso per Aria e le lasciava dentro una sorta di vuoto che si allargava pian piano, come una voragine nello stomaco. La ragazza si sentiva comunque prigioniera della quotidianità di quel mondo, percepiva la subordinazione, eppure non sapeva che ricondurla a quelle noiose giornate e non a qualcosa di più grande.

Alla privazione che ognuno di loro, senza saperlo, subiva, ogni giorno.

"Che fai lì imbambolata?" chiese Henry alla ragazza, che se ne stava immobile a fissare il grande orologio ad acqua della città.

"Niente. Non hai l'impressione a volte di girare a vuoto?" domandò immersa in un pensiero.

"Come? Ci risiamo ancora." disse lui sprezzante "Non ti andava di mangiare qualcosa?"

Lei sbuffò e arresa disse: "Sì". Poi tornò con gli occhi sull'orologio.

"Andiamo." fece Henry e le toccò la spalla "Possiamo fare un salto in caffetteria ma dobbiamo sbrigarci".

Insieme passarono sotto il grande orologio ad acqua della città, rotto da ormai tanto tempo.

Capitolo 2

Sotto le cupole trasparenti e le loro capsule, lunghi tubi correvano verso la stessa direzione: la città energetica. Uno stratificato laboratorio mascherato agli occhi dei cittadini, che non ne conoscevano la reale funzione.

La grande zona energetica era a tutti gli effetti una piccola città circondata da alte recinzioni e ben sorvegliata, annessa a quella più grande, dove il resto dei cittadini viveva. Era ai margini ma non distanziata, nonostante le recinzioni la facessero sembrare un'isola separata, era parte integrante del luogo. Al centro s'innalzava un edificio che tutti sapevano essere il centro di controllo dei Cinque. Era, infatti, dalla balconata posta in cima che i Cinque si facevano vedere per parlare ai cittadini. Nessuno sapeva niente di loro, eppure alla gente non interessava, perché essi permettevano la loro sopravvivenza pacifica. Quel sereno fluire senza angosce.

L'edificio centrale era sormontato da una cupola scura, il cui interno era invisibile dall'esterno.

"Mmm, oggi grande raccolta" disse uno dei Cinque Sacerdoti dal suo trono di legno intarsiato.

"Sì" rispose quello più vicino.

I Cinque Sacerdoti erano seduti comodamente su cinque differenti troni e si stavano nutrendo dell'energia che vorticava nella cupola, come facevano ogni mattina. Le scintille e i lampi di luce apparivano come la promessa di un temporale. In quei momenti i Cinque erano sempre da soli. Nessun essere umano normale avrebbe potuto sopportare una scarica elettrica tanto forte.

Dopo pochi minuti la grande energia si disperse, lasciando l'aria libera di circolare.

"Ne vorrei ancora" disse il Primo Sacerdote lasciando il suo trono. Il mantello rosso strusciò a terra, seguendo i suoi passi lenti e calibrati.

"Potremmo averne, se riuscissimo a risolvere quella questione" disse il Secondo Sacerdote seguendo l'altro. Il suo passo era calmo eppure nervoso, strattonò il mantello blu per aggiungere un effetto alle sue parole.

Il Terzo sembrava riflettere. "Andiamo a vedere". Si diresse subito verso l'uscita, il suo mantello era giallo come il sole e le sue movenze più accentuate.

"Sì, andiamo" intervenne il Quarto dal mantello verde.

Il Primo rimase fermo di fronte a una strana costruzione, attaccata alla parete più nascosta, in una stanza attigua che sembrava sovrastare quella in cui si ritiravano a riflettere. Un ampio tubo di circa sette centimetri correva a spirale sulla parete terminando il suo percorso in una piccola sfera trasparente. All'interno del lungo tubo un liquido rosso, grumoso e scuro, lo percorreva dall'estremità, riempiendone il volume per meno di un quarto.

Il Quinto Sacerdote era l'unico rimasto dietro di lui. "Abbiamo tempo ancora. Abbiamo tempo".

L'ansioso Sacerdote sussurrò: "Tempo che non è infinito. Non per questo". Poi superò la soglia.

Il Quinto non aggiunse altro, seguì tutti in silenzio. Il suo mantello nero fu l'ultimo a uscire dalla porta.

I Cinque percorsero i corridoi sgombri e salirono sull'ascensore interno, che separava la loro zona da quella dei laboratori, posti negli edifici circostanti.

L'impianto scese per sei piani, poi si spostò a destra attraverso un tunnel vetrato, per terminare la sua corsa proprio al centro del primo laboratorio.

Una moltitudine di uomini in camice si trovava in un'ampia sala dai muri oscurati. Nei dodici edifici della città lavoravano in segreto allo scopo di trasformare gli incubi in energia, credendo che servisse, come gli era stato detto dai Cinque, a rifornire la città. Senza neanche immaginarlo, questi uomini erano parte di un progetto ancora più importante, un progetto segreto su cui solo i Cinque avevano il completo controllo.

Nessuno degli uomini impiegati nei laboratori sapeva che l'energia in cui traducevano i loro incubi, quelli di familiari, amici e sconosciuti, non serviva ad altro che a donare potere ai Cinque, permettendo di mantenere vivi non solo loro stessi ma l'intera realtà, mentre i cittadini che spremevano non erano a conoscenza neanche di quello che gli impiegati sapevano. Infatti, credevano che gli incubi venissero disintegrati una volta abbandonati ai punti di raccolta. Non avrebbero mai potuto immaginare, né ci avrebbero creduto se qualcuno glielo avesse rivelato, che i loro sogni notturni, oltre a tenerli prigionieri in quella città, alimentavano il dominio e permettevano la sopravvivenza dei Cinque. Le persone non potevano sapere neanche che fossero al centro di un inquietante progetto che i Sacerdoti tenevano nascosto.

Da una parte, ciò che i Cinque avevano detto ai loro impiegati era la verità: l'energia alimentava la città, la teneva in piedi, ma attraverso di loro.

L'energia veniva assimilata dai Cinque e automaticamente quel mondo veniva ricaricato, confermando un altro giorno.

L'ascensore da cui i Cinque erano usciti era circondato da un ampio spazio quadrato non occupato, che fungeva da atrio. A circa sei metri di distanza, proprio di fronte a loro, era posto un ingresso che dava direttamente sul primo laboratorio, quello del piano terra, predisposto, come gli altri piani, a smistare gli incubi. Lì venivano studiati quelli sospetti e quindi utili, e quelli inutili che potevano essere tramutati in semplice energia. Di quest'ultima parte si occupavano gli altri edifici.

Il piano terra di quell'edificio era la zona centrale, quella che coordinava le altre.

Gli uomini guardarono a destra e a sinistra le alte pareti bianche, poi verso la donna che sedeva alla scrivania e che controllava gli ingressi. Schizzò in piedi e sparì dietro le porte scorrevoli alle sue spalle.

Dopo pochi istanti un uomo baffuto sui quarant'anni si mosse nervosamente verso i cinque mantelli che celavano agli occhi degli altri le loro figure. Nessuno era mai riuscito a vedere neanche un lembo di pelle dei Cinque, che indossavano persino dei guanti.

Lo scienziato ricurvo torceva le mani l'una nell'altra e sudava abbondantemente, come se si trovasse di fronte a un incendio da cui non poteva scappare.

"Signori, prego, seguitemi" disse servizievole. "Anzi, dopo di voi". I Cinque entrarono e lui li seguì incespicando tra i suoi piedi.

La stanza attigua era occupata da tre file di scrivanie, in cui una schiera di analisti lavorava ai dati che gli addetti delle altre stanze gli facevano pervenire. Il ticchettio continuo prodotto dalle loro dita sulle tastiere s'interruppe di colpo alla vista dei Cinque Sacerdoti.

Un ragazzo occhialuto, seduto proprio alla prima fila, scattò in piedi sistemandosi il ponte degli occhiali e salutando con un cenno educato della testa. Il suo vicino, che sudava improvvisamente freddo, lo prese per la manica del maglione e lo tirò giù a sedere, come se avesse fatto qualcosa di sconveniente.

Tentando di fare cosa gradita, l'ometto baffuto, che nel frattempo si era fatto avanti, sgomberò una sedia alla sua destra e ne prese velocemente un'altra, con quel movimento fece cadere una pila di fogli a terra e fu costretto a piegarsi per sistemare il disastro che aveva combinato. Molti dei presenti si chiesero come potesse essere proprio lui a capo dell'intera città energetica.

"Non ci vogliamo sedere?" disse il Terzo uomo come se fosse più che ovvio.

Gli analisti ripresero il loro lavoro senza distogliere più gli occhi dagli schermi.

"Scusate, scusate" disse l'ometto raccogliendo velocemente le carte. Gettò tutto su una scrivania sgombra e si voltò di scatto.

I Cinque si spostarono con passo leggero in un punto della stanza più appartato.

"Eccoci qui. Bene, bene". L'uomo intrecciò le dita poggiandosi alla scrivania con una forzata nonchalance. "Allora, immagino siate venuti qui per avere novità" disse cercando di assumere un tono professionale.

"Sì", parlò il Primo Sacerdote facendo qualche passo in avanti.

"Seguitemi". L'uomo baffuto arrancò verso un'altra porta posta sulla destra. Tutte le teste erano voltate verso i cinque mantelli che oscillavano sulle mattonelle lucide, fino a quando non scomparirono, inghiottiti dall'oscurità.

La stanza in cui entrarono era il laboratorio centrale. Nella penombra si potevano vedere chiaramente i numerosi cilindri trasparenti, identici a quelli in cui i cittadini depositavano i loro incubi, collegati alle estremità da spessi cavi. Gli incubi venivano intrappolati sotto vetro e poi smistati, dopo le osservazioni gli inutili finivano in un altro edificio, per essere trasformati in energia.

Una quarantina di uomini in mascherina e camice stava ritta in piedi, ognuno di fronte a un cilindro, da una minuscola diramazione facevano fluire alcune gocce di un composto che permetteva loro di sezionarli, farli "rivelare", come dicevano i Cinque.

Ed era questo il loro lavoro. I Sacerdoti camminarono intorno alle capsule, osservando scrupolosamente da sotto i loro mantelli.

Un ragazzo dai lunghi capelli biondi legati con un elastico verde, li osservava con la coda dell'occhio, apparentemente pieno di curiosità.

"Dunque, purtroppo non ci sono novità a riguardo" disse l'ometto tutto d'un fiato tentando di mostrarsi sicuro. Si lisciò i baffi in un gesto e si voltò verso di loro.

"Per adesso nessuna indicazione. Gli incubi pervenuti sino a ora sono quello che sembrano. Nessuna sorpresa".

"È sicuro che non ci sia bisogno di aumentare la dose?" chiese il Primo.

"Forse si sono rafforzati" aggiunse il Secondo.

"Stiamo brevettando una nuova sostanza che potrà sostituire quella che abbiamo adesso. È ancora più potente, ve lo assicuro" disse pieno di soddisfazione l'uomo lisciandosi di nuovo i baffi.

"Quanto ci vorrà?" chiese il Quarto che si fece avanti quasi lievitando.

"Questione di giorni ormai". Lo scienziato si fermò accanto a uno dei suoi uomini che stava versando le due gocce sull'incubo che aveva di fronte: un libro dall'aspetto malandato che fluttuava in una capsula troppo grande per lui. In un istante il volume si disgregò emettendo un sibilo sordo, si fece fumo, si ricompose in una sfera violacea per poi scomporsi di nuovo.

Lo scienziato sospirò, spinse, con la punta del piede delle sue scarpe da ginnastica bianche, un tasto che fece sparire l'incubo dalla capsula, risucchiato apparentemente dal pavimento, per venir trasformato poi in energia durante il successivo passaggio.

"Noi sentiamo che sta accadendo. Siate scrupolosi per favore. La chiave mette in pericolo tutto ciò che abbiamo costruito" intervenne il Secondo Sacerdote.

"Lo so bene signori. Mi rendo conto dell'importanza del mio lavoro e di quello dei miei uomini" disse serio incrociando le braccia.

"Miei uomini" disse il Primo infastidito.

"Scusi, vostri ovviamente", si corresse l'ometto ritraendosi e ripiegandosi su se stesso.

"Vogliamo un esito quanto prima o troveremo qualcun altro che possa fare il lavoro, visto che tu non stai dando risultati" disse minacciosamente il Primo.

I Cinque si voltarono quasi all'unisono e, come fossero un unico corpo, uscirono senza dire altro.

L'uomo baffuto rimase ritto in piedi e li guardò allontanarsi attraverso il vetro deformante della provetta, gelato dalla paura.

"Devi stare calmo" disse il Primo con un tono di rimprovero nella voce.

"Come faccio a stare calmo quando qualcuno tenta di distruggere il nostro faticoso lavoro?" rispose il Secondo che aveva allungato il passo.

"E la nostra stessa esistenza" disse il Quinto, che parlava di rado.

"Non temere, quelli non sono così furbi e non credo abbiano la tecnologia adatta per contrastarci" intervenne il Secondo a tranquillizzarli.

"Forse la tecnologia non è necessaria per questo scopo, in fin dei conti" disse il Terzo sospirando, con la mano guantata ferma a mezz'aria, come in riflessione.

"Non dobbiamo abbassare la guardia. Staranno cercando un modo per trovare la chiave. E noi? Avremmo bisogno di più anime. Sai quanto abbiamo bisogno di ogni persona, ogni sognatore di questa realtà".

"Dovremmo aumentare la richiesta: più persone più possibilità di trovare il sigillo. Che diavolo stiamo aspettando?" chiese il Secondo uscendo dall'ascensore.

"Non possiamo forzare il processo" disse il Terzo saggiamente.

"È sicuramente nascosto e non ci metterà molto a manifestarsi". Il Primo si mostrava sicuro.

"Quella maledetta vecchia è stata furba. Ha trovato un modo di dare una possibilità a entrambe le realtà. Se lo trovassimo noi… Il mondo cadrebbe nelle nostre mani. Quando…" disse nervosamente il Secondo.

"Al contrario se trovassero quella chiave loro…" azzardò il Terzo.

"Non è stata furbizia… temo ci sia altro dietro" disse il Quinto, ma nessuno l'ascoltò.

"Tranquillo. Forza, andiamo a rifornirci ancora. Ne abbiamo bisogno" concluse il Terzo precedendoli.

I Cinque Sacerdoti ripresero l'ascensore e sparirono nel loro edificio.

**

L'edificio scolastico era stato da poco rimodernato, eppure non sembrava. Cambiare le vetrate e aggiungere mattoncini sulla facciata non si può chiamare rimodernamento, pensavano un po' tutti i ragazzi. E poi era l'interno quello che sarebbe dovuto cambiare. Le aule erano state ridipinte ma l'arredamento era quello di sempre: sedie di plastica, banchi di legno scheggiati, crepe qua e là che non erano state fatte scomparire.

Ciò su cui si erano concentrati gli sforzi era stata l'installazione di nuovi portali agli ingressi, più numerosi e, di conseguenza, più minacciosi.

"Che scocciatura. Perché ci tengono tanto?" chiese Aria calciando un sasso.

"Perché come sai, trattenere gli incubi nuoce alla salute peggio del fumo" rispose Henry alzando le sopracciglia. "È così, non fare quella faccia".

"Alla fine non possiamo saperlo se è così, visto che ce ne liberiamo" rispose infastidita Aria gesticolando.

"Vorresti provare?" Henry si era innervosito. "Perché non provi e non ti fai ammazzare? Eh? Che dici?"

Aria, che fino a quel momento stava camminando, si bloccò sul posto e si voltò verso di lui: "Vorrei avere almeno la possibilità di provare e vedere con i miei occhi se è vero" disse a voce bassa cercando di non mostrare il fastidio che provava.

"Che bisogno c'è, non ti fidi? Se dicono che fanno male, è così. Perché diavolo uno vorrebbe rischiare la vita!" disse Henry.

"Non lo so". Ed era vero, Aria non capiva perché provasse quel desiderio, non sapeva se la sua fosse semplice curiosità o qualcos'altro, una spinta in una direzione che non conosceva.

"Ehi", Henry prese per una spalla la ragazza che fissava la facciata dell'edificio persa nei suoi pensieri e la voltò verso di lui. "Fammi questo favore. Non ci provare mai, ok?" disse con voce dolce ma venata da una reale paura, come chi sta guardando un profondo dirupo dall'alto. "Ti prego" aggiunse cercando i suoi occhi che guardavano il punto in cui l'edificio toccava il cielo.

"Sì, ok" rispose lei abbassando gli occhi sulla finestra della sua classe.

Will era in piedi dietro il vetro e la guardava, come se stesse ascoltando.

"Tanto non potrei comunque" sussurrò poi dirigendosi verso l'ingresso.

"Vieni dai".

I ragazzi passarono in due dei portali e proseguirono. Non avevano rivelato incubi.

Aria ripensò a quella volta in cui uno dei loro compagni aveva tentato, per gioco, di passare attraverso il portale con un incubo ben nascosto. I suoi, ricordava, solitamente assumevano la forma di un porta sigarette, qualcosa che era facile nascondere nelle tasche, anche se lui lo teneva nei calzini, e così fece.

Il ragazzo passò fischiettando, mascherando il timore, mentre gli amici gli gridavano alle spalle di lasciar perdere.

Appena il piede del ragazzo varcò il portale, una serie di scariche luminose lo avevano colpito, paralizzato, liberato dell'incubo e rigettato indietro.

A quanto pareva, perché l'uomo non subisse danni, l'incubo doveva essere consegnato spontaneamente, dalle stesse mani del possessore. E i punti di raccolta servivano proprio a evitare che i cittadini si facessero del male.

Nessuno potrebbe strapparmelo dalle mani, ricordò di aver pensato Aria quel giorno. *Solo i portali fuori dagli edifici pubblici potrebbero farlo con la forza. Se non esistessero, niente mi impedirebbe di tenerli,* non capì perché di colpo le era venuto da pensare a una cosa del genere.

Il loro compagno era rimasto in ospedale per tre settimane. L'effetto collaterale del portale era stato devastante. Il ragazzo non faceva altro che urlare a ogni risveglio. L'incubo, dopo quel giorno, gli procurava un dolore fortissimo, come se ogni osso del corpo si spezzasse e nello stesso momento si ricomponesse paralizzando ogni muscolo. Anche il sonno era travagliato, faticoso, convulso, frenetico, come se si fosse costretti a salire una montagna con un peso insopportabile sulle spalle e poi, una volta in cima, si venisse spinti giù e si rotolasse tra aghi appuntiti, fino a giungere inermi su una superficie d'acqua gelida.

Questo raccontò il compagno ad Aria, il giorno in cui lei andò a trovarlo in ospedale. La ragazza si vergognò molto per la motivazione che l'aveva spinta ad andare a trovarlo, sapeva che era stata la curiosità più che la preoccupazione.

Quando vide il suo compagno, ad Aria sembrò che non fosse più lo stesso, come se gli avessero strappato un pezzo di anima, e questo rafforzava quell'impressione sugli incubi.

"Anche quello è un pezzo di noi, e noi ce ne priviamo con così tanta facilità" si diceva Aria. "È un peso, questo è vero. Un gravoso peso, ma è sempre un prodotto del nostro inconscio, di noi stessi. Non dovremmo gettarlo via". La ragazza si sentiva sempre più in colpa per quella sensazione di sollievo che provava nel liberarsene, eppure in quel poco tempo che ci passava assieme percepiva altro, oltre all'inevitabile peso, ma non aveva mai avuto il tempo di analizzarlo, perché se ne dimenticava ogni volta che si lasciava alle spalle il punto di raccolta.

Le fece effetto vedere il compagno ridotto in quella maniera. Dopo non seppe più che fine avesse fatto, non tornò a scuola né lei se ne interessò. Quella cosa l'aveva spaventata e non voleva affrontare ciò che al ragazzo era successo.

Quando Aria l'aveva raccontato a sua nonna, lei aveva riso, poi con sguardo serio e con un approccio completamente diverso, l'aveva convinta a non andare più a trovarlo, a pensare agli affari suoi. Forse era morto o non era riuscito a riprendersi, della seconda possibilità era più che certa.

In corridoio Aria si separò da Henry, che era in un'altra classe, ed entrò nella sua.

Gli occhi di Will erano ancora poggiati su di lei. La ragazza si meravigliò dell'interessamento, solitamente lui era sempre sulle sue, non fissava gli altri, né parlava molto.

Aria sorpassò il banco del ragazzo con un nodo in gola e si sedette al suo posto nel settore centrale, in penultima fila. Will non si era voltato, per fortuna.

Lei prese fiato, stranamente agitata. Quel ragazzo le faceva uno strano effetto, quando gli passava accanto a volte tratteneva il fiato istintivamente.

Aria rimase a guardare il suo collo pallido e i capelli neri disordinati per tutta la prima ora di lezione, chiedendosi per quale motivo quella mattina lui fosse sparito tra la folla, poi notò un movimento sotto la manica destra e scrutò il resto dei compagni per capire se qualcuno se ne era accorto. Tutti stavano in silenzio al loro posto, non c'era stata nessuna reazione scomposta di fronte alla possibilità che Will avesse portato in classe qualcosa, un animale o forse… "un incubo" sussurrò Aria rizzandosi sulla sedia.

"Qualcosa non va signorina Lind?" chiese l'insegnante.

"No, mi scusi" rispose Aria guardando verso la direzione di Will, che si era voltato. "Niente. Riprenda pure" continuò con una punta d'imbarazzo. "Ehi, che avete da guardare?" bofonchiò poi infastidita ai suoi compagni di classe.

La compagna del banco vicino, Cecile, allungò il collo: "Che succede?"

"Nulla Cece, dopo" disse in tono sbrigativo.

Cecile era una sua amica, non quanto lo fosse Henry, ma le era molto affezionata, era una ragazza simpatica, spigliata ma un po' impicciona. Aria a volte era infastidita dalle sue capacità percettive: se c'era qualcosa che non andava lei lo fiutava come un gatto col pesce.

Irritante, pensò Aria rilassando la schiena e mettendosi più comoda, poi aprì un quaderno e invece di prendere appunti scarabocchiò un simbolo, a ripetizione, riempiendo tutta la pagina.

Quando la lezione terminò, Cecile comparve in piedi al suo fianco.

"Insomma?" disse curiosa.

Aria guardò Will alzarsi, quel giorno indossava dei pantaloni neri e una semplice felpa bianca che gli calzava a pennello.

"Insomma cosa?" domandò Aria. Will si poggiò con la schiena a una finestra, un metro distante da lei.

"Cos'hai. Non me la racconti giusta. Sei strana oggi" disse l'amica piegandosi sul suo banco.

"Sono sempre strana" rispose allontanandosi e spaparanzandosi sulla sedia.

"Questo è vero. Ma oggi hai l'aria sospetta" disse con un tono cantilenante e si avvicinò ancora più a lei.

"Insomma Cece, non è niente. Davvero". Inconsciamente il suo sguardo volò su Will, che sembrava in ascolto.

"C'entra il bello e tenebroso?" insistette Cecile.

"Insomma basta, veramente non è successo niente. Sono solo un po' distratta". Aria si alzò in piedi e l'amica desistette.

"D'accordo, d'accordo. Ma lo sai, vero, che se hai qualche problema puoi parlarmene?" chiese lei mettendo il broncio.

"Tranquilla, lo so bene" rispose Aria addolcendosi; non riusciva proprio ad arrabbiarsi con lei, sapeva sempre come smorzare i suoi modi di fare.

"Passo in bagno, tu vieni?" chiese Cecile.

"No", rispose secca Aria che ancora guardava verso la finestra facendo finta di contemplare il sole velato da quella nebbia e il cielo biancastro. Poi il suo sguardo scivolò ancora su Will e si accorse che anche lui la stava guardando. I due rimasero così per alcuni secondi, come se volessero parlare di qualcosa che non conoscevano. Lui, Aria non l'aveva mai guardata, era lei quella che lo fissava ogni giorno, come una maniaca, una stalker del suo collo.

La ragazza notò per la prima volta quanto fosse profondo e significativo quello sguardo, perché se la fissava doveva esserci un motivo ben preciso. Lui non agiva mai a caso, ogni gesto era ben calibrato. O almeno così le era sembrato di capire, osservandolo. Anche durante le interrogazioni, lui parlava in modo composto e preciso, lo stretto necessario, mai niente di più.

Aria stava per farsi coraggio e andare a parlargli, per chiedergli cosa nascondeva nella felpa o se realmente c'era qualcosa, non ne era certissima in fin dei conti, ma la voce di Henry la raggiunse.

Aria lo vide prima fissare Will, poi salutarla dalla soglia dell'aula e lei, dopo un primo tentennamento, fu costretta ad andargli incontro, così com'erano rimasti d'accordo. Lasciò le sue cose sul banco, scordandosi di chiudere il quaderno e lo raggiunse.

Quando Aria lo superò, Henry stava ancora fissando il suo misterioso compagno di classe che era solo, mentre tutti gli altri ragazzi intorno a lui chiacchieravano fra loro, ignorandolo.

Henry era vistosamente infastidito dalla scena precedente, forse aveva percepito qualcosa, uno scambio, un discorso di sguardi interrotto.

"Tutto bene?" le chiese Aria mentre percorrevano il corridoio per raggiungere le finestre, che in fondo illuminavano un piccolo pianerottolo dove gli studenti amavano fermarsi.

"Certo" disse sorridendole. Poi la ragazza poggiò una mano sul vetro d'angolo per scostare la finestra. Un vento sottile e tagliente le sferzò il viso muovendo delicatamente i capelli, rimase in silenzio a guardare fuori il sole nascosto dietro quella nebbia.

"Oggi la nebbia è più fitta" sussurrò quasi a se stessa.

"A me sembra sempre uguale" disse Henry sospirando. Poi si accostò a lei e Aria gli fece posto, così che anche lui potesse respirare.

La campanella suonò all'improvviso e i due sobbalzarono, poi si guardarono stupiti che quei dieci minuti fossero passati così velocemente. Henry, senza dire una parola, la salutò e camminò verso la classe, lei fece lo stesso ma stranamente allungò il passo.

L'insegnante non era ancora arrivata quando Aria entrò in aula. Molti dei suoi compagni erano ancora fuori, Cecile non era al suo posto ma c'era Will in compenso, fermo di fronte al banco di Aria e guardava verso il basso. La ragazza registrò quell'informazione in ritardo, talmente era strano che lui si fosse mosso dalla sua area, compresa tra il banco e la finestra.

Will era concentrato a fissare degli scarabocchi che aveva fatto sul quaderno che aveva dimenticato aperto. Si sentì di colpo infastidita per quell'invasione di territorio. Chiuse il quaderno sotto i suoi occhi e il ragazzo sembrò volerle dire qualcosa.

Rimasero a fissarsi alcuni istanti senza parlare. Aria era avvampata non sapeva se per rabbia o per la sorpresa e per l'intensità dello sguardo di lui, così difficile da cogliere.

Una ciocca di capelli neri sul lato destro del viso era fuori posto, Aria lo aveva visto spesso tirarsela indietro durante le lezioni, e lo fece anche in quel momento, poco prima che l'insegnante entrasse e lui se ne andasse senza dire una singola sillaba.

"Ehi, perché guardavi il mio quaderno?", ebbe il coraggio di chiedere. Lui si fermò e la guardò con la coda dell'occhio voltando solo una parte del volto, poi si sedette e un'altra volta non disse nulla.

Aria era frustrata, si sedette anche lei, con il respiro mozzato in gola per lo sforzo. Quel ragazzo la faceva innervosire, con quell'ostinazione, quell'atteggiamento distaccato da duro.

Ma chi si crede di essere? pensò la ragazza con le guance arrossate e l'aria un po' buffa. Senza neanche pensarci su, prese il quaderno e glielo lanciò contro colpendolo su una spalla. Lui si voltò sorpreso. Lei lo guardò duramente, anche se si era già pentita di quello stupido gesto, ma in qualche modo doveva pur fargli capire quanto odiava i suoi modi di fare; perché non poteva semplicemente risponderle?

"Ma che fai?", Cecile era comparsa accanto a lei. "Che ti prende?"

"Niente" bofonchiò come una bambina, continuando a fissare il ragazzo con sguardo serio. Lui reagì in una maniera inaspettata, scoppiò a ridere, tentando di trattenersi, poi si coprì la bocca con il pugno e soffocò una risata sinceramente divertita.

"Cosa…", Aria scattò in piedi ancora più arrabbiata. "Che hai da ridere ora?", gesticolò lei mentre gli altri compagni di classe erano meravigliati quanto la ragazza.

"Sa ridere" disse un ragazzo della seconda fila.

"Wow, che dolce", Aria sentì dire da una tipa al terzo banco di cui non ricordava mai il nome.

Poi entrò l'insegnante e tutti furono costretti a sedersi. Le spalle di Will si muovevano ancora su è giù come stesse continuando a ridere.

"Ma che ti è preso?" sussurrò ancora Cecile, curiosa.

"Niente, gli ho fatto una domanda e non mi ha risposto" ammise lei.

Cecile si avvicinò all'amica: "Non mi sembra un buon motivo per lanciargli contro un quaderno" disse con tono di rimprovero.

"Mi ha fatto arrabbiare" bofonchiò lei.

"Però ho scoperto una cosa: almeno ride! Anche se è più figo quando tace" confessò Cecile sorridendo maliziosamente.

"Ceci!"

"Che c'è? Ti scandalizzi? Nessuna vuole ammetterlo, ma sono tutte pazze di lui. Quell'alone di mistero, quel distacco" disse lei facendo spallucce, "mica mi verrai a dire che è brutto, vero?"

"Che c'entra, no, non lo so. Insomma non ci ho mai pensato" rispose lei fissando il collo del ragazzo, poi distolse lo sguardo imbarazzata.

"Ah, no scusa. Tu hai quel gran pezzo di ragazzo che viene sempre in aula" disse Ceci dandole una gomitata.

"Smettila di chiamarlo gran pezzo di ragazzo. Insomma, lo conosci anche tu e comunque no, siamo solo amici" sbuffò lei; era la millesima volta che ne parlavano e non ne poteva più.

"Ma figurati" disse fissandola, ma lei non si voltò.

"Shh, inizia la lezione" disse per farla breve. Poi cercò di passare le ore successive a guardare l'insegnante piuttosto che Will, ma ogni tanto l'occhio cedeva verso di lui che si voltava. Continuava a pensare al perché stesse fissando quelle pagine del suo quaderno, avevano qualcosa di particolare? Le aveva guardate anche lei ma non aveva notato proprio niente. Forse era stato un caso.

Aria poggiò il mento sul palmo della mano e osservò l'aula silenziosa: i muri bianchi, quei pochi poster attaccati, la lavagna elettronica dietro le spalle della professoressa Mint, che spiegava attentamente un teorema di fisica, e la porta aperta.

Di fronte l'aula, proprio in quel momento, passò un ragazzo dai capelli lunghi e biondi, che catturò l'attenzione di Aria. La ragazza si rizzò sulla sedia e cercò di analizzare quel viso, poi si rese conto di conoscerlo. Era il ragazzo con cui quella mattina si era scontrata. Si chiese cosa ci facesse lì, sembrando troppo grande per andare ancora a scuola.

La consapevolezza della sua presenza la agitò, e istintivamente pensò allo spavento di quella mattina. Will, intanto, la guardava con la coda dell'occhio.

Anche lui ha visto quel tipo? E perché sembra così teso? pensò la ragazza che notò la sua schiena tendersi.

Aria si contorse le mani e aspettò la fine della lezione. Voleva sapere cosa aveva trovato Will di così interessante sul suo quaderno.

"Ehi" disse goffamente lei avvicinandosi al suo banco.

Lui si ostinava a non parlare e sfilò dalla borsa un altro libro.

"Cosa ci facevi al mio banco? Cosa hai visto di così interessante nel mio quaderno?" sussurrò mentre alcuni compagni li fissavano incuriositi.

Will si alzò in piedi e le bisbigliò all'orecchio: "Non ora". Poi tornò seduto e non si voltò più.

Aria era rimasta immobile, raggelata da quel contatto imprevisto. Il ragazzo si era avvicinato così tanto a lei, e non se lo aspettava. Lei spesso aveva preparato nella sua testa varie risposte da rifilargli, pronta a controbattere alle sue risate o al suo ostinato silenzio. E invece lui l'aveva sorpresa, sussurrandole delicatamente all'orecchio.

Aria tornò al suo posto apparentemente arrabbiata, con il respiro del ragazzo ancora posato su di lei. Ceci era distratta a chiacchierare.

Aria prese fiato: "Che diavolo mi prende", si disse fra sé e sé. Non era quel tipo di ragazza che si lascia intimidire da un gesto, lei era una dura, o almeno credeva di esserlo.

Per tutta l'ora successiva sentì ancora il suo respiro delicato sulla guancia e questo non l'aiutava a calmare il batticuore. Non capiva perché Will le facesse quell'effetto, non lo conosceva neanche. Avrebbe potuto essere un assassino o un pazzo, per quanto ne sapesse.

Riprese a scarabocchiare sul quaderno, poi notò che la manica destra di Will si era nuovamente mossa, allora spalancò gli occhi e per sbaglio fece cadere la penna, poi si allungò velocemente per raccoglierla senza distogliere lo sguardo da lui. Vide un altro guizzo, stavolta dietro la schiena.

Che cosa nasconde? si chiese. *E se fosse un incubo? Ma no, che vado a pensare. Nessuno può trattenerli, non si può no? Non sarebbe mai potuto entrare*, si disse ancora.

La ragazza si fece di colpo pallida, e la punta delle dita divenne di ghiaccio, il sangue si era ritratto e lei chiuse le mani a pugno, realmente colpita, forse spaventata.

Ciò che stava accadendo le sembrava così innaturale, così pericoloso, così strano, sovrastando ogni altro pensiero sul come e quando fosse riuscito a trattenere i suoi incubi. Se lo sentiva che quel ragazzo era diverso, e questo la spaventava più di tutto il resto.

In cosa andrò a cacciarmi parlandogli?

Ogni fibra del suo corpo percepiva già da tempo che incombeva un pericolo, una minaccia più grande che sapeva essere nascosta nell'ombra, nei suoi stessi incubi. Lo sentiva e forse ora non poteva far altro che procedere. Sperava di sbagliarsi, perché lei non voleva nessun cambiamento nella sua vita, voleva solo vivere nella sua città senza preoccuparsi di altro.

Visto che non c'erano state pause in aula, Aria dovette attendere la fine delle lezioni per poter parlare con Will, ma neanche in quel momento fu possibile. Il ragazzo, infatti, le mise in mano un foglietto e uscì velocemente. Nessuno sembrava essersi accorto di niente. Aria si infilò il foglio velocemente in tasca e uscì. Henry era già in corridoio ad aspettarla. Lei non disse una parola, non vedeva l'ora di raggiungere casa per poter leggere il biglietto.

"C'è qualcosa che non va?" chiese Henry dopo alcuni minuti.

"Nulla" rispose lei stringendo le mani sulle cinghie dello zaino, con le dita ancora ghiacciate. "Mia madre oggi mi aspetta a casa presto" aggiunse uscendo dall'edificio.

"Oggi non studiamo insieme, quindi" disse dispiaciuto lui grattandosi un sopracciglio.

"Oggi no, scusa". Aria pensò alla splendida famiglia di Henry, che era così diversa dalla sua. La madre e il padre andavano d'amore e d'accordo, e in più lui aveva ben tre fratelli più piccoli, una femmina e due maschi, ovviamente tutti bellissimi.

Ogni volta che andava a casa sua, Aria provava un forte imbarazzo, non era abituata ad avere tutte quelle persone intorno. Henry in ambiente domestico rideva di continuo, i fratellini lo adoravano, e anche i genitori. Lui era l'ancora, la colla che teneva insieme la sua famiglia. La persona fidata, quella a cui si poteva chiedere tutto; il tipico bravo ragazzo. Ed effettivamente era veramente un bel ragazzo. Si muoveva sempre con eleganza, vestiva spesso con la camicia e a volte, a scuola, sembrava più un assistente che uno studente.

Aria sarebbe voluta essere lui, non perché fosse insoddisfatta della sua famiglia, erano solo lei e la mamma e le andava bene così, ma perché Henry piaceva alle persone: era generoso, disponibile e sempre sincero, e gli riusciva facile dire cosa pensava. Lei, in confronto a lui, era burbera e rozza, distaccata e poco socievole, così come sua madre, una donna tutto d'un pezzo che era diventata tale perché era stata costretta a sostituire anche la presenza del padre. Un padre di cui Aria non ricordava nulla e di cui sua madre preferiva non parlare.

Appena Henry girò l'angolo, lei fece scivolare fuori dalla tasca il bigliettino con il messaggio di Will. Non poteva aspettare di arrivare a casa, era curiosa. Il cuore le batteva forte, era una cosa inusuale per lei, così come avere un messaggio segreto tra le mani.

Era eccitata come una bambina per quel piccolo mistero, esageratamente eccitata, e quel momento le ricordava quando aveva partecipato alla caccia al tesoro della sua scuola: amava scavare, arrampicarsi, risolvere gli enigmi, vivere ogni giorno imparando sempre qualcosa di nuovo ed emozionante. Eppure se ci ripensava bene, quell'evento le sembrava appartenere a un'altra vita, come fosse un film visto in tv e non un suo ricordo. Si era talmente affievolito che le era ormai difficile fissare il momento in cui era successo, il luogo, le persone con cui l'aveva vissuto. Una patina sfocata ci si era poggiata sopra e man mano ne rosicchiava un pezzo. Ora riusciva a tenerne in mano nient'altro che un mozzicone.

Aria lesse il messaggio che diceva: *Alle 18 al giardino degli aranci.*

Amava quel parco e si complimentò silenziosamente con il ragazzo per la scelta. Poi riprese fiato. Mancavano ancora tre ore, aveva un po' di tempo per lei, visto che per quel pomeriggio non doveva andare da Henry o averlo tra i piedi. Forse sua madre non era neanche arrivata.

Si diresse velocemente verso casa, pensò ancora a Henry, era dispiaciuta di avergli detto una bugia, ma per una volta lui poteva anche fare a meno di lei, che doveva sapere cosa aveva da dirle Will. Sentiva che era estremamente importante.

Dall'altro lato della strada due ragazzini giocavano a pallone, Aria attraversò e ci passò in mezzo, schivando abilmente una pallonata. Corse attraverso le case, agitata, ascoltando una musica leggera e triste provenire da una fonte che non riuscì a individuare. Rallentò incuriosita, ma non si fermò. Passò di fronte a una casetta giallo canarino a due piani, dalla finestra del piano terra arrivavano i lamenti di un uomo, sembrava lo stessero sgozzando. Ancora più incuriosita fece una piccola deviazione e vide dalla finestra un omone sovrappeso che correva sul tapis roulant a fatica, facendo più di una pausa per lamentarsi. Aria si lasciò andare a un'involontaria risatina per la scena a cui aveva assistito, non aveva potuto resistere, non tanto per il signore affranto, ma perché l'uomo stava osservando un cartone animato in cui un cane e un gatto se ne davano di santa ragione.

La scena la fece rilassare, si diresse verso la sua strada, intanto il sole si stava abbassando, ma la notte era ancora lontana. La nebbia era ancora più fitta del solito.

Quella città, sembrava disegnata a matita, colorata con i pastelli, appariva quasi irreale. Ci aveva iniziato a pensare solo da poco. Tutto era sempre così tranquillo e le giornate fluivano senza preoccupazioni, senza mutamenti. Era come se Aria camminasse in un tunnel bianco latte che non aveva mai fine. E quello era tutto ciò che riusciva a vedere.

La ragazza entrò in casa con questi pensieri ben appiccicati addosso. Sapeva che ancora non c'era nessuno, così ne approfittò per spogliarsi, girare scalza, come amava fare, cosa che faceva imbestialire sua madre, e per mettere la musica a tutto volume. Camminò in cucina e tracannò ampi sorsi di succo di frutta attaccandosi direttamente alla bottiglia, altra cosa che la madre non amava.

Tirò fuori dalla credenza qualche biscotto e si poggiò con la schiena sul lavandino muovendo la testa a ritmo. La cucina era buia, la finestra rettangolare sopra al lavabo era coperta dal corpo esile di Aria, ma lei non aveva intenzione di accendere la luce, le piaceva quando il giorno lasciava il posto alla notte, lentamente, gettando un'ombra su ogni oggetto, cambiando ogni prospettiva.

Il cassetto dall'altro lato della cucina era socchiuso e sopra uno straccio stava per scivolare giù dal ripiano. Si infilò l'ultimo pezzo di biscotto in bocca cercando di non farlo sbriciolare. Intanto un paio di bistecche aspettavano di raggiungere la temperatura giusta per essere cucinate.

A casa sua molte cose venivano surgelate. La madre era un'artista dei surgelati, infilava nel freezer qualsiasi cosa. Aria comunque si era abituata a mangiare in quel modo. Nessuna delle due amava cucinare.

Mentre attendeva si scansò dalla finestra e la sua ombra la seguì mentre si avvicinava al freezer, tirò fuori due tortine al cioccolato che erano lì da settimane, e le mise sul ripiano. Poi raggiunse di nuovo la finestra, tirò giù un altro biscotto e si accorse di qualcosa, la vicina era in giardino, nel suo orto e la fissava, come uno spaventapasseri dallo sguardo vuoto e torvo.

Aria si tirò indietro d'istinto, allungò poi il collo per vedere se la donna fosse ancora lì, ma era sparita.

La ragazza a quel punto si spostò nella sua stanza e spense lo stereo.

Forse alla signora dava fastidio la musica, pensò gettandosi sul letto. Alzò le gambe verso il soffitto e rifletté su cosa dire a Will, cosa gli avrebbe chiesto? E lui cosa le avrebbe detto?

Quella era stata una giornata strana sin dal mattino. Aveva prima visto Will tra la folla, uno strano ragazzo biondo gli era venuto volontariamente addosso ed era ricomparso magicamente a scuola, Will le aveva rivolto la parola e lei era quasi sicura che nascondesse qualcosa sotto la felpa. Tutto ciò la rendeva una giornata frenetica da quelle parti, poiché lì non succedeva mai niente. La città era immobile, e lei iniziava a sentirsi nella stessa maniera: una statua su cui la nebbia si posava calma, fissa a osservare lo stesso paesaggio, giorno dopo giorno.

Aria saltò velocemente in piedi, s'infilò un paio di jeans neri e una maglietta verde attillata. Sopra mise una giacchetta sempre nera e uscì dalla stanza, poi tornò indietro per prendere lo zaino con il quaderno. Diede un ultimo sguardo alla sua tela incompleta, e si precipitò fuori sperando di non incrociare sua madre. Aveva perso la cognizione del tempo, inseguire i pensieri la faceva sempre smarrire in qualche labirinto e difficilmente ne riusciva a emergere. Se avesse incontrato sua madre di sicuro lei l'avrebbe bloccata sulla soglia della porta con commenti e domande, poi si sarebbe lamentata perché odiava stare a casa da sola. Aria, invece, amava avere un po' di tempo da trascorrere senza nessuna intrusione. Adorava avere la casa tutta per sé.

Saltò i due gradini, e i piedi raggiunsero la sua ombra, che sembrava sempre più veloce di lei.

Gettò un rapido sguardo verso la vicina che non era in giardino, e notò sua madre all'angolo della strada. Stava parlando con qualcuno che non riusciva a vedere perché nascosto da un albero. Allungò il collo e vide Henry, che non aveva resistito e stava andando da lei. Si era cambiato, indossava una camicia azzurra e un paio di jeans più attillati, si era sistemato i capelli biondi indietro, l'unica cosa che non era cambiata era la presenza dello zaino, sempre fisso in spalla. Per studiare ovviamente.

Aria accelerò il passo tirandosi la giacca sulla testa.

"Maledizione" sussurrò e corse dritta alla sua meta. Imboccò l'ampio viale alberato che portava al giardino degli aranci. Quella strada era quanto di più vicino a una salita. La città non ne aveva, come se non si dovesse vedere dall'alto, come se ci fosse un qualche divieto non scritto. Anche le case erano tutte basse, al massimo di due piani, così come gli uffici, i centri commerciali e i cinema, ma i cittadini non ci facevano molto caso. Aria sì.

Il viale degli aranci aveva una leggera pendenza, ma di certo era la strada più ripida della città. Proprio per questo, moltissimi ragazzini si davano appuntamento lì ogni giorno per andare sullo skate o sui turbo, una sorta di slittino su ruote, e lanciarsi giù in picchiata.

I ciclisti e i passanti si lamentavano in continuazione di questo stato di cose, perché rischiavano ogni giorno di investire qualcuno o di essere investiti. Proprio per questo il viale era stato chiuso al traffico, dopo un tribolato dibattito cittadino. Così, Aria quel giorno poteva permettersi di camminare in mezzo alla strada con il naso all'insù, respirando il profumo fresco e delicato degli aranci sugli alberi.

La brezza leggera le scompigliava i capelli e rendeva ancora più vivo e intenso quell'odore. Se li sistemò dietro le orecchie e si prese tutto il tempo per godersi quel percorso, che la rilassava. Nonostante le risate e le urla dei ragazzini sentiva di essere in sintonia con se stessa e con i suoi pensieri.

Chiuse gli occhi inspirando profondamente, poi guardò di fronte a sé, il cancello non era lontano. La sua ombra la precedeva lentamente allungandosi sull'asfalto scuro. Aria la osservò con curiosità, per quanto la schiacciasse, lei era sempre lì di fronte al suo corpo, ma di colpo si fece più tenue. La ragazza si voltò verso il sole alle sue spalle che stava pericolosamente cadendo, mentre un velo di nebbia andava a coprirlo come se volesse lasciarla libera, sola con i suoi passi e con se stessa.

Voltò il suo corpo verso il sole e sentì la pelle riscaldarsi pian piano. Camminò all'indietro per una decina di metri senza distogliere lo sguardo dal viale, una signora in bicicletta le sorrise mentre saliva canticchiando una melodia armoniosa. Un ragazzino le passò accanto a tutta velocità su uno skate e lo spostamento d'aria improvviso fece volare i suoi capelli in avanti, mentre dietro di lei sentiva gli amici del ragazzo che lo incitavano.

Sapeva di essere ormai arrivata in cima al viale. Si sistemò i capelli dietro le orecchie, prese un'enorme boccata d'aria e si girò di nuovo. Sorpassò i ragazzi e, dopo aver gettato un rapido sguardo a quel cancello che ben conosceva, si lasciò alle spalle i motivi di rosa in ferro battuto che lo adornavano ed entrò.

Quel posto era diverso da ogni altro, era vivo, presente, come un essere umano che ti accoglie tra le sue braccia, perfettamente consapevole di ogni suo muscolo e movimento. Anche l'aria era diversa, sferzava il viso come se avesse lo scopo di farsi ascoltare. Gli alberi sembravano voler coinvolgere in un loro segreto, il prato era di un verde smeraldo che appariva irreale, e la nebbia in quel posto non poteva a entrare. Quel luogo la teneva fuori, ai cancelli, e questo Aria non riusciva a comprenderlo. Sembrava un posto magico, dotato di vita propria, in cui niente di brutto poteva accadere.

L'indefinito, ciò che caratterizzava più di tutto quella città, lì non era permesso. Quando metteva piede in quel luogo, Aria si sentiva sollevata, consapevole, serena. E i colori vividi della natura la rinfrancavano.

Di colpo si fece buio, gli alberi del giardino erano più numerosi e ravvicinati, il vialetto era solo un piccolo serpente che si muoveva sinuoso tra essi.

Sotto un albero, la ragazza scorse l'ombra di qualcuno, ma non si soffermò, doveva raggiungere Will. Mentre proseguiva lungo il viale, sentiva addosso lo sguardo di quella persona e la cosa la fece rabbrividire, come se ci fosse qualcosa di sbagliato, che lei non doveva vedere. Respirò a fondo e cercò di dimenticarsene.

Il profumo degli aranci l'accompagnò silenziosamente fino al muretto che segnava la parte opposta del parco. Come si aspettava Will era lì. Se ne stava di spalle a guardare lontano.

Aria prese fiato e si fece coraggio. Quante volte lui l'avrebbe derisa o ignorata? Non lo sapeva, ma aveva pronte talmente tante risposte che ne sarebbe uscita vincitrice. Strinse i pugni e lo raggiunse.

"Ciao" disse guardando le casette poco più in basso, sforzandosi di non incrociare il suo sguardo.

"Ciao" rispose lui voltandosi. Ad Aria mancava di nuovo il respiro.

"Maledizione" sussurrò. "Insomma sono qui per via del tuo messaggio" disse aggressiva. Guardandolo fisso aggiunse: "Voglio sapere cosa hai da dirmi". La sua voce si fece sempre più lieve e le sue intenzioni prepotenti sempre più misere di fronte a quegli occhi che la fissavano. Erano di un verde scuro, e lei non ci aveva mai fatto caso.

"Non essere così nervosa" disse lui pacatamente.

"Nervosa io? Non sono nervosa, sono arrabbiata", sputò fuori anche se non era propriamente vero.

"E perché? Ti ho fatto qualcosa?" chiese lui.

"Oggi, in classe", rispose lei torcendo il collo.

"Eri così buffa" al pensiero ridacchiò di nuovo.

"Senti, se non la pianti conoscerai un lato di me che non ti piacerà" minacciò lei arrossendo.

"Sei sempre così aggressiva?" domandò lui smettendo di ridere e fissandola dritta negli occhi.

La ragazza distolse lo sguardo. "Sono fatta così", poi si fermò ad ascoltare il rumore del vento tra le foglie. Ogni albero in quel momento stava vibrando, suonato dal vento. La ragazza aspirò l'aria e si calmò.

"Azzeriamo e partiamo da capo, va bene?" chiese lui sedendosi sul muretto. Portava una maglia nera a maniche lunghe e una giacca dello stesso colore, notò lei guardando meglio.

"S-sì, va bene" balbettò e si sedette. La sua vicinanza la fece sussultare. Si tirò indietro la ciocca di capelli sugli occhi e sembrò per un momento indecisa.

"Dunque…" iniziò Aria guardando avanti.

"Hai il quaderno dietro, per caso?" chiese. "Quello di stamattina intendo".

"Quello che non smettevi di fissare" continuò Aria.

"Quello che mi hai tirato addosso" puntualizzò lui con un mezzo sorriso.

L'imbarazzo scese impietoso su di lei che rizzò la schiena tirando fuori dallo zaino il quaderno, senza aggiungere altro, come se così facendo quell'azione stupida sarebbe evaporata nel nulla, risucchiata via dal cielo come il sole, che ormai stava per lasciare il posto a un opaco buio. La nebbia sembrava andare e venire, come una persona indecisa sul da farsi, camminava avanti e indietro dal muretto, spinta via e allo stesso tempo attratta.

"Ecco", glielo porse mentre era ancora piegata, "cosa ci trovavi di così interessante, si può sapere?" Aria richiuse lo zaino e nel tirarsi su tenne indietro i capelli per lasciare il viso scoperto.

Will sfogliò le pagine in silenzio, fissò gli scarabocchi che lei aveva fatto quella mattina con attenzione, chiuse per un secondo gli occhi e quando li riaprì la ragazza notò nel suo sguardo un guizzo di convinzione, come se lui avesse avuto una qualche conferma.

"Questo disegno, lo vedi?" chiese Will poggiandole il quaderno sulle gambe e avvicinandosi.

"Sì, i miei scarabocchi, li vedo bene" rispose sorpresa lei senza riuscire a cogliere la questione.

Il ciuffo gli era finito di nuovo davanti agli occhi.

"Non sono scarabocchi, segui qui" disse lui. Passò la punta dell'indice sulle linee tracciando un disegno, era una sorta di albero stilizzato, dalle tantissime foglie intrecciate e confuse, un incrocio complesso ripetuto fino a occupare tutto lo spazio, un disegno impossibile da ricreare nella stessa maniera per due volte, eppure era identico all'altro. Sei punte erano più visibili, come se dominassero tutte le altre, e anche queste erano perfettamente composte, stessa curva ad arco stretto, della stessa ampiezza e forma. Ciò che le risaltava all'occhio era quella perfezione nel tratto. Come aveva potuto disegnarli senza neanche guardare? E dove aveva visto quel disegno?

Aria spalancò gli occhi, poi gli si fissò in volto un'espressione accigliata. "Cosa significa?", riuscì a dire.

"Questo è un simbolo, è ciò che divide e unisce questo mondo da quell'altro. La chiave per poterci arrivare" disse cripticamente lui, entusiasta.

"Sigillo, altro mondo… ma di che diavolo stai parlando?" La voce suonò stridula e aggressiva come suo solito, forse troppo, persino a lei dette fastidio.

"Siediti e ti spiego" disse Will serio. Aria non si era neanche accorta di essersi alzata. Incrociò le braccia e rimase in attesa. Ma quando Will stava per iniziare a parlare, il cellulare di lei squillò, come se avesse aspettato il momento giusto per interromperli. Era la madre. "Mamma, che c'è? Scusa, mi sono completamente dimenticata. Volevo scriverti un biglietto per avvertirti. Sì, lo so che sarebbe bastata una telefonata. Tornerò presto, sì. Ah, sì? Non posso tornare ora. No… No… e va bene che cavolo! Sì, ho capito, è chiaro. Arrivo".

"Devi andare?" chiese Will alzandosi lentamente.

"Purtroppo sì. Quando s'impunta non c'è niente da fare", sbuffò e si tirò nervosamente indietro i capelli, poi raccolse lo sguardo e cercò di calmarsi. "Ne possiamo parlare domani?"

"Sì" rispose lui iniziando a camminare verso l'uscita.

"Promesso?" chiese Aria dopo aver raccolto lo zaino. Era sorpresa che il ragazzo se ne stesse andando via con tanta leggerezza.

"Sì" disse voltandosi, "troveremo il tempo". Fece per dargli di nuovo le spalle ma Aria parlò di nuovo: "Hai mai la sensazione di girare a vuoto?" chiese seria, ferma sul posto mentre il vento ora più freddo le pizzicava la pelle del viso.

"Ogni giorno" rispose camminando qualche passo all'indietro e senza smettere di guardarla.

Lei gli sorrise. Poi lui proseguì lentamente. Aria rimase ferma ancora qualche momento, chiuse gli occhi, respirò a fondo, calmò il batticuore e si avviò. L'idea che qualcun altro, oltre a lei, avesse quella sua stessa sensazione la fece tranquillizzare, sentiva che in quel momento si era creato uno spazio condiviso solo da loro due. Un posto in cui finalmente qualcuno la pensava come lei, qualcuno che percepiva il cambiamento nell'aria e soprattutto che fosse in movimento, non come gli altri cittadini, come l'orologio ad acqua, o come Henry.

Aria s'iniziava a sentire un'estranea in quel luogo e non capiva il perché. Quella sensazione di essere immersa in una bolla nebbiosa senza tempo si stava rafforzando e, se non avesse trovato qualcuno con cui condividerla, sarebbe esplosa. Quel qualcuno poteva essere Will e lei ne era immensamente felice, stupidamente gli era grata per questo.

Scese il viale di aranci con la testa immersa in tanti pensieri. Will era proprio davanti a lei, non si voltava mai, però camminava ad un'andatura che non gli apparteneva, come se la stesse aspettando e stesse controllando che lei riprendesse la sua via senza pericoli. Girare da soli, soprattutto lì, non era indicato al calare del sole. Will intanto manteneva quel passo con ostinazione, con le mani in tasca e la schiena ben dritta.

Aria invece pensò che, come lei, il ragazzo si stesse godendo il profumo delicato che fluiva tra i rami sottili, portato dal vento sempre più intenso, che assaporasse quella sensazione di pace, che la facesse sua durante il ritorno a casa. Will, invece, era tutto tranne che tranquillo, la visione di quel disegno l'aveva scosso, dandogli delle speranze che desiderava non si rivelassero false. Sperava e sperava ancora, inghiottendo i brutti pensieri, eccitato e spaventato allo stesso tempo da quella possibilità. L'aveva aspettata da tanto tempo, quella doveva essere la volta buona.

***

In una terra ombrosa e carica di nebbia, sorgeva una piccola casa diroccata, dall'aria abbandonata. Dal suo interno non s'intravedeva nessuna luce, né un segnale che potesse indicare la presenza di un essere umano. Una piccola finestra quadrata sotto il tetto era l'unica cosa che si poteva scorgere. Una macchia scura sembrava dilatarsi e restringersi, minacciando qualsiasi cosa vivente, ma lì non ce ne erano. O erano invisibili all'occhio umano a causa della nebbia densa. Solo una melodia distorta proveniva dalla casa, riempiendo l'aria di un profondo vuoto.

Capitolo 3

Quella mattina i Cinque Sacerdoti apparivano irrequieti. Rinchiusi nella stanza dai vetri oscurati in cima al primo edificio, sembravano come degli animali in un recinto, pronti a distruggerlo per fuggire, per attaccare qualcosa, qualsiasi cosa.

Sulla parete di destra del salone si era aperta una piccola stanza circolare, prima nascosta, in cui una sfera trasparente galleggiava minacciosa. Al suo interno un uomo, apparentemente calmo, se ne stava a braccia conserte ad ascoltare il Primo Sacerdote parlare. Dietro di lui vi era una modesta tavola rotonda circondata da una decina di persone. Un uomo si ostinava a guardare le sue mani strette sul legno.

"Signori, il nostro accordo richiede il trasferimento mensile di un'anima. E allora, perché state prendendo tempo?" chiese l'uomo dal mantello rosso pensando che in fin dei conti i volontari erano così tanti da rendere inutile l'accordo. Ma poteva sempre tornare utile.

"Se avete intenzione di rompere l'acc…", stava per dire il Secondo.

"No, no. Assolutamente no" rispose subito l'uomo ora spaventato, "non ne abbiamo intenzione".

"Nessuno vuole che scoppi una guerra" intervenne il Quarto pacatamente.

"O che tantissima gente muoia tra atroci sofferenze. Non chiediamo poi tanto, mi pare" aggiunse il Terzo.

"E anzi, qui le persone vivono felici. Non crede?" aggiunse il Primo con molta tranquillità, incrociando le braccia al petto. Era sempre il più calmo dei Cinque. L'ultimo Sacerdote, come suo solito, taceva. Si limitava ad annuire ogni tanto, con il mantello nero arricciato ai piedi del trono.

"Sì, signori. Non è nostra intenzione rompere l'accordo. Vi chiedo solo qualche altro giorno di tempo per decidere" disse l'uomo torcendo una mano dentro l'altra ma mantenendo ferreo il suo sguardo.

Il Primo parlò di nuovo, rivolgendosi all'uomo che teneva gli occhi bassi: "Hai qualcosa da aggiungere… Lucas?", sembrò dirlo in tono di scherno.

Lucas, con un'aria ancora più abbattuta, si limitò a scuotere la testa.

"E sia. Aspetteremo altri tre giorni" disse il Primo, gli altri quattro annuirono.

"Vi ringrazio".

L'immagine dell'uomo scomparve.

Il Secondo Sacerdote saltò in piedi: "Maledizione, stanno complottando qualcosa. Ne sono certo".

"Forse" disse il Terzo.

"E allora che cosa facciamo? Ce ne stiamo così con le mani in mano? Il nostro piano non è ancora completo. Al diavolo, troviamo una via d'uscita".

"A loro non conviene rompere l'accordo" disse il Primo.

"Infatti non lo faranno. State tranquilli" sentenziò il Quinto, parlando per la prima volta quella mattina.

"È chiaro quanto loro abbiano paura di una guerra" disse il Primo sciogliendo le braccia e muovendo le dita che scricchiolarono dentro i guanti.

Il Secondo strinse i pugni: "Ma…"

"Il tempo è ancora dalla nostra parte", lo interruppe il Terzo, osservando la lunga spirale trasparente.

"Sì. Aspettiamo" disse il Primo.

Il Secondo si arrese gettandosi a sedere sul trono e prese a tamburellare nervosamente sulla superficie, contrariato.

"Sì, è andata" disse l'uomo che prima era comparso nella sfera.

Accanto a lui una decina di persone erano riunite intorno a una tavola completamente sgombra. I volti accigliati e tesi dei partecipanti, illuminavano la stanza di oscurità. L'atmosfera pesante gravata anche dall'improvviso silenzio, si scaldò di colpo quando il terzo sulla destra parlò con calma.

"Signori miei, non vi preoccupate" disse l'uomo a occhi chiusi.

"Che ce ne facciamo di tre giorni in più?" domandò uno saltando in piedi.

"E come possiamo?" disse un altro uomo, più giovane seduto dall'altro lato.

"Siamo costretti a donarne dodici l'anno. È questo un accordo, giusto?" disse un altro.

"Quegli uomini hanno scelto di stare lì, dovremmo lasciarceli".

"Lì c'è mio marito e lui non vuole stare in quel posto" intervenne una delle tre donne che erano sedute vicino.

"Oh Lynn, basta. Ognuno di noi ha qualcuno. Dobbiamo agire razionalmente. Pensare".

"Io penso, ma devi smetterla di dire che loro non sono prigionieri".

"Sono prigionieri delle loro paure. Se volessero tornare… il modo lo troverebbero".

"Lo sai quanto è difficile" disse un altro scuotendo la testa dai corti capelli rossi. "E poi il sacrificio è una stronzata. La notizia ormai si è diffusa, sono in molti a dirigersi verso quel bosco maledetto... dovremmo raderlo al suolo".

"E se fosse lì anche l'uscita?"

"Vorresti provare ad andare a controllare? Così non torneresti mai indietro e saremmo tutti più felici!"

"Piantatela" disse l'uomo che aveva parlato alla sfera.

"Non possiamo contattare i nostri ganci? Se fosse possibile, sapremmo se qualcuno è riuscito a inserirsi..." disse Lynn.

"Non abbiamo informazioni... perciò non possiamo prevedere se il piano funzionerà. Siamo come ciechi in una grotta buia" disse l'uomo che si chiamava Wade grattandosi la barba. "Mia figlia però, sono sicuro che tornerà indietro, l'ho vista in sogno. Qualcosa sta sicuramente cambiando".

"Wade lo stai dicendo da mesi. Ognuno di noi spera...", una delle tre donne gli prese il braccio scuotendo la testa e lui tacque.

"Ne sono sicuro" confermò lui senza nessuna esitazione, poi si toccò la folta barba nera e guardò l'amico Lucas che non smetteva di fissare due dipinti appesi sul muro di fronte a lui.

"Dobbiamo avere pazienza. La chiave apparirà" disse il primo. Lui si fidava di quello che diceva Wade.

"Molti dei nostri, armati delle più buone intenzioni, finiscono per trasformarsi in perfetti cittadini come tutti gli altri. Lo sai bene. Quindi con quali speranze pensi che anche uno solo di loro abbia la forza necessaria, la determinazione e la fortuna di trovare la chiave?"

"Più tempo restano lì e più è difficile che possano tornare indietro. Al governo interessa fino a un certo punto. Come vi ho già detto, molti spariscono di colpo. Il governo non ci pensa, ma quando spariranno sempre più persone se ne pentiranno".

"Il tempo poi è un fattore da non trascurare. Quanto ne rimarrà? Lucas, quando il patto è stato stretto, la donna ha detto che ci sarebbe stato un tempo preciso per trovarlo, eppure noi non possiamo conoscerlo. E questo vuol dire che anche i nostri ragazzi lì, probabilmente non ne sono a conoscenza. Come diavolo faranno?"

"Sono certo che lì sappiano qualcosa. Ma stai tranquilla che i Cinque sono ancora lontani da una soluzione. Se ne avessero una, smetterebbero di appellarsi a noi e ad aver bisogno di anime" disse Wade, che sospirò nel vedere la non reazione del suo amico. *Quei dipinti sono un monito*, pensò, *non qualcosa con cui compatirti, amico mio*. Avrebbe tanto voluto dirglielo, ma non ci riuscì.

"Questo comitato è stato formato proprio per trovare un modo per liberarsi del peso di questo problema" disse il più giovane, riflettendo fra sé e sé.

"Ma adesso che c'entra tutto questo? Stiamo parlando di persone. Non mi interessa se il governo se ne lava le mani. Abbiamo abbastanza autonomia per potercene occupare" commentò il portavoce, sostenuto dallo sguardo di Wade. Pensò che la gente stesse pian piano perdendo le speranze e non voleva accadesse. Eppure era così difficile tenere alto il morale. Per fortuna Wade lo sosteneva e dava sempre al consiglio una grande scarica di energie.

"Fino a quando non decideranno di rinunciare" aggiunse Lynn.

"Rinunciare? Con tutto quello che potrebbe accadere? Potrebbero finirci loro stessi lì".

"Sarebbe poi tanto male? Ormai molti vanno lì coscientemente".

"Faresti quella vita-non vita tu? Certo, se lo desideri puoi offrirti e raggiungere tua moglie, Larry, nessuno te lo impedisce. Ma quella è una vita contro natura".

"È il desiderio di molti".

L'uomo afflitto, quello che fissava il tavolo, chiuse gli occhi.

"E le conseguenze? Tu non le conosci, potrebbero essere tutti morti nel giro di qualche anno. Quei Cinque tengono in piedi tutto con mezzi che forse neanche loro riescono a comprendere".

"Io sono stanco di tentare" disse Lucas. "Ho perso due figli".

"Will è vivo, Lucas. È vivo! Mi senti? Svegliati" gli urlò Wade pieno di rabbia. "E tu Larry, no, non puoi andare lì, non te lo permetto. Non voglio che qualcun altro, né tanto meno uno di noi, alimenti quel circo. Ci deve essere una via d'uscita, e la troverò. A ogni costo".

Lynn prese la parola: "Lucas, lo so che sei deluso per tuo figlio… ma niente è perduto ancora. Il tuo ragazzo ha le indicazioni giuste per non dimenticare, così come tutti quelli che sono stati spediti lì come volontari. Il sigillo che è comparso in cielo quando i Cinque hanno stretto il patto lo abbiamo visto tutti. Anche loro lo stanno cercando, basta che lo troviamo prima noi, o semplicemente riuscire a impedire che lo trovino, sarebbe già un buon primo risultato".

"Se avessi fatto qualcosa quel giorno…" balbettò Lucas con gli occhi nascosti dai ciuffi scuri.

"Sei già stato perdonato. Gli unici colpevoli sono i Cinque" commentò Wade incrociando le braccia.

"I Cinque… sì" disse Lucas sussurrandolo appena.

***

Quella notte l' incubo sembrava essersi evoluto. Il denso fumo che nascondeva le immagini agli occhi di Aria si era dipanato e le aveva permesso di riuscire a vedere un volto familiare mentre pronunciava quelle parole. L'incubo non era chiaro come la realtà, il viso era apparso come una fotografia sbiadita, sfocata.

Ma la cosa più sorprendente era che spesso le capitava di dimenticare l'esistenza di chi non era lì, solo l'incubo riusciva a farle ricordare qual era la verità. La cosa la stupiva ogni volta, ma anche di questa meraviglia si scordava. Ricordò improvvisamente una luce fioca, un disegno tra l'erba alta. Poi un soffio di vento le accarezzò l'orecchio come una voce proveniente da lontano, "Aria…". Fu solo un momento, una sensazione, uno strascico di sonno.

La ragazza guardò la finestra che era socchiusa, non ricordava di averla lasciata aperta. Un rincorrersi di voci l'attraversò da parte a parte, come se lei stesse ancora dormendo, e ricordò di colpo di averle sentite nel suo sogno. Quelle voci erano solo un leggero sottofondo a cui si badava poco. Agitò la testa per togliersele dalle orecchie.

Il suo incubo era come sempre vicino ai piedi e volteggiava silenzioso aspettando la sua fine. Aria si sgranchì le gambe e le allungò sul letto cercando di ricordare quel volto tanto familiare, che si nascondeva dietro le sue spalle, poi si alzò e chiuse la finestra con una botta. La sua attenzione fu richiamata da due voci proveniente da un'altra stanza.

"Chi sarà a quest'ora?" si chiese, poi scivolò fuori dal letto e si avvicinò alla soglia della sua camera. Riconobbe subito la voce, così corse in bagno e velocemente si vestì.

In cinque minuti era già in cucina.

"Tesoro, buongiorno" disse sua nonna notandola entrare.

"Ciao nonna", l'abbracciò lei. La donna osservò il suo incubo fumoso che silenziosamente fluttuava intorno alle gambe di sua nipote. Sembrò volesse incenerirlo con lo sguardo. Sul dito la nonna aveva un piccolo anello di fumo nero, ma Aria non ci fece caso.

"Buongiorno, ti ho preparato le fette di pane" disse la madre girandosi verso la credenza. "Stai bene, per fortuna" aggiunse poi fissando lo sguardo sulla tazza piena di caffè, come se si stesse immergendo in profondità.

"Certo. Qualche incubo?" chiese subito Aria sedendosi al suo posto. Imburrò le fette di pane croccanti e spalmò un abbondante strato di marmellata di mirtilli.

"Una specie" disse lei sorseggiando il caffè.

"Ma non hai il tuo incubo", aggiunse Aria che invece si trascinava dietro il suo. "Amo vedere quella scimmia", ridacchiò la ragazza. La nonna non rispose.

"Tu tesoro? Vedo che ne hai fatti. È bello panciuto. Dimmi cosa…", non riuscì a terminare la frase.

"Sei tornata tardi ieri" proseguì la madre come se la nonna non fosse lì seduta.

"Non era tardi. È solo che tu stavi dormendo" disse Aria affondando i denti nella fetta di pane.

"Ancora succede?", la nonna alzò gli occhi dalla tazza.

"Oh sì. Ieri è crollata prima di cena. Non ho neanche tentato di svegliarla".

"Non ricordavo fosse presto" rispose sua madre distrattamente. Stava lavando la sua tazza con una spugnetta gialla, mentre il sapone man mano conquistava nuove parti delle sue braccia, ora era arrivato fino al gomito, bagnandole quasi le maniche imboccate.

La nonna sembrava pensierosa. Nessuno di loro aprì bocca per un po'. Se ne restarono in silenzio, ognuna intrappolata nei propri pensieri. Aria fissava le tendine muoversi e il fascio delicato di luce che entrava nella stanza, non sembrava fosse mattina. Si sentiva già stanca, ma doveva andare, se voleva scaricare il suo incubo. Buttò giù l'ultimo boccone di pane, che aveva nel frattempo ceduto al tavolo alcune generose gocce di marmellata, e si alzò.

"Ciao, a dopo" disse frettolosamente.

"Tesoro, ricorda di non prestarci troppa attenzione" disse sua nonna.

"A cosa?" chiese Aria già con un piede fuori casa.

"Agli incubi" rispose sospirando. La donna fissò il punto dove prima l'anello nero le stringeva il dito, ma ora non c'era altro che carne. Aria annuì e volò fuori.

La madre si sedette al suo posto e restò ferma a osservare il tavolo, il corpo poggiato allo schienale e la mano allungata sulla tovaglia. Raccoglieva distrattamente le briciole con la punta delle dita, mentre la nonna teneva ancora stretta in mano la tazza. Quando Aria ripassò davanti alla cucina, le trovò nella stessa posizione, come se il tempo si fosse fermato.

Fuori la vicina parlava dolcemente ai suoi pomodori, lamentandosi della loro crescita lenta. Questa volta Aria tirò dritta, anche se aveva visto fluttuare intorno alla signora un altro incubo.

Oggi non le dico proprio un bel niente, pensò la ragazza mentre attraversava il suo vialetto per raggiungere la strada, accompagnata dal suo fedele compagno, e provando disagio. Aggiustò la cinghia dello zaino sulla spalla senza mai voltarsi verso la vicina. Il giorno prima, proprio fuori casa sua, la donna con quell'aria inquietante l'aveva messa in guardia. Era solo un presentimento, forse anche sbagliato, ma non aveva voglia di parlare con lei, perciò tirò ostinatamente dritto.

La signora alzò lo sguardo solo per un momento, poi tornò a dedicarsi ai suoi pomodori.

Quella mattina l'aria era pungente e la nebbia minacciosa, come se fosse pronta a inghiottire chi si trovava a passarci in mezzo.

Henry era all'angolo della strada con le mani in tasca, gli occhi fissi in un punto che non guardava.

"Buongiorno" disse Aria mascherando un solo pensiero: *sa che ieri gli ho detto una bugia*. Era pronta a far finta di niente, o, se le fosse andata male, a tirar fuori qualche scusa (poco) convincente come: "Non mi sentivo bene. Volevo stare da sola, volevo fare una passeggiata per cogliere un'immagine per il nuovo dipinto", ma Henry disse solo: "Ehi". Poi distolse lo sguardo subito e tornò con gli occhi sulle persone che camminavano per la strada principale. Molti di loro preferivano utilizzare le biciclette, ma non erano necessarie, poiché la loro città era un buco e si poteva tranquillamente girare a piedi. E, infatti, era quello che ogni cittadino faceva, camminava, in continuazione, come se quel luogo fosse infinito e come se in qualche modo camminare, sparendo nella nebbia, esorcizzasse ogni preoccupazione, purificandoti. Ad Aria non sembrava di aver fatto altro nella vita che camminare a vuoto in quel posto.

"Andiamo?" disse lei sorridendogli sfacciatamente, poi lo prese per il gomito e lo spinse tra le persone. *In mezzo ad altra gente forse eviterà di prendermi a parolacce*, pensò subito lei; non le andava di essere giudicata male dal suo più grande amico. Si sentiva come se avesse bastonato un cane innocente, o avesse tirato un sasso contro un vetro e fosse pronta a prendersi la ramanzina, eppure Henry taceva. Aria non voleva che l'amico pensasse male di lei.

"Tutto bene oggi?" chiese la ragazza. Proprio in quel momento, notò Will, poche file più avanti, spostato sulla destra, vicino a uno degli alberi che abbellivano la strada, che la stava guardando. Da quando si era svegliata non pensava che a Will e al loro discorso interrotto. La loro conversazione e i suoi dubbi erano rimasti sospesi nell'aria, nascosti dietro ad altri, quelli più superflui, come di preoccuparsi della presenza di sua nonna, di schivare sua madre e far procedere tutto liscio con Henry, insomma pensava al modo per evitare che la sua quotidianità venisse alterata. Ma era bastato un istante, uno sguardo per farla ripiombare in quei pensieri. L'incubo che aveva fatto, le voci sovrapposte, quella misteriosa che sapeva di conoscere bene,, la luce e… non riusciva a ricordare. Ora voleva liberarsi di Henry e parlare con Will. Non avrebbe voluto far altro che questo. Fissò il ragazzo a lungo cercando un modo per poterlo avvicinare. In mezzo a tutte quelle persone sarebbero riusciti a parlare? Forse Will aveva qualche altra idea.

"Tu stai bene?" chiese in modo seccato Henry. Forse era la seconda volta che lo domandava e lei se ne accorse solo in quel momento, realizzò con ritardo che il suo amico stava ricercando la sua attenzione già da qualche minuto.

"Sì, scusami" disse lei voltandosi, "tutto bene, grazie".

"Che formalità" disse Henry e seguì lo sguardo di Aria che già da prima aveva visto correre verso quella direzione, dove si trovava Will. Henry, ancora più stizzito, cercò di riportare l'attenzione della sua amica su di lui.

"Sei pronta per il test oggi?" domandò alzando la voce.

"Che test?" chiese lei, sempre distratta.

"Quello di storia, non avevi detto…", disse lui spiegandosi.

"Maledizione!". Aria era tornata accanto a lui, si poggiò il palmo sulla fronte come a ricercare quel ricordo mancante. "Hai ragione. Me ne sono dimenticata".

"Sei parecchio distratta in questi giorni. Soprattutto…", stava dicendo lui, ma una voce alle sue spalle lo interruppe.

"Ehi ragazzo, che ci fai in fila se non hai niente da consegnare?" chiese una donna che aveva avuto il coraggio di porre la domanda che altri avrebbero voluto fare.

"Non l'avevo notato che oggi eri libero" disse Aria quasi urlando.

"Non te ne eri accorta?" chiese Henry, simulando noncuranza, come se parlasse del suo nuovo taglio di capelli e non di quel peso che ogni mattina si portava dietro. "Che ti avevo detto? Distratta" aggiunse ridendo, ma Aria notò il suo dispiacere. Era davvero una pessima amica.

Aria ignorò lui e ogni suo sentimento a riguardo. "Perché non me l'hai detto? Ci potevamo vedere dopo. Ti stai facendo la fila per niente".

"Per niente non direi, sono con te" rispose Henry.

"Ti sembra il momento delle smancerie?" disse la signora di prima.

"Occupi solo spazio utile" intervenne un'altra, mentre l'amica vicino a lei scuoteva la testa come a dire *questi giovani d'oggi*.

"Già ragazzo, meglio se ti sposti" disse uno vicino a lui. "Devo andare a lavoro, non ho tempo da perdere".

"D'accordo, d'accordo. Mi tolgo di mezzo" rispose Henry. "Ci vediamo…"

"Sì, tranquillo. A dopo" rispose sbrigativa Aria sentendo addosso lo sguardo fulminante delle persone. Come aveva fatto a non notare che non portava un incubo? La sua mangusta dall'aria truce non era qualcosa che si poteva evitare di guardare. E poi quali smancerie? Era arrossita involontariamente. Non che le dispiacesse che un ragazzo bello come Henry fosse scambiato per il suo fidanzato, ma le dava fastidio, e poi la cosa era alquanto improbabile. Lei era una disordinata, arruffata ragazzina. Henry l'avrebbe visto bene insieme alla supplente di arte, una bella ragazza venticinquenne, seria e ordinata. Ogni giorno si portava da casa una scatolina di plastica piena d'insalata e cibi preparati la mattina, dall'aspetto invitante, ma alquanto miseri. Aveva un corpo esile e quando parlava, sembrava una bambola dalla voce delicata. Apriva il suo pasto e sbocconcellava piccole parti come un uccellino, poi tirava fuori dalla borsa la sua piccola pochette per rifarsi il trucco. Molti ragazzi della scuola la osservavano, estasiati.

Quando Aria vedeva quel contenitore ben lucidato, finiva sempre per fare una vistosa smorfia. Anche se lei non era grassa, mangiava come un bufalo ed era tutto tranne che elegante. Quel contenitore rappresentava quale fosse la distanza fra lei e la supplente.

Mentre Henry si allontanava guardando Aria, il cui sguardo si era già spostato alla ricerca di qualcun altro, si avvicinò Will, e lei sobbalzò quasi.

"Ciao" disse solo, poi si guardò intorno.

"Ciao". Aria si tirò indietro i capelli e rimase in attesa che lui dicesse qualcosa. Henry, intanto, era fermo distante dalla folla e cercava di ritrovare Aria. Lei si scostò lasciandosi coprire da Will.

"Che hai?" chiese il ragazzo pensando ci fosse un pericolo in avvicinamento.

"Nulla" disse distrattamente lei. Poi Will vide dove il suo sguardo andava a finire.

"Il tuo ragazzo non ti vede, tranquilla" disse lui infastidito.

"Ma... che, non è il mio ragazzo" rispose lei arrossendo.

"Beh, non sembra. Comunque non sono qui per questo. Dobbiamo parlare". Will abbassò lo sguardo sul procione. "Divertente" disse abbozzando un sorriso.

"Oh, non ci provare".

"Senti, chiaramente devi liberarti prima di quello".

"Tu no?", si sentì di chiedere il ragazzo, ma Aria aveva già notato che come al solito Will era libero.

Lui fece spallucce, senza rispondere alla provocazione. "Ti aspetto a scuola. Tieni gli occhi aperti" disse guardandosi ancora in giro.

"Corriamo qualche pericolo?" domandò Aria fiutando la preoccupazione del ragazzo.

Will avvicinò il volto al suo orecchio e sussurrò: "Non ancora. Ma guardati intorno". Poi sparì tra gli altri visi sconosciuti che la circondavano.

Alla ragazza mancò il fiato per un momento, non capì se per l'idea di pericolo che avvolgeva quella frase o se per la solita, indescrivibile sensazione che la prendeva quando Will era nelle vicinanze. Cercò subito Henry e capì che lui aveva visto tutta la scena, non sapeva da quanto ma era più che chiaro.

L'amico se ne stava a braccia conserte e la guardava con aria ferita e arrabbiata. Si allontanò poi velocemente per raggiungere, supponeva Aria, i punti di raccolta e aspettarla oltre. La ragazza sospirò. Annusò l'aria, che era stranamente profumata, sapeva di dolce, come se quella nebbia avesse assunto la consistenza di una nuvola di zucchero filato.

Restò a occhi chiusi a cercare la fonte di quel magnifico profumo. Si era talmente distratta, da non accorgersi che la fila stava procedendo velocemente e che lei era stata superata da più di una persona.

Liberarsi dell'incubo, quella mattina, era stato più che rapido. Rapido e indolore. Ogni volta che lo lasciava in quella provetta cilindrica, evitava di voltarsi indietro, distoglieva lo sguardo e si focalizzava su altro, come quando stanno per introdurti un ago in un braccio per fare un prelievo e vuoi tutto, tranne che osservare il sangue che viene risucchiato. Un'azione necessaria eppure non voluta.

Aria raggiunse Henry impalato sul posto, che batteva a terra la punta del piede a ritmo, come se stesse sentendo una bella canzone. Era stata quella la sua prima impressione, invece dopo Aria si accorse della verità: era semplicemente arrabbiato. Lui l'accoglieva sempre con un buon sorriso, di chi perdona tutto a tutti, ma non quella volta. Teneva il muso.

"È stata una cosa rapida oggi" commentò subito Aria prendendo fiato e ributtando fuori l'aria.

Henry non rispose. I passi dei due si facevano sempre più serrati.

"Ehi, tutto bene?" continuò lei.

"Sì" rispose senza aggiungere altro lui.

Aria non voleva approfondire il discorso, perché sapeva che avrebbe rischiato di far saltar fuori un argomento poco gradito per entrambi. Così gli infilò la mano sotto il braccio e si aggrappò, poi lo tirò verso il lato sinistro della strada. "Colazione?"

I due erano ormai quasi arrivati a scuola.

Lui sospirò, poi sorrise. "Ma certo" disse stringendo il braccio di Aria a sé e facendola deviare verso la caffetteria.

"Ottimo! All'attacco" urlò lei alzando il braccio libero verso la direzione del bar, rimanendo, però, con gli occhi fissi sulla facciata della scuola. Aria si rendeva conto di quanto a volte fosse calcolatrice e anche scorretta. Aveva fatto felice il suo amico fingendo un entusiasmo che invece non aveva. Lei desiderava esclusivamente entrare a scuola e correre su nella sua classe. E la curiosità non era l'unica cosa che la spingeva.

Henry, invece, continuava a sorridere e a parlare, come faceva di solito, mentre lei non stava ascoltando una sola parola. Se ne rendeva vagamente conto e questo la metteva di cattivo umore e a disagio.

"Muffin ai mirtilli e cappuccino per lei, per me solo un caffè, il più bollente possibile" disse Henry tirando fuori i soldi.

"Tocca a me oggi!" protestò Aria.

"Domani" rispose lui indicando un tavolo libero vicino alla vetrata.

"Se ci sarà un domani" sussurrò la ragazza senza neanche accorgersene. Poi si avvicinò al tavolo, ci gettò sopra lo zaino e si lasciò cadere svogliatamente sulla sedia; si sentiva già stanca.

"La velocità nella consegna di questa mattina ci ha fatto guadagnare ben venti minuti" disse lui ancora sorridente, allungandole il piattino con un muffin ben posto al centro e il cappuccino. Aria stava per parlare ma lui si voltò per il secondo ritiro e tornò subito indietro con il suo caffè.

"Beh, sarebbe meglio entrare in classe fra una decina di minuti" disse Aria stringendo le dita di una mano nell'altra.

"Perché?" chiese ingenuamente Henry mentre sorseggiava il suo caffè. Poi fece una smorfia.

"Troppo zuccherato oggi". Scosse la testa ma continuò a bere sforzandosi di abituarsi a quel sapore.

Come al solito la nebbia ricopriva la città donandole quell'atmosfera surreale che tanto le si addiceva. Aria si sforzò di guardare fuori dalla finestra e si mise a osservare ogni singola persona che passava.

"Dicevo che sarebbe meglio entrare prima…" ripeté ancora, ora rivolta verso di lui. Giocherellava con il muffin, che era talmente grande e sproporzionato da non riuscire a rimanere in piedi nel piatto.

"Sì, ma perché?" chiese lui guardando nella sua stessa direzione.

"Perché ho il compito… ricordi?" Altra bugia, altra ondata di sensi di colpa. Aria poggiò i gomiti sul tavolo e si nascose dietro al suo muffin.

"Capisco" disse serio, mentre lei continuava a fissare palesemente imbarazzata la sua colazione.

"Non lo mangi?" domandò lui quasi senza intonazione, incrociando le braccia sul petto.

"Oh certo" rispose lei ficcandoselo in bocca e strappandone un grande pezzo, talmente grande che dovette prenderlo con le mani per non farlo cadere a terra. Era impossibile mandare giù un tale boccone.

Chiaramente lei nascondeva qualcosa, e Henry non era stupido. La ragazza non si comportava come al solito, era distratta e sembrava avere un fare colpevole, ambiguo.

"Mh, super buono. Come sempre" disse dirigendo tutte le attenzioni su quel muffin martoriato, poi raccolse dal piatto un mirtillo che era caduto rotolando fino al bordo.

Le briciole si erano sparse sul tavolo, sui capelli, sulla maglietta nera. Un disastro. Henry non resistette dal ridacchiare.

"Sei peggio di una bambina" disse liberando le braccia e allungandosi per toglierle le briciole di dosso. Ne tolse alcune con la punta delle dita dai capelli, sfiorandole le spalle e il petto. Aria si tese di colpo, guardò Henry che la stava fissando sottecchi, con uno sguardo diverso dal solito, serio e sicuro. Stranamente le fece battere il cuore. Lui rimase per qualche attimo in quella posizione, con il braccio verso di lei e le dita immobili sulla sua clavicola. Aria smise di respirare.

Non si può mai dire di conoscere una persona fino in fondo, e quella mattina Aria vide qualcos'altro di Henry. Per la mente le passò un pensiero che si nascose subito: se Henry fosse sempre così, io come reagirei?

Il tempo si sbloccò e lui riprese a muoversi. Le scansò la lunga ciocca e gliela portò dietro la spalla, poi si allontanò, tornando con la schiena sulla sedia.

Aria riprese fiato. I due si fissarono per un lungo minuto, poi la ragazza addentò di nuovo il muffin, facendo finta di niente. Henry, invece, rise sotto i baffi, palesemente soddisfatto dalla reazione dell'amica.

Ciò che seguì a quel momento furono lunghi minuti di profondo imbarazzo, solo da parte di Aria, ovviamente.

Henry si comportava come se niente fosse successo, ma lei riusciva a scorgere ancora un'ombra di quel sorriso soddisfatto, ben nascosto e appena accennato. Aria era così impegnata a stare in silenzio, o a rispondere nella maniera più naturale possibile, da essersi dimenticata con quanta intensità, quella mattina, desiderasse entrare a scuola.

Il muffin le era rimasto sullo stomaco e il cappuccino le era risultato altrettanto indigesto. Lei continuava a essere in imbarazzo e non lo sopportava. In cuor suo, ce l'aveva con Henry per averla messa in quella situazione. E avrebbe voluto prenderlo a parolacce, dargli del cretino ma con lui non era mai facile, inoltre dopo tutte le bugie che gli stava rifilando, il minimo sarebbe stato tacere.

"Allora, compito eh?" disse Henry strappandola dai suoi pensieri.

"Cosa?" rispose presa alla sprovvista.

"Il compito" ripeté ancora, ma vedendo che negli occhi di Aria si era aperto il vuoto cercò di essere più preciso. "Non avevi il compito in classe?" disse trattenendo una risata.

"Ah, sì. Alla terza ora" balbettò lei.

Lui le mise una mano sulla spalla e questo la fece sobbalzare. Quello era un contatto che avevano sempre avuto, eppure non aveva potuto fare a meno di tendersi a quel tocco. Quell'istante che avevano condiviso nella caffetteria, quel momento così diverso dal solito, quello scambio di elettricità improvviso l'aveva scossa più di quanto potesse immaginare.

Non aveva mai pensato a Henry in altri modi, per lui era solo Henry, quell'Henry, il perfetto amico e confidente, buono e silenzioso, da sempre, da tanto di quel tempo che non era neanche in grado di quantificarlo. Da quanto si conoscevano? Non sapeva dirlo.

Lei lo aveva incastrato in quel ruolo e non le sembrava possibile immaginarlo in un altro, almeno fino a quel momento.

Scansò d'impulso il suo braccio in modo brusco, per togliersi da quella situazione, ora aveva decisamente altro a cui pensare.

"Andiamo su. Altrimenti ti lascio qui" disse arcigna guardandolo storto. Poi, senza curarsi più di lui proseguì verso l'ingresso della scuola. Lanciò una rapida occhiata in alto, ma Will non era alla finestra. Aria dimenticò completamente che Henry la stesse seguendo, mentre le parlava, ma il suono arrivava alle orecchie in maniera confusa. Non riusciva a pensare ad altro che a cosa le dovesse confessare Will.

Capitolo 4

Aria imboccò il corridoio e si sorprese per il vivace brusio di voci che la investì. Si bloccò proprio in cima alle scale e non riuscì a capire perché ci fosse tutta quella gente, ormai le lezioni dovevano essere quasi iniziate.

I ragazzi intasavano i corridoi facendosi domande, increduli. Doveva essere successo qualcosa.

La ragazza superò un gruppetto di studenti, poi l'insegnante di educazione fisica, che discuteva con quella di storia, scivolò contro il muro, più sgombro, e proseguì fino alla sua classe.

Henry era rimasto indietro e per lei fu una fortuna. Non si voltò più, voleva solo scoprire l'evento che aveva bloccato tutti; sentiva che non era nulla di buono.

Davanti alla classe precedente alla sua, una ragazza gracile era appena stata adagiata su un lettino sotto lo sguardo apprensivo dei suoi compagni e degli insegnanti. Era svenuta ed Aria notò quanto il corpo fosse teso, come se lo avesse attraversato una scossa.

Henry nel frattempo l'aveva quasi raggiunta, era rimasto bloccato da un gruppo di ragazze di un altro piano, più piccole di loro e anche più spaventate, che il ragazzo si era fermato a tranquillizzare.

Aria seguì per qualche passo la barella che si faceva spazio tra la folla, fino a quando non notò Will su un lato. Mentre gli passava accanto, lui la prese per il braccio e la trascinò in avanti, in fondo al corridoio, poi entrarono in un'aula vuota.

"Ce ne hai messo di tempo" disse subito.

"Che diavolo è successo?" chiese lei poggiandosi a un banco.

"Ha avuto un collasso" rispose sistemandosi il ciuffo dietro l'orecchio. "Non fare quella faccia, non è poco comune come pensi", sbuffò.

"Che intendi?" Aria si avvicinò a lui staccandosi dal banco e il ragazzo fece un mezzo passo indietro inciampando quasi in una sedia. Poi tossì per distogliere l'attenzione.

"Insomma, rispondi o no?" Lei era realmente preoccupata, e tutto quel temporeggiare non era gradito. Voleva sapere ogni cosa e subito.

"Succede perché stiamo vivendo in un mondo a cui non apparteniamo. Anche tu hai detto che ti sembra di girare a vuoto o sbaglio?" chiese Will.

"Sì" rispose Aria sussurrando.

"Beh, perché è così" Will riprese fiato.

Aria sembrò persa in un pensiero: "E tu che ne sai?"

"Non lo so con certezza, ma ho degli appunti a casa. Riguardano gli incubi. Io…"

Aria si ricordò di colpo di una cosa e lo interruppe. "Ieri ho visto qualcosa muoversi sotto la tua felpa. Era un incubo?" chiese tutto d'un fiato. Aveva quasi paura di sapere quel dettaglio.

Will si limitò ad annuire.

"E come…". Aria si avvicinò a Will, dimenticandosi dell'agitazione che provava ogni volta che era a così poca distanza da lui. Will stavolta non si mosse. Parlarono sussurrando a pochi centimetri di distanza.

"Senti, quei fogli me li ha lasciati mio padre. Non so come, né quando, li ho ritrovati in casa e…".

"Aria", una voce arrivò dall'esterno. Era Henry.

Will e Aria erano rimasti immobili nella loro posizione, avevano l'aspetto di due cospiratori impegnati a discutere di un segreto importante, se non fosse che i due erano eccessivamente attaccati.

Aria si staccò rapidamente da Will e il ragazzo fece lo stesso. Lei lanciò una rapida occhiata imbarazzata a Will e andò verso l'amico che era ancora sulla soglia.

"Hai visto che confusione?" disse subito trascinandolo fuori.

"Sì, ma cosa ci facevi lì con…"

"Cosa sarà successo a quella ragazza?" continuò lei imperterrita.

Il corridoio era ancora affollato, l'unica differenza che sentiva era l'odore di caffè nell'aria che la rilassò.

Henry capì che lei non aveva nessuna intenzione di rispondere, perciò s'innervosì.

"Senti, me ne vado nella mia classe. Ci vediamo dopo, se non sei troppo impegnata".

"Ma che dici? A dopo" rispose lei, poi si voltò e camminò velocemente verso la sua classe.

La confusione stava pian piano diminuendo. Agli studenti era stato dato l'ordine di raggiungere la propria classe e i ragazzi svogliatamente lasciarono il corridoio.

"Ehi" disse Aria quasi minacciosa, per richiamare l'attenzione di Will che si stava sedendo, ma alcuni compagni si erano girati, perciò Aria abbassò istintivamente la voce: "Dobbiamo proseguire quel discorso".

"Alla fine delle lezioni" disse lui tirando fuori un quaderno dallo zaino, poi la guardò mentre si sedeva.

La ragazza gettò lo zaino dietro la sedia e ignorò il luogo in cui si trovava. In testa le risuonavano quelle parole e non riusciva a concentrarsi.

Che voleva dire che giravano a vuoto? Cosa aveva lasciato a Will suo padre? E gli incubi? Come faceva a trattenerli?

Succede perché stiamo vivendo in un mondo a cui non apparteniamo, aveva detto. Cosa significava? Non lo sapeva, ma aveva i brividi. Quelle sensazioni che le sembrava di provare da sempre erano giuste. Ebbe paura per la precisione delle sue parole, come aveva fatto ad arrivarci? E perché nessuno se ne riusciva ad accorgere?

Henry è così... tranquillo. E mia madre, Cece... si disse Aria, e proprio in quel momento la sentì sussurrare accanto a lei.

La sua compagna sembrava volerle parlare, sicuramente aveva tanto da commentare sullo spiacevole avvenimento di quella mattina. Lei, quando succedevano cose di questo tipo, era esaltata, smaniosa di sapere dettagli e di nutrirsene. Non ne aveva mai abbastanza, si poteva dire che vivesse di questo. Le fece un leggero sorriso e fece spallucce per farle capire quanto non ne sapesse nulla.

Alla fine delle lezioni Aria la evitò di proposito e camminò verso Will.

"Il mio amico sarà qui davanti a momenti" disse Aria senza sapere cosa pensare o sentire. Voleva aspettarlo o andarsene con Will?

Will allora fece cenno con il capo di seguirlo. Arrivati alla porta, la prese per il polso e la guidò lungo il corridoio, costringendola ad accelerare il passo il più possibile.

Cosa diavolo sto facendo? si disse di nuovo. *Ho volontariamente detto a Will di scappare con me prima che Henry...* Si sentì un verme, aveva promesso all'amico che si sarebbero visti. Lui era già abbastanza nervoso e quello avrebbe solamente aumentato il loro disagio, però la situazione lo richiedeva, era troppo importante. E Henry... lui non avrebbe capito.

Aria, pur rischiando di cadere, si voltò e vide Henry arrivare in classe senza trovarla. I suoi occhi volarono sul corridoio e incrociarono per un istante quelli di lei, un secondo prima che la ragazza si girasse di nuovo. Rimase a fissare la schiena di Will fino all'uscita.

Fuori dalla scuola, Will si decise ad aprire bocca. "Andiamo al giardino dell'altra volta. Staremo tranquilli lì".

Aria annuì sistemandosi lo zaino sulle spalle e s'incamminarono insieme, stavolta l'uno accanto all'altro.

Aria indossava una maglietta viola, un giacchetto nero e un paio di jeans, Will una felpa blu notte sopra un paio di jeans. Solo in quel momento la ragazza notò che lui aveva al collo una catenina, ma era infilata nella maglietta, nascosta dagli sguardi.

"Che c'è?" disse Will vedendo che Aria lo stava fissando.

Lei scosse la testa un paio di volte e tornò a guardare la strada. Erano ormai arrivati alla leggera salita che portava ai cancelli del giardino.

La tenue nebbia copriva la loro meta. I due avanzarono in silenzio sotto gli alberi di arancio. Aria, come sempre, osservò i frutti con trasporto. Il ragazzo chiuse gli occhi e prese un'ampia boccata d'aria, mentre con la coda dell'occhio la vedeva sorridere e anche lui sorrise.

Entrambi si dimenticarono per un attimo delle loro preoccupazioni e pensarono solo a godersi quel momento, spalla a spalla, un passo dopo l'altro.

Arrivati di fronte al cancello, Aria non resistette e si voltò verso la discesa che cadeva delicata fino al centro città. Poi seguì Will che si era già addentrato nel parco. Camminare al suo fianco le sembrò così naturale da farla trasalire non appena il pensiero si poggiò sulla sua mente. Il ragazzo aveva pensato alla stessa identica cosa, ma nessuno dei due aveva detto niente.

Aria aveva scordato la sua impazienza nel conoscere cosa girava nella testa del suo nuovo amico, se così poteva chiamarlo. Ancora non ne era sicura.

Appena raggiunto il luogo, entrambi si sedettero sul muretto. Nessuno dei due prendeva la parola, come se il primo che avesse aperto bocca avrebbe rischiato di perdere una sfida. Quella camminata in silenzio li aveva storditi e sembravano faticare a riprendere il punto della situazione, come se non importasse poi così tanto.

Aria cercò di rompere quell'esitazione.

"Allora… devi dirmelo. Gli incubi… sono solo una mia allucinazione?" chiese guardando istintivamente le sue maniche larghe.

Will come risposta le tirò su e la lasciò guardare ciò che nascondeva. Ad Aria mancò il respiro. Nonostante si fosse immaginata ogni singola risposta a una scoperta del genere, e si fosse ripetuta come avrebbe dovuto reagire, non riuscì a resistere. Due piccoli serpenti neri sinuosi, come rivoli d'inchiostro, gli correvano disciplinatamente lungo le braccia, attorcigliati, avvinghiati, come una pianta rampicante sulla facciata di un edificio, unici proprietari di quel corpo.

Aria allungò la mano e poggiò la punta delle dita sul suo polso, come incantata. Will rabbrividì a quel contatto e tirò subito giù le maniche.

Il corpo della ragazza fu percorso da un brivido, che lei scacciò di dosso.

"Come diavolo… come… Perché? E non ti fanno male?" sputò fuori Aria quasi urlando ma spostandosi indietro senza accorgersene.

"No. Non fanno male. Cioè all'inizio è stata dura, facevo molta fatica, ma ora no. Li controllo, fanno parte di me, come dovrebbe essere".

"Non è naturale" commentò la ragazza. "Sei…", stava per dire pazzo.

"Non è naturale dare in pasto ad altri cose che ci appartengono. E poi gli incubi, la loro manifestazione… è solo il frutto di questa realtà", sospirò profondamente, come se un pesante macigno gli fosse crollato in testa.

"Che intendi? Senti, parti dall'inizio. E sii chiaro, una volta per tutte". Aria iniziava a innervosirsi, non era una persona paziente, in più era curiosa di natura e non ce la faceva più ad arrovellarsi il cervello dietro tutte quelle domande.

Will si sistemò quel solito ciuffo dietro l'orecchio e prese fiato.

"Allora… cercherò di partire dall'inizio come mi chiedi. Ma tu mi devi promettere che sarai aperta a quello che dirò" disse con grande solennità.

Aria si limitò ad annuire ingoiando un blocco di saliva che quasi le aveva mozzato il respiro. Prese fiato anche lei e fu pronta ad ascoltare.

"Un giorno, non so più ormai quanto tempo sia passato di preciso, ma abbastanza, ho iniziato a sentirmi a disagio in questo mondo, come se non gli appartenessi. In più avevo la sensazione, com'è che dici tu? Di girare…"

"Girare a vuoto" proseguì Aria.

"Esatto. Girare a vuoto è il modo giusto di spiegarlo. Così sono diventato sempre più irrequieto, vagavo in cerca di qualcosa, senza sapere che forma avesse". Il ragazzo mosse le mani come se stesse tenendo una grossa palla, quella era la grandezza del suo disagio.

"La mattina mi liberavo degli incubi, provando sollievo e repulsione insieme". Prese fiato ed emise un suono gutturale come se avesse bisogno di bere un grosso sorso d'acqua. "Da quel giorno i miei incubi iniziarono a diventare, prima sensibilmente poi con più forza, diversi. Mio padre mi avvertiva che dovevo andare via, trovare la strada, ma non riuscivo a capire".

Aria spalancò gli occhi e Will si accorse subito del suo stupore.

"Successo anche a te, non è così?" chiese subito il ragazzo con un accenno di soddisfazione nella voce, forse più simile a un sollievo.

"Sì. Ne sono quasi certa" rispose subito lei avvicinandosi.

"Inizia così. Arrivano dei segnali che sono solo nostri. Nessuno può fabbricare incubi, è solo l'inconscio che lo fa; siamo noi stessi, sono le nostre inquietudini, i ricordi, le esperienze che abbiamo vissuto: quelle nessuno può cancellarle, ci appartengono" disse guardandosi le mani.

"Ci appartengono" ripeté Aria riflettendo. "Si possono cancellare i ricordi, forse, ma ciò che abbiamo vissuto ritorna sempre a tormentarci, in una forma o nell'altra" disse senza farci caso.

"È così. Gli incubi qui sono questo".

"E sono potenti" sussurrò Aria.

Will continuò, temeva di perdere il filo. "Molti credevano, nei tempi antichi, che i morti apparissero nei sogni, o che un'intensa preghiera potesse giungere ai propri familiari, e forse in questo mondo è possibile. Ci hai mai pensato?" chiese Will con l'eccitazione negli occhi.

"Cioè… mi stai dicendo che qualcuno sta tentando di contattarmi?"

"Forse dall'altra parte hanno strumenti che neanche possiamo immaginarci".

"Di che altra parte parli?"

"Andiamo con ordine. Dicevo che da quell'incubo tutto è iniziato a cambiare".

"Aspetta". Aria sentiva di dover confessare qualcosa. Si sentì di colpo oppressa. "Will, mio padre… è sparito anche lui". Guardò a terra, stordita, il suo essere vacillò. Se ne era dimenticata del tutto, per lei ora quell'uomo era solo una presenza che non c'era. Sentì che ciò che le era uscito dalle labbra non fosse quello che in realtà aveva pensato, eppure lo disse lo stesso.

Ogni dolore era sparito, cancellato via come un disegno sul bagnasciuga, ingoiato dalle onde. Prese fiato, in un attimo quell'onda si ritirò, portandosi dietro ogni cosa.

Will le strinse una spalla: "Lo troveremo".

"O forse no" disse senza pensare. Non era importante che ne parlasse, eppure Aria sentì di doverlo puntualizzare. Ma nel dirlo si era accorta che era altro che avrebbe voluto dire. Aveva finito per interrompere Will senza nessuna ragione particolare. Eppure le era servito, in una maniera che non le era ancora chiara. Quasi non si accorse del tocco caldo di Will sulla spalla, come se avesse salito un altro gradino di consapevolezza e le servisse del tempo per abituarsi a quella nuova stanza.

"Prosegui" disse decisa.

"D'accordo", tolse la mano. "Un giorno mi sono ritrovato da solo in cantina a cercare, spinto da quella sensazione. Da uno scatolone sono saltati fuori dei fogli che non avevo di certo mai visto. Eppure avevo riordinato più volte quella cantina! Le due pagine sembravano essersi materializzate dal nulla. Sopra era indicato come lavorare sugli incubi per farli adattare a una forma che potesse permettermi di oscurarne la presenza, almeno così supposi".

"Per quale motivo?" domandò impaziente Aria che pendeva dalle sue labbra.

"E aspetta, dammi il tempo di arrivarci" sbuffò lui.

"Scusa". Aria si discostò leggermente, cercando di sciogliere la schiena dalla tensione. Senza accorgersene si era allungata verso di lui, fino a raggiungere una vicinanza *off-limits* per entrambi.

Will sembrò di colpo nervoso.

"Ho iniziato a esercitarmi e dopo tanti tentativi ci sono riuscito. Li hai visti? Sono dei serpenti, ma piccoli e ne posso controllare il movimento come fossero parte della mia carne. Però ho scoperto che non si possono trattenere a lungo... o almeno io a quel livello non ci sono ancora arrivato". Si strinse un braccio e fece una smorfia.

"Insomma su quel foglio ci sono le indicazioni per gestire gli incubi, al fine di?" chiese Aria.

"Trovare la strada per andare via di qui".

"Non riesco ad afferrare bene...".

"Capirai molto presto. Comunque su quei fogli compariva quel simbolo che stavi disegnando, per questo ho pensato di parlartene. Forse insieme potremo trovare la strada".

"Insieme..." sussurrò Aria con un po' di timore. Poi si scosse. "A che cosa serve di preciso? Perché per trovare la strada, abbiamo bisogno di trattenere i nostri incubi?"

Will sorrise lievemente. "Hai detto che ti sembra di girare a vuoto".

Lei annuì.

"Trattenendo gli incubi, quel senso di intorpidimento, di stordimento passa. È come se la nebbia si diradasse e tutto sembrasse più chiaro. Ci si sente più...", faticò a trovare la parola.

"Consapevoli" disse Aria.

"Sì, è esatto. Ma come..."

"Quando sono a contatto con i miei incubi, la mattina, riesco a sentirlo. Mi riesco ad ascoltare, la nebbia è meno fitta, le sensazioni più forti, così come il senso di vuoto. Sento tutto con più chiarezza, sono più consapevole". Aria si alzò in piedi e incrociò le braccia al petto: "non come mi sento adesso".

"Quando riuscirai a trattenerli, queste sensazioni si rafforzeranno ancora di più e non è detto che sarà facile sopportarlo. Te la senti?"

Aria sorrise spavalda. "Ma certo. Devi insegnarmi come si controllano".

"Sì, però solo quando avrai uno di quelli utili. Come dire... premonitori, che nascondono indizi. Gli altri non servono a nulla".

"Una volta controllati, come ci si sente? È una cosa che mi sono sempre chiesta... come si vive con gli incubi? Io quando la mattina lo abbandono al punto di raccolta, mi sento vuota e libera allo stesso tempo. Come se mi fossi tolta un peso, ma più che un peso, una parte di me... come se mi avessero amputato, senza farmi provare dolore, un braccio. Poi la sensazione passa e sento solo la leggerezza, prima di cadere nel vuoto".

"È faticoso... pesano, Aria", la guardò seriamente, con un misto di preoccupazione e agitazione, "devi essere pronta a sopportare. Purtroppo, in questo mondo, tenere gli incubi non è naturale. Si accalcano l'uno sull'altro sotterrando il loro possessore, facendolo crollare. Per questo a un certo punto vanno lasciati, anche quelli più importanti. Ciò che conta è che ce ne sia sempre uno a sostituire quello che si cede. Altrimenti l'effetto svanisce..."

"Parli sempre di consapevolezza?" domandò Aria senza distogliere lo sguardo da lui. Era entrata in una dimensione di concentrazione talmente densa che neanche una bomba sulla sua testa l'avrebbe potuta svegliare.

"Sì. Ora sono solo parole, ma non temere, capirai molto presto e con chiarezza" disse Will sospirando.

Aria fissò per un attimo la nebbia, poi, come attratta da qualcosa, si voltò verso il giardino, osservò con apparente distrazione una piccola figura che si nascondeva nell'ombra e che la chioma dell'albero gettava ai suoi piedi. Aria sembrò notarla, ma non disse nulla, era come se stesse sognando. Sentì come se la realtà e il sogno si fossero sovrapposti solo per un momento, nonostante fosse sveglia.

"Siamo in un mondo sbagliato, non è così?". Aria serrò le labbra in una smorfia, tornò con gli occhi su Will. Iniziò a tormentarsi l'indice della mano sinistra come se lo volesse svitare.

"Un mondo sbagliato?" disse pensieroso. "Sì, direi di sì. Siamo dove non dovremmo essere". Will si sistemò il ciuffo e fece un altro sospiro.

Si era alzato un lieve vento che gli accarezzava dolcemente i tratti del viso.

"Sbagliato, eppure così simile all'originale" bisbigliò il ragazzo a occhi chiusi.

"E tu, l'originale lo ricordi?"

"Solo poche immagini. Una serie di forti sensazioni. Eppure mi manca".

"Anche a me, nonostante non lo ricordi affatto", prese fiato. Will la guardò sospirando.

Aria si lasciò tirare indietro i capelli dalla mano del vento e sorrise. Nonostante gli argomenti di cui stavano discutendo, non riusciva a non godersi quelle piccole attenzioni della natura. Inspirò a fondo il profumo degli alberi d'arancio, poi tornò con il pensiero accanto al ragazzo.

"I tuoi genitori cosa ne pensano?" Aria si accorse subito di aver fatto la domanda sbagliata.

Will tese la schiena e smise di respirare, un'ombra passò sul suo sguardo, oscurandolo. Improvvisamente sembrava essersi catapultato da un'altra parte, in una stanza buia e senza aria.

"Io vivo da solo" disse a bassa voce, mantenendo la giusta tonalità, senza riuscirci.

"Oh. E i tuoi dove…", Aria non riuscì a resistere dal chiederlo. Perché non sapeva farsi gli affari suoi? Non era mai stata un'impicciona ma di Will voleva sapere tutto. Qualsiasi informazione sarebbe stata utile per conoscerlo meglio.

Si accorse che era stata incauta. Anche lei aveva perso suo padre Wade, sicuramente era successo lo stesso anche a lui. Perché voleva farglielo confessare?

Si sentì cattiva, eppure desiderava tanto condividere qualcosa con lui, anche fosse solo questo.

Will prese fiato e si voltò verso destra, dove i rami di un grande albero spargevano foglie in cielo. Il vento si alzò minaccioso.

"Semplicemente non ci sono" disse trattenendo la frustrazione "ma li ritroverò".

Aria gli poggiò la mano sulla spalla in un gesto automatico che nessuno dei due si aspettava. A volte lei era capace di agire come una vera adulta e non come una ragazzina scortese.

Will sciolse la tensione proprio mentre Aria ripeté ad alta voce il suo di segreto come a cercare di vedere un'altra verità: "Mio padre è scomparso. O almeno non è qui".

"Non è mai stato qui. Siamo noi che ci siamo spostati da dove sono loro, che ci aspettano, ne sono certo..." proseguì lui.

"Se sono ancora...", ad Aria la parola si bloccò in gola, si incagliò come una nave in uno scoglio e lei la lasciò cadere senza avere il coraggio di proseguire.

Will prese fiato: "Lo sono, Aria. Lo sono". Stavolta fu lui a poggiare la sua mano calda sulla spalla esile della ragazza. Will si stupì di quanto la ragazza sembrasse debole al tocco, indifesa.

Il cuore di Aria sobbalzò, ma lei cercò di mostrare fermezza. "Insegnami come controllare gli incubi".

Will staccò la mano da lei e abbozzò un sorriso. "Ne sei convinta?"

"Ma certo, per chi mi hai preso?" rispose stizzita.

"D'accordo".

I due si alzarono e s'incamminarono verso l'uscita del giardino, dopo aver stretto quell'impegno silenzioso che li legava l'uno all'altro e che avrebbe cambiato il loro destino senza che i due potessero nemmeno immaginarlo.

"Non hai finito di parlarmi di quei fogli..." disse Aria a metà della discesa, dopo che entrambi ebbero immagazzinato e digerito la discussione. Lei aveva avuto bisogno di un po' di tempo per riprendersi, per valutare, capire a fondo. Ogni passo in avanti era un passo verso suo padre; quanto avrebbe voluto riabbracciarlo. Se solo intanto fosse riuscita a ricordarlo.

"Quello che ho capito leggendo quei fogli è che quando la persona s'inizia a risvegliare, ritrova all'interno dei suoi sogni la chiave per lasciare questo mondo. Però sembra non accadere a tutti, questo non lo capisco... tu l'hai vista e io no. Perciò credo che dovremmo..."

"Lavorare sui miei incubi e capire come trovare al loro interno la chiave. Poi ovviamente cercare anche il modo di utilizzarla... C'è quell'informazione sui fogli?"

"No, purtroppo. Parla di luogo fuori dal tempo e dallo spazio, il cui ingresso è invisibile a chi si nasconde. Dice proprio così. Non so cosa significhi".

"Siamo tutti noi quelli che si nascondono" sussurrò Aria colpita da quella consapevolezza. Si fermò sul posto e serrò le labbra, improvvisamente la bocca si era seccata, il respiro sospeso e il corpo irrigidito. Non riusciva a muovere più un passo.

Will sospirò: "Forza Aria". Allungò la mano, serio e la ragazza la prese. La accompagnò per alcuni passi poi la lasciò andare e camminarono in silenzio l'uno accanto all'altro.

***

"Da cosa ti nascondi, bambina? Da cosa?". La voce giungeva a lei attutita, come se l'uomo fosse imprigionato in una stanza buia, con muri composti da strati sottili di tempo.

Aria vide la sua mano protesa in avanti, meravigliata della sua presenza in quel sogno. Se la studiò attentamente, guardò le unghie corte ma tagliate con attenzione, le pellicine fastidiose che le comparivano sempre sul dito indice, la pelle raggrinzita e tirata sulle nocche e sulle giunture. Era tutto così dettagliato e preciso che non poteva credere fosse un sogno. Si accorse di essere in una stanza scura, sul lato sinistro una vetrata dava su un alto muro, al di là di esso solo deserto. Quella parete non le sembrava nuova, ma decise di ignorarla. Una luce che proveniva dalla parete di fronte aveva attirato la sua attenzione. Appena si avvicinò la luce scomparve, lei toccò la parete e si sorprese per la sua strana consistenza: da dura pian piano sembrava farsi sempre più calda come un essere umano, ma molle. Quando iniziò a respirare bagnandole la mano, Aria si svegliò di colpo.

La luce le sembrava già alta, eppure sua madre non l'aveva ancora chiamata, né la sveglia aveva suonato. Ai piedi del letto notò una figura scura, indefinibile. Si alzò di scatto per guardare meglio.

Fuori la solita nebbia, quel giorno ancora più densa, le dava il buongiorno in quel mondo sbagliato.

Alla ragazza tornò subito tutto in mente. "Sbagliato", era stata quella la parolina magica che l'aveva riportata nel suo corpo. Non era una giornata come un'altra, poiché era iniziato un cambiamento. Era certa che avrebbe fatto qualcosa di diverso quel giorno e non capì perché, ma le sembrò una cosa quasi astratta, come se realmente non avesse mai smesso di ripetere gli stessi gesti, un giorno dopo l'altro. La consapevolezza che avrebbe lavorato a qualcosa di nuovo la infiammò. Finalmente avrebbe smesso di girare a vuoto e avrebbe capito cosa questo avesse significato fino a quel momento.

A cosa l'avrebbe portata questo nuovo giorno non lo immaginava ancora.

Si ritrovò ritta all'imbocco della strada buia apertasi davanti, mentre se ne lasciava alle spalle una che girava in tondo, come una piazza circolare che la riportava sempre allo stesso punto. Le piaceva quella strada dritta e buia, perlomeno, per una volta nella vita, sarebbe andata avanti. E in fondo, ne era certa, avrebbe ritrovato suo padre. Ma quella voce che la chiamava, quella sagoma… chi era? E cosa c'entrava in tutto questo?

Si alzò dal letto ignorando il procione, sapeva che era lì, sentiva il suo peso, ma quel giorno non se ne sarebbe liberata. Suonò la sveglia e Aria corse a spegnerla, non voleva disturbare sua madre. Fuori c'era la nebbia, ma non era la solita ora. Si vestì di corsa e uscì lasciando un foglietto a sua madre, nel caso non avesse fatto in tempo a tornare.

Fuori trovò Will che si guardava intorno con attenzione, era sempre molto prudente.

La luna era alta in cielo e gettava la sua luce pallida sulle case.

"Ehi, che ci fai qui? Non avevamo detto da te?" bisbigliò Aria come se qualcuno potesse sentirli.

"Non volevo farti girare da sola" disse guardando da un'altra parte.

"Ma non c'è anima viva a quest'ora!" protestò lei come se la cosa non le avesse fatto piacere.

Will non rispose.

"Comunque grazie", si addolcì. Non poteva attaccarlo perché era passato a prenderla, *ma che razza di deficiente…* si disse più di una volta. "Ora andiamo su", disse avviandosi. Non si accorse che la sua vicina di casa era alla finestra come se avesse saputo dell'appuntamento e guardava i due ragazzi fumando una lunga pipa.

Will osservò il procione e scoppiò in una risata trattenuta.

"Ehi!" si lamentò, "piantala". Imbronciata Aria iniziò a camminare verso casa di Will, mentre il ragazzo prese a seguirla continuando a ridacchiare.

"Se non la smetti, vedrai…" biascicò la ragazza.

"Scusa, è troppo buffo" disse Will.

"Cerchiamo di sbrigarci". Aria assunse un tono imperativo e responsabile.

"Certamente capo!", e scoppiò di nuovo a ridere.

"Ma la pianti? Che cavolo ti sei bevuto stanotte?" domandò lei. "Ho capito, la mancanza di sonno non ti fa bene". Il suo buonumore era contagioso, anche Aria, infatti, iniziò a ridacchiare. "Siamo proprio una squadra stramba. Speriamo di non finire in qualche guaio".

"È quel maledetto procione… aspetta, di qua".

Imboccata la strada di casa sua Will si fece serio. Ritrovò tutta la serietà che lo contraddistingueva, e Aria, in parte, si sentì sollevata, c'era bisogno della lucidità di entrambi.

La casa era una piccola struttura a due piani con un muretto grigio che la circondava. Le piante rampicanti ne nascondevano la facciata e un albero dalle grandi dimensioni copriva la parte sinistra facendola sembrare incompleta, ferita, triste. Un po' come Will.

I due, dopo essersi guardati intorno, entrarono senza troppi complimenti. I vicini erano ancora a letto, e il sole non era sorto. Nessuno poteva averli notati.

All'interno Aria osservò ogni singolo angolo. La struttura della casa non era dissimile dalla sua: stretti corridoi, la cucina al piano terra, le altre camere sopra. Si vedeva che Will faceva di tutto per mantenerla ordinata e pulita, come se non fosse da solo. Forse questo lo aiutava a credere che non lo fosse.

Aria sbadigliò profondamente e di riflesso lo fece anche Will.

Il ragazzo entrò in cucina e preparò un caffè senza chiedere. Tirò fuori dalla credenza due tazze blu, lo zucchero, che teneva in un barattolo ben avvitato, e due cucchiaini perfettamente lucidati. La cucina rispecchiava un po' lui, era ordinata e tranquilla da fuori, ma chissà cosa si nascondeva in profondità.

"Inizialmente mettevo in ordine la casa perché non volevo che i miei, tornando, la trovassero abbandonata. Poi alla fine ho smesso di farlo per loro e ho iniziato a farlo solo per me stesso" confessò senza smettere di fissare il barattolo del caffè, come se al suo interno cercasse una risposta.

Aria si stupì per quel momento di sincerità e non seppe bene come rispondere: "Beh. La casa è tenuta benissimo" disse stupidamente, "veramente bene. La mia è un caos. Non si riesce neanche ad arrivare fino alla cucina". La ragazza mimò un uomo che tentava di uscire da una giungla spostando foglie e rampicanti dal suo percorso. Si sentì stupida e si voltò da un'altra parte, improvvisamente la credenza piena di tazzine diventò interessantissima. Studiò le tazze una per una sperando che quella stupida imitazione cadesse nel vuoto.

Will scoppiò invece a ridere e sembrò voler aggiungere qualcosa, quando la macchinetta iniziò a borbottare sprigionando il suo familiare profumo e lui versò il contenuto nelle due tazze.

"Quanto zucchero?" chiese poi.

"Cinque" disse lei continuando a fissare la credenza e sprofondando sempre più sulla sedia.

Will aggrottò le sopracciglia: "Sei seria?"

"Certo. Cinque".

"Ok. E cinque siano". Li versò e fece una smorfia, girò e le porse la tazza. "Andiamo ora. Spostiamoci in camera mia".

Al sentire quelle parole si svegliò di colpo e cercò di mantenere la calma. *Che sarà mai?* Pensò. *Ridicola*, si disse ancora, poi superò Will nel corridoio. "Forza su. Non abbiamo tempo da perdere".

"Ma se non sai neanche dove andare" commentò Will sospirando "Sali le scale".

I due sparirono al piano di sopra.

La camera di Will era molto semplice, sembrava più una soffitta ordinata che una stanza vera e propria.

Il letto era stato rifatto, o forse lui non aveva proprio dormito. La scrivania, sul lato destro, era quanto di più semplice si potesse chiedere. Sopra vi era solo qualche penna, un paio di matite, una gomma, i quaderni di scuola e i libri perfettamente impilati in un angolo.

Ma una cosa catturò subito l'attenzione di Aria, illuminandola.

"E quella?" chiese meravigliata, indicando una tela quasi finita proprio accanto al letto.

"Oh, mi sono dimenticato di toglierla. Ti dà fastidio l'odore?"

"Stai scherzando?" Aria corse verso la tela studiandone la superficie, i colori.

Will sembrò sorpreso. "Quando non riesco a dormire dipingo, solitamente" disse, in parte teso. "Non toccare che si sta asciugando" aggiunse distrattamente, spostando una matita da un lato all'altro della scrivania.

"Lo so", Aria sorrise.

Al ragazzo non piaceva molto parlare delle sue cose, ma lei riusciva a spillargli informazioni senza che lui riuscisse a opporsi. Non ricordava da quanto tempo non parlasse con tanta sincerità a qualcuno, forse non l'aveva mai fatto, almeno non in quel posto. Questo lo innervosiva. A quel punto Will le diede le spalle e aprì un cassetto della scrivania da cui tirò fuori alcuni fogli malandati.

"Anch'io adoro dipingere," disse Aria senza staccare lo sguardo dalla tela "non farei altro. Mi rilassa".

Will sorrise, anche lui sorpreso, sentiva che era un'informazione importante quella, eppure tutto il suo essere tentò di oscurarla, risucchiandola. Si voltò verso di lei stringendo i fogli: "Iniziamo".

"D'accordo", si scostò dalla tela e si avvicinò a lui. "Come s'inizia?"

"Allora, prima di tutto prendi in mano il procione" disse Will sforzandosi di non guardarlo.

"Uff. Piantala". Aria prese fiato.

"Non ho detto niente" commentò Will.

La ragazza si lasciò cadere di peso sul letto e sbuffò, agitata.

"Tutto a posto?"

Aria come risposta tirò su l'incubo così come faceva quando doveva infilarlo nel distruttore. Tenerlo stretto le faceva uno strano effetto che andava oltre la sfera sensitiva. Al tocco l'incubo era viscido e sfuggente insieme, minaccioso e tranquillo, vivo e morto, un corpo estraneo e intrecciato a se stessa. Le sensazioni che provava, le strisciavano dentro silenziose. Erano un misto di ansia, frustrazione, paura, di tutto ciò che avrebbe dovuto affrontare e di cui quel grumo nero era il risultato.

Will guardò l'orologio. Più di una volta.

"E ora?" chiese Aria boccheggiando dopo un minuto circa.

"Resta così ancora per un po'". Il ragazzo si sedette di fronte a lei staccando la sedia dalla scrivania e facendola scivolare sulle rotelle scricchiolanti. Poi s'immobilizzò a braccia conserte, come se stesse facendo qualcosa.

Aria si sentiva mancare, come se le forze di tutto il corpo scendessero pian piano, sempre più giù. Una volta che fossero arrivate ai piedi, sapeva che non sarebbe riuscita a trattenerle, sarebbero fuggite via. Si sentiva come se quella nuvola di fumo la stesse consumando, prendendo lentamente il controllo.

"Will...", disse stremata. La fronte sudata.

"Ancora un po'. Forza... ce la fai", la incoraggiò senza rompere la posizione.

Aria annuì lievemente e tenne duro. Pian piano le braccia calavano, il suo corpo si piegava, in avanti, accartocciandosi su se stesso, come se l'incubo si stesse facendo sempre più pesante, ma forse era solo lei a percepirlo così.

Le palpebre si appesantirono, non riusciva più a tenere gli occhi aperti. Vedeva Will sfocato, impassibile, e pensò di dover resistere, ma proprio non ce la faceva. Il suo incubo era molto più forte di lei. Crollò in ginocchio, lasciando andare l'incubo. Will la prese al volo e la fece sdraiare a terra.

Per un momento, che non riuscì a quantificare, restò sdraiata a terra, priva di conoscenza.

"Aria. Aria." la chiamava quella voce del suo incubo "Aria. Aria". Era Will.

Lei aprì gli occhi. "Che è successo?"

Will l'aiutò a tirarsi su. "Sei svenuta".

La ragazza a sentirselo dire s'innervosì e tentò di rimettersi in piedi.

"Non ti alzare subito" disse lui seduto sulla sedia. Lei sbuffò, asciugandosi la fronte bagnata.

"Ehi, non te la prendere. È normale. È successo anche a me, parecchie volte. All'inizio è così".

"Perché?" chiese lei. Il suo stupido procione incattivito era rimasto ai suoi piedi, come ogni giorno. Per nulla scalfito. Le sembrava quasi che ridesse.

"È il peso delle tue paure. E da queste parti il peso è maggiore che in qualunque altro posto".

"Pensi sia colpa dei Cinque?" chiese Aria senza pensarci.

"Anche. Sì. Questo mondo è lo specchio distorto di un altro. Qui la sofferenza e le paure sono intensificate, per questo ogni giorno escono da noi. Qui sono impossibili da gestire".

"Dici che in un altro mondo è possibile gestirle?" chiese Aria curiosa.

"Credo proprio di sì. Ai Cinque serviamo a qualcosa, di sicuro. Altrimenti perché quest'insistenza sul farci liberare dei nostri incubi? Perché siamo qui?"

Aria si voltò verso la tela: "Eppure sembra tutto così reale".

"È reale. Noi siamo reali. È questo posto che non lo è".

"Questa notte l'incubo è stato… diverso" sussurrò Aria che voleva condividere con l'amico la sensazione che aveva provato.

"Cioè?" Will scivolò dalla sedia e si sedette a terra.

"Non saprei spiegarti. Ero in una stanza buia con una vetrata che dava su un posto deserto. Dietro il muro, che avevo di fronte ma che non riuscivo a vedere bene, sentivo una voce che mi chiamava. La voce era nascosta dietro strati che percepivo… come posso spiegartelo? A dividerci non erano solo pura parete o materia, erano spazio e tempo insieme. Una separazione che andava oltre quegli strati. La sentivo lontana, in un altro luogo".

"Ho capito. Vai avanti", strinse al petto le ginocchia.

"Mi sono avvicinata al primo muro e ho poggiato la mano. Era viscido e caldo, come un essere vivente. Quando me ne sono accorta, l'ho ritirata e mi sono svegliata".

"Prova ad attraversarlo" disse Will serio.

"Che?" chiese lei. Pian piano le stavano tornando le energie.

"Se ti ricapita, prova ad attraversare quel muro. Potrebbe esserci la chiave lì dietro. Chi lo sa?"

"Mh. D'accordo. Ma ora proseguiamo. Vorrei riprovare" disse decisa Aria tirandosi sul letto e afferrando con violenza l'incubo.

"Sicura?" domandò il ragazzo, poi vedendo l'espressione di Aria ritrattò: "Ok. Ok. Cerca di concentrarti. Rilassati. Per oggi l'importante è migliorare il tempo. Prima è stato… quattro minuti circa".

"È sembrato molto di più", disse fissando negli occhi il suo incubo. Ora il solo tenerlo in mano le procurava una forte fitta nel petto.

"Lo so. Non è facile", disse Will intrecciando di nuovo le braccia. Aria notò un guizzo sotto le sue maniche, ma cercò di non perdere la concentrazione. Desiderava vedere di nuovo i serpenti di Will. Come diavolo faceva a resistere?

Cercò di restare concentrata, ma allo stesso tempo tentava di pensare alle cose più varie per distrarsi da quel peso che le opprimeva il cuore togliendole letteralmente aria e speranza. Sentiva un buco nero che si allargava nel suo petto fino a inghiottirla, pezzo dopo pezzo, senza che lei potesse difendersi; nella sua fantasia si vedeva legata con una corda di paura e sofferenza. Quando sentì che stava per svenire di nuovo, si fermò.

"Basta".

"Otto minuti e venti. Brava".

Aria sorrise. "Mi faresti vedere?" disse subito, come se non avesse pensato ad altro, "li ho visti prima".

Will alzò le maniche. I serpenti sembravano ancora più piccoli del solito.

"Sono… Minuscoli oggi" disse sorpresa.

Will sembrò gonfiarsi d'orgoglio: "Non smetto mai di esercitarmi. E questo è il risultato".

"Da quanto li stai tenendo questi due?"

"Ormai sono sette giorni, ma ho bisogno di nutrirmi con sempre più frequenza. Consumano molte energie, però ho sempre più chiaro cosa dobbiamo fare".

"Voglio riprovare".

"Avanti allora".

Capitolo 5

Quando uscirono, il sole era già alto. Erano passate ore da quando si erano intrufolati in casa, lasciandosi la luna alle spalle. La nebbia era come sempre densa e minacciosa, ma sembrava aprirsi a ogni passo dei ragazzi.

I due stavano mordendo delle fette di pane con la marmellata. Will aveva preparato la colazione prima di uscire perché aveva sentito lo stomaco di Aria brontolare, minaccioso.

Il ragazzo aveva ridacchiato, ma perlomeno aveva avuto il gusto di voltarle le spalle prima di scoppiare.

"Pane e marmellata ti va bene? Non c'è un granché", aveva aggiunto controllando nella credenza.

Aria aveva cercato di mascherare l'imbarazzo. Quando lo stomaco le faceva fare quelle figure, l'avrebbe voluto prendere a pugni.

"Sì, grazie", aveva risposto voltandosi.

Dopo la colazione, i due camminavano fianco a fianco, più sicuri l'uno dell'altro. Un'amicizia che inizialmente sembrava improbabile era ormai realtà.

"È andata più che bene per essere la tua prima volta".

"Il passo successivo?"

"Una volta che ti sarai abituata alla sua presenza, a sentirlo tuo e a controllarlo così come faresti con un tuo braccio, allora ti insegnerò a trasformarlo".

"Bene" rispose lei introducendosi tra la solita folla. *Oggi devo lasciarlo andare*, disse spazientita, agitando le mani nelle tasche.

"Su. Andrà meglio domani, ne sono certo".

"Ma questo era importante" disse lei.

"Ce ne saranno altri".

"Dove andranno a finire?" sussurrò osservando la cupola e preoccupandosene realmente per la prima volta.

"Chi lo sa!", sospirò il ragazzo.

"Cavolo!"

Aria si era completamente dimenticata di avvertire Henry che quella mattina non sarebbe partita da casa. Non l'aveva informato anche perché credeva di fare in tempo a passare, stupidamente. Per fortuna che aveva lasciato quel foglietto sul tavolo di casa. Immaginò la faccia di sua madre.

"Che c'è?" chiese Will vedendola preoccupata.

"Mi sono dimenticata di…"

"Del tuo amico?" disse interrompendola.

Aria non credeva ci avesse fatto caso.

"Già. Non l'ho avvertito. Comunque oggi andremo nel punto vicino casa tua, perciò non dovremmo incrociarlo".

Will guardava dritto davanti a sé: "Eppure se fosse, che problema c'è?"

"Beh…"

"Ah certo. Quello è cotto, vederti con me sarà un problema. Non ti preoccupare, se vuoi, appena arrivati nei pressi della scuola, ci possiamo separare" disse allungando il passo e lasciandola indietro.

"Ma che cotto… Ehi, dove vai? Non ho detto niente del genere" rispose raggiungendolo. "Che ti prende?"

"Nessun problema. Facciamo così. È anche più sicuro" disse mettendosi il ciuffo in ordine e voltandosi da un'altra parte come a troncare il discorso.

Aria si liberò dell'incubo, stavolta le sembrò che facesse più resistenza, come se non volesse staccarsi. Poi sparì nella provetta emettendo una piccola scintilla e un suono sordo, che non aveva mai fatto.

Quando Aria si mosse per uscire dalla confusione, le sembrò di vedere ancora una volta il ragazzo dai lunghi capelli biondi che la fissava, ma non poteva essere. Quella era un'altra zona. Pensò di avere le allucinazioni e proseguì senza pensarci più.

Senza l'incubo ora non si sentiva più libera, ma stremata. La sensazione di quella parte di sé staccata violentemente era più forte del solito.

Per un attimo il cuore palpitò come se volesse uscirle dal petto. Mise una mano per calmarlo e riprese fiato. Poi si poggiò a un albero che aveva raggiunto senza neanche accorgersene, come se si fosse catapultata lì.

Will l'affiancò subito: "tutto bene? Lo so, sarà sempre più dura lasciarli andare".

Aria prese ancora fiato: "Perché i Cinque dicono che a lungo andare possono fare male?" chiese.

"Perché è così. In questo mondo, mantenerli in questo stato… come dire, rudimentale, non fa bene. Ma quando li riesci a manipolare, a farli tuoi, essi saranno sempre meno un corpo esterno. Un giorno mi è successa una cosa. Ho lavorato tanto su uno dei miei incubi, talmente tanto che esso è sparito, come se l'avessi inglobato. Mi è entrato dentro. E solo in quel momento ho capito chiaramente una cosa: che è forse quello il loro posto".

Aria fece una smorfia: "Dentro? Ma è orribile. Non riesco a immaginarlo" disse staccandosi dall'albero.

"Tu non guardare solo la sua forma, pensa a quello che rappresenta. Quello è una parte di te, un tuo prodotto. E forse noi siamo il contenitore, loro è lì che dovrebbero essere".

"Ma lo senti…", sapeva di stare per fare una domanda stupida e si fermò.

"Che scema che sei", gli abbassò il cappuccio sulla testa facendola sparire.

"Si è dissolto ed è diventato quello che doveva essere: puro pensiero, un'astrazione".

"Mh. Come fai a sapere tante cose?" chiese lei nascondendosi sotto il cappuccio.

"Non lo so" sospirò Will guardando lontano, poi ci pensò, alla ricerca delle parole giuste. "Alcuni pensieri vengono fuori senza fatica, come se prendessero forma da soli e appartenessero a un altro me stesso consapevole, che ho perso di vista".

"Tu l'hai perso di vista, io l'altra me proprio non l'ho mai incontrata" disse Aria guardandolo.

Will le tirò giù il cappuccio scoprendole i capelli neri: "Succederà".

Lei sorrise.

"Ok. Mi dileguo, così ti lascio libera di andare da quel tipo". Will fece una smorfia e continuò a parlare prima che Aria protestasse: "Se riesci, passa nel pomeriggio che sarò a casa".

"Sei proprio cocciuto. E va bene. Vai. Vai. Comunque, ti ricordo che siamo nella stessa classe… non posso parlarti?"

"Certo che puoi…", alzò le spalle.

"E allora ci vediamo in classe" disse lei spazientita.

"Ma tranquilla, possiamo anche non parlarci, così evitiamo di creare problemi".

Poi Will, dopo un cenno, si diresse a scuola lasciandola sul marciapiede.

"Ma sei cretino!" urlò Aria rimanendo sul posto, fissando il collo bianco del ragazzo mentre si allontanava sempre di più. Fece un sospiro e cercò di diminuire le distanze.

***

In una stanza ai piani superiori, i Cinque se ne stavano apparentemente tranquilli a fissare la città dall'alto, tutti in piedi, a una distanza precisa l'uno dall'altro, come un'immagine riflessa in uno specchio per cinque volte. I cappucci ben calati sul viso.

Sul muro un orologio quadrato rompeva il silenzio opprimente con il suo insistente ticchettio.

"Fra poco sarà ora" disse il Primo spostandosi dalla vetrata.

"Ogni mattina è un tormento…" aggiunse il Secondo, che però fu interrotto dal Terzo.

"Una speranza che si vanifica", sospirò rumorosamente.

"Quest'attesa è una tortura" aggiunse il Quarto.

"Abbi pazienza" continuò il Primo senza distogliere lo sguardo dalla città immersa nella nebbia. Poggiò le mani guantate sul vetro, con le dita ben aperte.

Il Terzo si staccò dalla sua posizione: "Troppa sicurezza uccide".

L'interfono attaccato al muro suonò; era un collegamento diretto con il laboratorio, che segnalava quando c'erano novità nell'aria, quando una forte energia veniva sprigionata.

La luce blu posta in alto lampeggiò con tutto il suo entusiasmo chiedendo di essere ascoltata.

I Cinque, senza dire una parola, si precipitarono verso l'ascensore. Continuarono a tacere per tutto il tragitto, trascinandosi dietro i loro mantelli. Non avevano intenzione di illudersi, una volta appurata la natura di quella chiamata, si sarebbero decisi a sciogliere le riserve.

Al centro del laboratorio, l'ometto baffuto si muoveva da una scrivania all'altra, eccitato. Era una fonte di disturbo per gli altri che erano al lavoro, impegnati nella trasformazione dell'energia. Erano tante le occhiatacce che volavano verso la sua direzione.

Quando i Cinque entrarono con lo stesso passo, in sala calò un silenzio sostenuto. La vista di quei mantelli che sembravano non ospitare un corpo sotto, gettava ogni persona, di qualunque età fosse, nel panico. Era forse l'energia negativa che sprigionavano a mettere in allarme quei comuni esseri umani che ancora erano dotati d'istinto di sopravvivenza, anche se non ne avevano fatto e facevano un buon utilizzo, visto che si trovavano lì.

L'uomo baffuto aveva impresso in volto un sorriso che andava da un orecchio all'altro, era pronto a parlare per accogliere i suoi illustri ospiti, ma i Cinque l'avevano già ignorato, lasciandoselo alle spalle. Entrarono nella zona in penombra, osservando smaniosi ogni provetta. Il responsabile li seguì silenzioso, pronto a introdursi, ma appena tentò di parlare fu interrotto.

"Signori…" disse ancora con un'ombra di allegria, nonostante i Cinque l'avessero trascurato.

"Allora? Vuoi deciderti a parlare?" lo incitò il Secondo ruggendo.

"Sì, ci stavo arrivando…" rispose l'uomo con meno sicurezza. Intanto i collaboratori si erano tirati indietro. Solo uno manteneva il suo posto: un ragazzo dai lunghi capelli biondi trattenuti in una coda. Guardava fisso i Cinque a braccia incrociate.

"Dunque… abbiamo trovato una sfera".

"E il sigillo? Qualche indicazione?" chiese il Secondo cercando di mantenersi calmo.

"No purtroppo…" disse il baffuto con tono di scusa, facendo nel frattempo un passo indietro.

"Com'è possibile?" domandò il Terzo.

Si avvicinarono tutti alla provetta, dove la sfera di energia roteava silenziosa.

"Forse abbiamo delle informazioni non del tutto giuste" disse il Secondo.

"Gli incubi più potenti possono dar vita alla sfera. Ciò che non ci è stato svelato è che non è detto che questi nascondano il sigillo. Lo sapete anche voi" commentò il Primo sospirando sotto il mantello, ma mantenendo la calma. Era il più intelligente, quello morigerato e tranquillo, il razionale del loro strano gruppo.

Il Secondo fece un passo in avanti, come se volesse prendere a calci l'ometto baffuto. Il Primo lo prese per una spalla, intuendo quella rabbia come fosse la sua.

"Sarà un potenziale, però. È la prima volta che succede" aggiunse il Terzo.

"È così, no? Allora? Rispondete!" urlò il Secondo.

Il baffuto fece un altro passo indietro, iniziò a sudare e si pentì di aver mostrato tutto quell'entusiasmo che forse li aveva illusi. Poi si allargò il colletto della camicia che lo soffocava e si asciugò la fronte bagnata.

"Stai calmo. Sì, un potenziale sicuramente. A chi appartiene quest'incubo?" chiese il Primo parlando a nome di tutti.

Il baffuto fece a malincuore un passo in avanti ed esitò a rispondere, ne valeva della sua vita certo, ma alla fine non sapeva cosa sarebbe successo ai potenziali sognatori.

"Allora?" chiese il Secondo di fronte alla sua esitazione.

"Una ragazza di diciassette anni circa. Si chiama Aria e vive nella zona est con sua madre".

Il Primo strappò la cartella dalle mani dell'ometto e lesse le informazioni.

"Aria Lind, 17 anni. Incredibile, ha una tale energia questa ragazzina, ma è anche vero che si trova qui da molto tempo. Continuate a tenerla d'occhio".

Il ragazzo biondo distolse lo sguardo e si voltò. Poggiò le mani sulla scrivania dando le spalle agli altri.

"Che ne facciamo della sfera?" chiese il baffuto.

"Ci sono altre possibilità che sputi fuori qualche informazione o lo stesso sigillo?" Il Primo si avvicinò al vetro e fissò la sfera in silenzio. L'atmosfera sembrò essersi appesantita di colpo. Il responsabile riprese a sudare, mentre i suoi collaboratori si erano fatti trasparenti.

"No, signore" disse con tutta la decisione che riuscì a imprimere in quelle parole, poi prese a guardare il pavimento. Le mattonelle quadrate che lo separavano dai Cinque erano solo tre, all'uscita invece ben sette, gli sembrò stupido solo calcolarlo, ma lo fece comunque, ne sentì l'urgenza.

"Mandala insieme alle altre, allora". Detto questo, il Primo si diresse verso l'uscita, facendo d'apripista agli altri. Tutti ripresero a respirare. Il baffuto si appoggiò alla scrivania, il sudore gli si raffreddò di colpo addosso.

Nella stanza dei troni, i Cinque si scambiavano le loro suggestioni.
"Una ragazzina, roba da matti" disse il Terzo nervosamente.
"Aria". Il Primo era fermo di fronte alla parete vetrata, scollegato dagli altri.
"Vieni a sederti" disse il Secondo osservandolo. "Stai tranquillo, se è lei, non ci sfuggirà".
Il Primo lo ascoltò sospirando, ma era ancora pensieroso, molte riflessioni avrebbe preferito non condividerle con gli altri, se fosse stato possibile, ma purtroppo non lo era.
Poi fu il momento, una forte scarica di energia invase la stanza facendola tremare, così come non aveva mai fatto. I Cinque si ressero al trono come se avessero paura di venir spazzati via. Quando tornò tutto alla normalità, si alzarono increduli.
"Cosa diavolo…?" commentò il Terzo.
"È stata quella sfera… che energia magnifica!" disse il Secondo.
Il Primo scoppiò in una fragorosa risata inaspettata. I Quattro lo guardarono con una punta di apprensione, non era possibile notare i loro visi, ma i movimenti non potevano ingannare, alcuni si erano avvicinati, altri si erano aggrappati al trono con gesto insicuro. Il Primo non poteva perdere la testa, sennò sarebbe stato tutto perduto.
"Stai bene?" chiese il Secondo quando gli fu accanto.
"Ma certo. Sono solo euforico" disse il Primo.
"Ubriaco di energia eh?" disse il Quarto. "Lo sono anch'io. Era… intensa".
"Ci sono speranze riguardo al sigillo" aggiunse il Primo proseguendo nel suo discorso, come se le voci dei suoi compagni non gli arrivassero.
"Una sola candidata però" intervenne il Quarto.
"La candidata ci ha dato un'indicazione, che il sigillo si sta finalmente facendo sentire, come la vecchia ha detto".
"Diamo tempo al tempo". Il Primo aveva ritrovato la sicurezza e quella sorta di strana speranza che aveva provato solo quando si trovava nell'altro mondo, quando era umano.
"Non è molto" disse il Secondo nervosamente. Il vertice di tubi era pieno più di un quarto di quella sostanza rossa e grumosa, a ogni passo in avanti s'illuminava.
Il Quinto si alzò dalla sua postazione e fece qualche passo in avanti. Gli altri Quattro lo guardarono, sapevano che quello che avrebbe detto non sarebbe stato banale. Lui centellinava le parole e si decideva a parlare solo quando era strettamente necessario. E quello rilevò a tutti i presenti, quanto il momento fosse importante.

Torse le braccia dietro la schiena in riflessione, fissando la città imbiancata quasi completamente dalla nebbia e disse solo: "Il sigillo sta per comparire".

***

Davanti alla scuola Aria trovò un Henry non arrabbiato, forse più infastidito. Se ne stava a braccia conserte ad aspettarla. Lei se ne accorse solo all'ultimo momento, perché era ancora intenta a seguire Will, indecisa se raggiungerlo rompendo quella brutta situazione che sembrava essersi creata, oppure se lasciar perdere e fare qualcosa successivamente, con più calma. Decise per la seconda possibilità, ma, proprio mentre plasmò questa risposta, vide Will passare accanto a Henry, che gli lanciò un'occhiata di gelo.

Ora toccherà a me, pensò subito Aria. L'amico era di pessimo umore, si poteva notare già alla prima occhiata. Oltretutto lei gli aveva mentito, e ora stava per rifilargli un'altra balla.

"Buongiorno, Henry" disse allargandosi in un sorriso di scuse silenziose.

"Che fine hai fatto? Non potevi avvertire? Ti ho aspettato al solito punto" disse ricostruendo le sue mosse. "Poiché non arrivavi, sono venuto a suonarti ma tua madre mi ha detto che eri già uscita. Tu uscita presto! Dove sei andata? Comunque sono tornato al punto di raccolta e non arrivavi. Sono andato in caffetteria, pensando fossi corsa lì per un attacco di fame, potevi esser svenuta o chissà cos'altro! Potevano averti rapita… Insomma che…"

"Scusami tanto, non ti dovevi preoccupare, veramente. Sono uscita semplicemente prima".

"Ma non eri a scuola" disse Henry, che si chiedeva che senso avesse uscire prima se non per andare a scuola.

Aria, che non aveva pensato a una scusa, tirò fuori la prima cosa che le venne in mente: "Sono andata al giardino degli aranci. Volevo guardare il paesaggio di mattina presto, per… per… riportarlo in uno dei miei quadri". Sorrise soddisfatta della balla, poteva funzionare.

Henry la guardò ancora sospettoso. "Comunque potevi avvertire, oltretutto io sarei venuto volentieri se me lo avessi detto". Poi si diresse a scuola senza aspettarla.

"Ma…", lo seguì Aria senza riuscire a giustificarsi.

Henry strinse più volte le cinghie sulle spalle e non si voltò più a guardarla.

Passarono attraverso i portali.

Aria si sentì tremendamente in colpa, non poteva trattare così il suo più caro amico, l'amico di sempre. Che razza di bastarda era?

"Mi dispiace sul serio. Prometto che la prossima volta ti avvertirò" disse camminandogli accanto con sempre maggiore fatica. Il ragazzo sembrava allungare il passo per lasciarla indietro. "È che ero così presa da questa questione, che proprio mi è passato di mente. E poi non ho deciso con molto anticipo, è stata una cosa improvvisa. Un colpo d'artista" disse colpendosi la testa per fargli capire l'estemporaneità della cosa. "Lo sai che a volte sono un po' distratta, non lo faccio con cattiveria" aggiunse faticando a trovare le parole, confessare quelle cose le costava molto.

Henry in risposta le diede una spinta che la distanziò di un metro, Aria rimase sorpresa, non capì di primo impatto se era stato un gesto di rabbia o di scherzo.

"Ok, ok. Ma ricordatelo, va bene?" Henry sorrise e Aria si rasserenò. "Oggi hai saltato la seconda colazione, come farai a sopravvivere?"

"Proprio non lo so" rispose lei realizzandolo solo in quel momento. Lo stomaco le brontolò in risposta, come se anche lui non se ne fosse accorto.

"Ah, ah, ah, sentilo!" commentò Henry.

Erano ormai arrivati nel corridoio della scuola. Will era poggiato al muro e leggeva un libro, solitario come al solito. Aria si chiese perché non fosse in classe, poi sorrise alla battuta di Henry, aveva proprio ragione, non ce l'avrebbe fatta a sopravvivere fino al pranzo.

"Macchinette alle undici? Probabilmente morirai prima di arrivarci" disse il ragazzo, ancora ridendo.

"Certo! È sicuro…" rispose lei tirandosi indietro i capelli, che le si erano impigliati alle cinghie dello zaino.

Henry tirò fuori dalla borsa un pacchetto di biscotti: "Tieni".

Ad Aria brillarono gli occhi, lo stomaco parlò al posto suo. "Ti amo per questo" disse illuminata e prese i biscotti come se non vedesse il cibo da tantissimo tempo.

Henry sorrise: "Cibo di emergenza". Era chiaro che lo portava dietro proprio per lei. Chiaro a tutti tranne che ad Aria, ovviamente.

Lei sorrise e aprì subito il pacchetto. Erano al cioccolato. "Magnifico! Come farei senza di te?" disse dandogli una gomitata affettuosa.

"Me lo chiedo anch'io".

La ragazza non si era accorta che Will aveva alzato gli occhi dal libro chissà da quanto e li fissava con uno sguardo a lei incomprensibile. Notò che Henry si era fatto silenzioso, rispondeva serio allo sguardo di Will, che sicuramente era già in ascolto mentre stava leggendo.

Aria guardò prima uno poi l'altro.

Poi Will entrò in classe mentre Henry non si decideva ad andare nella sua.

"Allora alle 11. Non fare tardi".

"E come potrei? Vieni sempre qui fuori, scemo, come posso fare tardi? Piuttosto tu" disse ridacchiando.

"Hai ragione". Henry sembrò imbarazzato. " A dopo allora".

"Sì, a dopo" rispose la ragazza. Lei rimase a fissarlo mentre si allontanava impacciato. Il corridoio sembrava allargarsi al suo passaggio. Era quella l'impressione che ogni volta gli dava guardando quella scena. Henry era così in gamba che tutti l'avrebbero dovuto temere, non intralciargli il percorso.

Non appena Aria mise piede in classe e guardò Will, si rese conto di quanto i due fossero diversi. Non capì bene se in negativo o in positivo.

Ceci si sbracciò non appena la vide. Aria passò accanto al banco di Will senza neanche guardarlo. *Non era quello che voleva?* si disse infastidita. *Si vergognerà di me?* fu il secondo pensiero. *Henry non si è mai vergognato di me*, aggiunse.

"Ehi Ceci. Tutto bene?" chiese Aria cercando di tenere un tono amichevole e spensierato.

"Certo. Tu piuttosto. News?" disse ammiccante, avvicinandosi con la sedia al suo banco.

"Di che tipo? No, comunque". Aria notò che alla parete era comparsa una nuova mappa della città e in quel momento pensò a tutto quello che poteva esserci fuori, fuori da quel luogo così stretto. Perché non ci aveva mai pensato?

Cosa c'è fuori di qui? si chiese con insistenza. *Perché non siamo mai partite? Non abbiamo mai fatto un viaggio? Perché non riesco a ricordarmelo?* Sapeva che il mondo non era tutto lì. Si imparava anche a scuola, eppure quella curiosità si fermava a quel luogo.

Perché nessuno desiderava lasciare quella città? Perché nessuno pensava fosse possibile lasciarla, o non ne sentiva il desiderio.

I pensieri iniziarono a scorrere nella sua mente come una tempesta in pieno inverno. Non sapeva più come giustificare quell'assenza, o meglio, quella mancanza. *Perché nessuno si muove da questo posto e non desidera farlo?* si chiese, poi rimase paralizzata dal terrore, per la prima volta. Quella consapevolezza indescrivibile le strisciò addosso fermandole il sangue nelle vene. Un brivido di freddo la percorse dalla punta dei piedi ai capelli.

Devo parlare con Will, pensò subito, *lui saprà aiutarmi a dare una risposta*. Non riusciva a pensare ad altro, era completamente intorpidita e non poteva uscire da sola da quel luogo indefinito in cui si era andata a cacciare. Una caduta nell'ignoto, dove le domande erano più numerose delle risposte, e dove lei sentiva di non avere ancora gli strumenti necessari per poter formulare delle ipotesi. Si sentiva come uno schizzo di colore su un quadro incompleto.

"Ehi ci sei?", la voce di Ceci le arrivava lontana e distorta. Aria cercò di tornare da lei. "Stai bene?", ripeté ancora l'amica. Ora anche Will la guardava, preoccupato. La ragazza voleva pronunciare due semplici parole, "sto bene", ma non le uscivano, per questo si limitò ad annuire.

Ceci continuò a fissarla senza dire altro. Aria non sarebbe riuscita a tranquillizzarla finché non avesse parlato, così si sforzò.

"Tutto bene, Ceci. Scusa. Giramento di testa", abbozzò un sorriso verso di lei, ma era come se non la guardasse.

"Ok. Ma sei proprio bianca ora. Cerca di non sforzarti. Se vuoi gli appunti, li prendo io".

Aria annuì ringraziando silenziosamente.

Le undici erano ancora lontane. Era stata la mancanza della seconda colazione a farla vacillare? I biscotti forse non erano bastati. O le domande che erano sorte spontaneamente alla vista di quella maledetta mappa? Non lo sapeva ma non riusciva a smettere di pensare, a liberarsi da quella sensazione d'indeterminatezza. Nonostante fosse appannata, la sua mente volava in una direzione tutta sua e lei non riusciva a starci dietro. Era come se fosse diventata un corpo estraneo che non rispondeva più al suo controllo. I suoi pensieri schizzavano in avanti a tutta velocità e lei si sentiva come se corresse in un mare di fango denso, che le impediva anche solo di camminare normalmente.

La mano sinistra cominciò a tremare. Aria la fermò con l'altra, cercando di tenere duro. Era passata solo mezz'ora. Notò che Will ogni tanto si girava a controllarla.

Stupido, pensò Aria ancora arrabbiata. La gamba destra ebbe un fremito, la sentì formicolare, come quando il sangue non riesce a scorrere bene. Eppure il jeans non era troppo stretto. Stese delicatamente la gamba e vide il piede spuntare dal banco, anche quello sembrò tremare. Lo tirò indietro.

Ceci sembrava preoccupata, ma era talmente impegnata a stare dietro agli appunti che poteva girarsi solo di rado.

Nonostante sentisse terribilmente freddo, delle gocce di sudore iniziarono a spuntare dalla fronte di Aria, che non aveva la forza di alzare le braccia per asciugarsele e le lasciò stare. Che facessero pure i loro comodi.

Erano le dieci, era trascorsa un'altra ora. Avrebbe voluto accasciarsi sul banco e riposare, ma avrebbe dato sicuramente nell'occhio, perciò si appoggiò solo allo schienale. Le girava la testa ma non era una tipa da farsi soccorrere, si sarebbe ripresa e l'avrebbe fatto da sola. Lei solitamente non aveva paura di nulla, eppure nelle ultime quarantotto ore erano sorte molte cose a spaventarla. L'incertezza era la cosa peggiore di tutte.

Stanotte mi sono affaticata troppo. Ho bisogno di dormire, si disse. *O forse dovevo mangiare più fette di pane con la marmellata. Erano così buone. Will le aveva scaldate alla perfezione. Si era formata quella crosticina dorata che mi fa sbavare. E la marmellata di mirtilli la adoro, era perfetta. Fresca e cremosa*, cominciò a pensare per distrarsi dal suo malessere ma si accorse che le faceva venire solo ancora più fame.

A cosa poteva pensare per distrarsi?

Il tizio biondo era lì. Perché mi segue? Che vuole? Oh no. Vediamo… dopodomani ho un compito in classe e non ho studiato ancora. Il tramonto al giardino degli aranci deve essere meraviglioso. Vorrei vederlo. Un giorno ci andrò, da sola, però. Basta Will, basta Henry. Io sto meglio da sola, sicuramente. Sono forte e indipendente. Strinse con più energia la mano sinistra, che ora tremava vistosamente. *E poi mi dicono tutti che sono come un ragazzo. Un ragazzo che dipinge certo, ma sempre un ragazzo.* Pensare a quei due, la fece innervosire e sprecò ancora più energie di quanto volesse. Come doveva fare per spegnersi? Non ci riusciva. La mente galoppava da sola, come se si fosse aperta un varco, buttando giù un muro che la teneva intrappolata e ora avesse l'infinito di fronte.

Alzò gli occhi verso l'orologio, erano le undici meno cinque. "Ci siamo" disse tra sé e in quel momento squillò la campanella. Aria si alzò a fatica e passò tra i banchi.

"Stai bene?" chiese Ceci.

Lei in risposta alzò con difficoltà la mano non tremante. Poi a testa bassa si diresse verso l'uscita. Superò Will che sembrava volesse fermarla, ma lei non gliene aveva dato l'opportunità, accelerando il passo.

Fuori comparve Henry. "Quanto sei pallida. Stai…"

"Sto bene, sto bene" sussurrò nervosamente; anche la voce si stava spegnendo. Si diresse verso le macchinette quasi barcollando. La testa girava ancora più veloce, quasi da offuscarle la vista. Continuava a sudare come se dovesse sciogliersi da un momento all'altro. Il corridoio era pieno di studenti e lei faceva sempre più fatica ad andare avanti.

Le risate arrivavano alle sue orecchie con un suono distorto e fastidioso, talmente acuto che sembravano fischi. Poi, arrivata al solito punto, di fronte alle finestre, tutto a un tratto non le sembrò di sentire più la terra sotto i piedi. Le gambe cedettero e crollò. Henry la prese al volo per il braccio destro, ma Will l'aveva afferrata per primo da dietro, dalle spalle.

Aria non si era accorta che Will li avesse seguiti. *Allora gli importa almeno un po'*, si disse ancora cosciente.

"Ehi, lasciala" disse Henry minaccioso, trascinandola verso una delle classi vuote che si trovavano a pochi passi da loro, lungo il corridoio. Will la sorreggeva da dietro. Aria intanto aveva ripreso a camminare, debolmente ma stava in piedi. Voleva contare solo sulle proprie forze, come sempre. Eppure questa volta avrebbe avuto bisogno di aiuto.

"Forza, da questa parte" le sussurrò Will all'orecchio, guidandola verso un banco.

Henry sempre più nervoso, collaborò, aiutandola a farla sedere.

"Ora puoi andartene" disse Henry a Will scostando i capelli dal viso di

Aria, che era seduta come una marionetta rotta.

"Vattene tu, oppure renditi utile" rispose Will calmo. "Chiudi la porta" aggiunse poi con tono imperativo.

Henry, dopo un momento di esitazione, obbedì. Poi tornò da Aria ma Will lo scostò. "Togliti di mezzo" disse piazzandosi tra lui e la ragazza, ma Henry non voleva cedere il passo.

"Bisogna farle aria" disse sventolandola con un quaderno.

"No, non serve" rispose Will che lo scostò ancora una volta. Poi prese le guance della ragazza tra i palmi, lei teneva ancora gli occhi chiusi. "Aria. Ascoltami". Li riaprì. "Ora devo fare una cosa, cerca di tenere duro, ok?".

Aria annuì, notando il suo sguardo velato di preoccupazione. Poi lei gli strinse debolmente il polso, come se volesse fermarlo, ma desiderava solo pronunciare delle parole che non le venivano. Era priva di forze.

Will, sotto lo sguardo attento di Henry, si limitò a chiedere: "Ti fidi?"

Lei annuì e lo lasciò libero. Will strinse per un istante le sue dita per farle capire che stava per agire.

Henry rimase con le mani in mano, indeciso su cosa fare, ma la situazione evidentemente non gli piaceva affatto. Con gesto sicuro Will le tirò su le maniche, rimboccandogliele quasi fino alle spalle, poi le toccò di nuovo le guance.

Da quando sono diventati così intimi, questi due? pensò stupidamente Henry, estraniandosi per un momento dalla discussione. Notò quanto la carnagione di Aria fosse chiara, lo strato di pelle sembrava solo un sottile velo. Le vene scorrevano ben visibili lungo il braccio.

Will, dopo un momento di esitazione e dopo aver guardato Henry, tirò su le sue maniche e scoprì i piccoli serpenti che gli percorrevano le braccia.

"Cosa diavolo… che vuoi fare?" Henry lo bloccò, di colpo spaventato.

"Se non faccio così, non si riprenderà. Fidati" disse Will sicuro, senza scrollarselo di dosso. Henry lo lasciò andare. Non poteva credere ai suoi occhi, quelli erano incubi. Com'era riuscito a entrare a scuola con quelli?

Will intanto strinse i polsi di Aria e chiuse gli occhi: i serpenti scivolarono verso di lei, circondarono le sue braccia, la strinsero. Aria si lamentò, una ruga le era comparsa al centro della fronte, ma dopo un attimo la ragazza sembrò ritrovare il colorito e aprì gli occhi lentamente.

I serpenti non avevano abbandonato del tutto Will, le estremità erano rimaste attaccate alle sue dita, ma si vedeva che la cosa gli stava causando un enorme sforzo. Più Aria si riprendeva più lui sembrava sfinito.

La ragazza con gli occhi semi aperti fissò i serpenti e non era per nulla spaventata, anzi si preoccupò per Will, che stava diventando ancora più bianco di quanto già non fosse. Si poteva vedere ogni singola vena ingrandirsi per lo sforzo.

Aria tornò finalmente in sé. Il tremore sparì e lei aprì del tutto gli occhi.

I serpenti si ritirarono e tornarono da lui facendo crollare Will a terra tra i banchi.

"Will!" Aria si alzò, senza far caso a Henry, e s'inginocchiò accanto a lui. "Tutto bene?" gli chiese afferrandolo per il braccio e aiutandolo ad alzarsi.

"Sto bene, un secondo e mi riprendo" rispose Will mentre Aria coprì d'istinto le braccia dell'amico, come una squadra perfettamente organizzata. Poi gli strinse i polsi senza pensarci e non lo lasciò andare, come se avesse paura che crollasse di nuovo a terra. Solo mentre compieva quel gesto, si accorse di Henry, sapeva benissimo che lui era lì, per questo aveva coperto le braccia di Will, ma la consapevolezza era arrivata un istante dopo quel gesto.

I due guardarono Henry inebetito e la ragazza lasciò i polsi di Will.

"Henry!" Quando Aria fece un passo avanti, Henry ne fece uno indietro e gesticolò minacciandola di non avvicinarsi. Aveva lo sguardo ferito, arrabbiato, lo sguardo di chi viene tenuto all'oscuro di tutto. Poi si voltò e uscì senza sentire ragioni.

"Henry aspetta!" disse la ragazza, ma lui non si fermò. Aria che stava dando le spalle a Will, si girò: "Grazie", disse con tono formale, poi corse dietro a Henry.

Will si staccò dal banco cui era poggiato, si sistemò nervosamente il ciuffo e rimase con il palmo sulla testa. Infastidito, fece un sospiro.

Capitolo 6

Il corridoio ora non le appariva più come un percorso a ostacoli. Aria superò abilmente le altre persone, piena di energie, senza pensare che quell'energia non fosse la sua.

"Henry, aspetta!".Vedeva le spalle dell'amico che proseguivano senza nessuna esitazione.

Il ragazzo scese le scale, come se volesse precipitarsi fuori da scuola, ma si fermò nell'atrio con le braccia poggiate ai fianchi, a testa bassa. Sembrava riflettere su tutto ciò che era successo o sui mille modi possibili in cui poteva insultare Aria. A questo pensava anche lei, a quanti insulti si meritasse. Eppure come poteva parlargli chiaramente di tutta quella questione?

"Henry" disse Aria appena fu a pochi metri da lui. Si avvicinò lentamente, colmando la distanza poco a poco. Con timore, stringeva le mani al petto.

"Ascolta Henry" riprese a parlare Aria pacatamente, il tono basso e profondo.

Henry si voltò verso di lei. "Niente 'ascolta Henry'" esplose l'amico. "Si può sapere che diavolo sta succedendo? Che cosa mi nascondi? Che cosa state facendo voi due?" chiese. "Non mi muoverò finché non me l'avrai spiegato" concluse con le mani sempre più strette sui fianchi.

Aria non sapeva che fare e disse: "Niente di pericoloso, Henry".

"Che succede fra voi due? Hai sempre odiato quel tipo, o mi sbaglio? E ora sembrate complici…" Poi fu colpito da un pensiero e spalancò gli occhi: "Eri con lui stamattina?"

Aria non sapeva mentire, serrò le labbra e lo guardò con aria dispiaciuta, torturandosi il pollice.

Henry fece un sospiro e abbassò la testa, come se avesse bisogno di un momento per attutire il colpo, poi ripartì all'attacco: "Te lo ripeto: cosa sta succedendo? Perché sei stata male? E quei… non voglio neanche nominarli, perché? Senti, Aria", ora la sua voce assunse il tono supplichevole, "ho il diritto di sapere. Siamo amici, non è così?"

"Henry" disse lei conciliante, ma guardando a terra, "stiamo facendo qualcosa, è vero, ma non c'è nulla tra noi" disse sospirando, poi alzò lo sguardo ferito. "Non c'è nulla, è solo una collaborazione".

Will, nascosto dietro il muro che separava l'atrio dalle scale, ascoltò senza battere ciglio, ma stringendo a pugno una mano, come se quello che aveva sentito l'avesse irritato.

"Per cosa Aria? Perché non me lo vuoi dire?" chiese ancora Henry, tralasciando il resto. Era esasperato, fece un passo avanti e la strinse per le spalle: "Mi puoi dire qualsiasi cosa, non ti fidi più di me?"

"Non è quello. Non credo tu sia pronto" rispose sospirando, poi riprese a guardare a terra.

"Non capisco".

"Perché… a te non sembra di girare a vuoto" rispose lei alzando lo sguardo, e gli sorrise con tristezza.

"Perché non vengo dietro alle tue elucubrazioni? È questo che mi esclude da tutto?" disse dandole le spalle.

"No, perché tu sei felice così. Io no" rispose Aria con voce calma. Si sentiva libera dai rimproveri, era un dato di fatto incontrovertibile. Era così.

"E lui la pensa nella stessa maniera" sussurrò.

Aria annuì. Henry sprofondò nel silenzio e non disse nulla per alcuni minuti. La ragazza cercava di interpretare quel silenzio ma non riusciva a immaginare a cosa l'amico stesse pensando.

La campanella era già suonata ma nessuno dei tre si era mosso. Non si percepiva il minimo rumore nell'aria, la ragazza sentiva solo il suo cuore martellare, quasi non si azzardava a respirare per non interrompere il flusso di pensieri dell'amico. Era in attesa di un commento, anche di un insulto, ma lui si ostinava a non parlare.

Sapeva di averlo ferito chiudendogli le porte in faccia, ma come avrebbe potuto spiegarglielo? L'atmosfera si appesantiva di minuto in minuto. Aria avrebbe voluto fuggire via. Più tempo l'amico restava in silenzio, più sapeva che la risposta che avrebbe ricevuto sarebbe stata più violenta.

Will alzò gli occhi verso il soffitto e incrociò le braccia.

Proprio in quel momento si sentì un suono di porta che sbatte proveniente dal piano di sopra e questo sembrò far tornare Henry in sé. Il ragazzo superò Aria senza dire una parola e salì le scale, mentre lei rimase lì di sasso.

Anche lei era stata chiusa fuori.

"Henry" chiamò ancora.

Lui saliti un paio di gradini si voltò verso di lei. "Nulla. Alla fine non devi rendere conto a me di quello che vuoi fare". Sembrò costargli una grande fatica quella frase, che tratteneva ancora un'impronta di quella rabbia.

"Che vuol dire?" Lei sapeva benissimo cosa l'amico intendesse, eppure voleva sentirlo da lui. L'aveva compreso cosa significassero quelle parole, ma fino all'ultimo sperò di aver capito male.

Allargò le braccia in segno di resa: "Me ne tiro fuori". Poi dopo averle lanciato una lunga occhiata, salì le scale fino al primo piano.

Aria non si mosse, era arrabbiata e delusa. Credeva che lui avrebbe combattuto per la loro amicizia, ma alla fine lei se l'era meritato. Che cosa avrebbe dovuto fare? Accettare a occhi chiusi qualcosa che lei non poteva spiegargli? La sua era stata una reazione più che normale.

Aria sembrò sull'orlo delle lacrime, ma le trattenne. Will vedendola così, ebbe una stretta al cuore e corse di sopra e vide Henry fermo in mezzo al corridoio, fuori dalla sua classe, poggiato al muro. Will gli diede una spallata piena di rabbia, che lo fece barcollare nonostante Henry fosse tanto più alto. "Sei un cretino" gli disse, poi entrò in classe lasciando l'altro imbambolato nello stesso posto in cui l'aveva visto arrabbiato e triste.

"Un cretino eh, forse" disse con un sorriso amaro, aprì la porta della sua aula e si scusò per il ritardo.

Nell'atrio comparve una figura incappucciata. Aria era ancora sovrappensiero, le mani le tremavano ma si stava calmando. Non avrebbe frignato, né ceduto. Sapeva cosa doveva fare e non si sarebbe tirata indietro.

"Aria" sussurrò qualcuno. Lei voltandosi vide una figura sconosciuta, un ciuffo di capelli biondi spuntava da sotto il cappuccio. Era un uomo dalla corporatura asciutta, stringeva le mani in tasca, guardandosi intorno.

Aria notò la sua presenza distinta, solo quando fu a qualche metro da lui. Il tipo si lasciò scivolare il cappuccio indietro. Era il ragazzo dai lunghi capelli biondi che lei in quel periodo vedeva ovunque.

"Che cosa vuoi?" chiese Aria con un misto di paura e rabbia. Aveva in corpo ancora tutta la frustrazione per la conversazione appena avvenuta e sentiva il desiderio di scaricarla contro qualcuno, ma era anche spossata, svuotata emotivamente. Non sapeva a che forza si sarebbe appellata per quello scontro. Fece solo un passo indietro e si voltò verso le scale, non c'era nessuno. Erano soli.

"Ascolta. Non devi avere paura, io…"

"Chi sei?" chiese Aria con sicurezza.

"Questo non posso rivelartelo ora. Ma c'è qualcos'altro su cui ti posso avvertire". L'uomo si guardò di nuovo intorno. "Non ho molto tempo. Devi prestare attenzione e accelerare il passo, anzi, devi correre. Non puoi più permetterti di dare in pasto ai Cinque quello che stai producendo".

"Che cosa?" chiese sorpresa la ragazza. Quel tipo sapeva tutto, allora era vero che la stava seguendo!

"Si sono accorti che c'è qualcosa in te. Sei diventata un soggetto a rischio. Se non ti sbrighi a imparare la tecnica di manipolazione, perché sono sicuro che ci stai già provando, non riuscirai nel tuo intento, e tutto sarà perduto. Perciò…"

Aria sentì dei passi scendere le scale, si voltò a guardare alle sue spalle e quando tornò con gli occhi verso l'atrio, il ragazzo era sparito.

Me lo sono immaginato? No certamente, pensò.

"Aria?" era la signora del piano, "torna in classe cara. Le lezioni sono riprese".

"Sì, signora. Vado subito. Grazie" rispose e salì velocemente i gradini, tesa e confusa per la rivelazione del ragazzo misterioso. Era arrabbiata, frustrata e triste per il litigio con il suo amico e le incomprensioni che sarebbero venute. Un groviglio di sentimenti le stringevano il collo, quasi a soffocarla. Non si era mai trovata a provare così tante e diverse sensazioni, molte erano sfumate, altre più intense, ma tutte ugualmente importanti. Sperava di riuscire a gestirle tutte. La sua vita era sempre stata un lento fluire in un mondo opaco, piatto, tra giornate noiose e senza colori, in cui non era necessario pensare più di tanto. Era intorpidita, com'era Henry ora. Notava le differenze, vedeva come ogni essere umano di quella città fluisse silenziosamente, come la nebbia che la invadeva: senza rumore, senza lasciare traccia della propria esistenza.

Aria entrò in classe e si ritrovò gli occhi di Will addosso, distolse subito lo sguardo e iniziò a giocare con una matita. Poi si scusò con il professore e prese posto.

Lungo il tragitto aveva guardato avanti, verso il muro, fiera e sicura.

"Stai bene ora?" chiese Ceci avvicinandosi.

"Sì. Grazie. Tutto passato. Era solo un abbassamento di pressione" rispose Aria.

La ragazza trascorse tutta la lezione a pensare al tempestivo intervento di Will. Non credeva che gli incubi fossero portatori di una tale energia. In realtà l'energia apparteneva a Will, lo sapeva, eppure gli incubi l'avevano accolta, lui era riuscito a veicolarli attraverso di essi con grande maestria.

Chissà quanto tempo ha impiegato per riuscire a farlo? si chiese con la guancia appoggiata all'incavo della mano. *Quell'energia ora fluisce dentro di me.* Involontariamente arrossì e si agitò sul posto come un'anguilla. Non poteva pensarci, la cosa la innervosiva oltre misura.

Lei e Will erano entrati in contatto in una maniera diversa. Un contatto che non aveva mai avuto con nessuno. *Per forza, non è poi tanto normale ricevere dell'energia!* Si diede della stupida.

È incredibile cosa gli incubi possano fare. Eppure dovrebbero essere il frutto dei pensieri negativi, dovrebbero essere male, ma forse, opportunamente trattati, si spogliano di questa caratteristica, rimanendo solo pura energia. Perché, però, tante persone ne sono consumate? Forse perché sono troppo deboli per sopportarne l'energia? Questo mondo ci rende deboli. I Cinque ci hanno resi deboli. Perché allora i Cinque vogliono che ci liberiamo degli incubi? Se fossimo indeboliti, sarebbe decisamente meglio per loro. Nessuno si potrebbe ribellare... E se li prendessero per altri motivi?

Cosa aveva detto quel ragazzo: 'Non puoi più permetterti di dare in pasto ai Cinque quello che stai producendo'.

Ora non era il momento. Doveva occuparsi di ciò che provava. Il suo corpo si scaldava pian piano, come si trovasse accanto a un fuoco che l'avvolgeva.

Se si concentrava, quasi poteva sentire scorrere quell'energia sotto la sua pelle, scioglierle i nervi, rinforzarla, mescolandosi alla sua.

Accadde tutto in un istante, un'immagine si piantò nella sua mente e lei la poté vedere con chiarezza: era Will da solo nella soffitta. Stringeva una foto in mano guardando fuori dalla finestra, pieno di tristezza. Ciò che Aria vedeva sembrava un ricordo, doveva esserlo. La tela che aveva visto non presentava altro che un abbozzo di paesaggio fatto a matita. Forse erano passati mesi, o anni. Non sapeva quanto tempo il ragazzo ci mettesse a terminarne una, però una cosa era certa: doveva essere un ricordo.

Aria sobbalzò per la sorpresa, e lo stesso fece Ceci, spaventata da quel momento incontrollato. I compagni intorno non se ne erano accorti, persino il professore proseguiva con la spiegazione ma Will lo aveva notato e iniziò a fissare Aria con sguardo duro.

Perché mi guarda in quel modo? si chiese la ragazza.

"Ehi, stai bene? Oggi fai una stranezza dopo l'altra, sei pallida, sobbalzi. Ma che ti prende?" sussurrò Ceci appena il professore diede le spalle alla classe.

"Sì, sì" disse mentre rispondeva allo sguardo duro di Will che si era voltato in quel momento.

"Arrogante" bisbigliò Aria infastidita.

"Ce l'hai con me?" Ceci si avvicinò con labbro tremolante all'amica, come se stesse per scoppiare a piangere.

"Ti pare? Certo che no!" le disse Aria, poi le fece un grande sorriso per farle capire che la loro stramba amicizia non era stata intaccata.

La ragazza tornò a seguire la lezione, serena, ma ogni tanto le lanciava qualche occhiata di conferma. Ceci odiava essere messa in disparte, perciò Aria ricambiava mostrandole tutte le sue attenzioni. Se poteva aiutarla a toglierle di dosso la sua insicurezza, perché no?

Per certe cose Aria agiva da calcolatrice, si sentiva meschina, ma era necessario.

L'ora passò con eccessiva velocità. A volte il tempo sembrava dilatarsi, a volte correre, come se avesse una vita tutta sua, un modo di agire capriccioso. O forse era semplicemente quel mondo a essere sbagliato.

Aria sentì improvvisamente calore, iniziò a tamburellare con le dita sul banco, mentre un'altra immagine si faceva strada dinanzi a lei. Vide Will seduto su un letto di una stanza dalle pareti azzurre. Vi erano tante tele intorno e anche pennelli. Non era la sua casa quella, ne era certa. Il ragazzo dell'immagine sembrava diverso dall'amico, il suo sguardo era profondamente triste mentre si voltava verso le tele sospirando. Poi l'immagine venne risucchiata dal nulla, lasciando dentro di lei solo un enorme vuoto. Si sentiva come se avesse dovuto comprenderla, eppure proprio non le riportava nulla alla mente. Il disagio che provò in quell'istante la scosse e si ricordò che la lezione era appena finita.

Il professore raccolse i suoi libri e scivolò fuori dall'aula senza salutare. Gli studenti si sgranchirono le gambe nell'attesa della professoressa dell'ora successiva, e anche Aria decise di alzarsi, si stiracchiò e controllò che ogni suo arto funzionasse come doveva. La situazione si era stabilizzata.

Poi le cadde un quaderno a terra, quando si piegò per raccoglierlo, un'altra immagine si presentò nella sua mente: Will fermo in un prato, sullo sfondo un cielo azzurro. Era estate chiaramente, il ragazzo aveva una maglia a maniche corte e guardava dritto di fronte a sé, mentre il sole cadeva giù senza impedimenti.

Aria vide tutto dall'esterno, eppure sentì una sorta di calore e diede la colpa di tutto questo alla sua energia, ma continuò a spiare la scena. Il ragazzo non si muoveva dal prato. Chi guardava? Voleva saperlo.

L'immagine si allargò di colpo. A pochi passi da lui c'era… proprio lei. Svanì anche questa, come se la ragazza l'avesse strappata via dalla mente.

Aria restò piegata a terra con il quaderno sospeso tra le mani. Scosse la testa più e più volte, si diede persino uno schiaffo in faccia. Ceci fece spallucce, ormai aveva rinunciato a capirci qualcosa.

Le immagini che Aria aveva visto nella sua mente, se le lasciò velocemente, e vigliaccamente, alle spalle. Passò accanto a Will, con l'intenzione di andare in bagno e cercare un modo per scusarsi con Henry, anche se in parte era meglio averlo staccato da lei. In questo modo sarebbe stato al sicuro e non avrebbe più dovuto dare spiegazione sui suoi movimenti, che non era cosa da poco. Lei non sarebbe stata più in tensione, non avrebbe più dovuto raccontare bugie al suo amico, perché forse un amico ora non ce l'aveva più. Sospirò a quel pensiero.

"Mi ignorerai ancora per molto?", la voce raggiunse Aria quando meno se l'aspettava.

"Potrei dire la stessa cosa" rispose impertinente.

"Si può sapere che hai?" chiese Will facendo un passo avanti.

"Ti sembra che abbia qualcosa? Non ho nulla", fece spallucce pensando a quanto era odiosa quando ci s'impegnava. Odiosa a dir poco.

"Com'è andata poi con…", chiese facendo finta di non sapere.

Aria serrò le labbra, infastidita e frustrata: "Direi piuttosto male, ma forse è meglio così" rispose guardando dritta davanti a sé.

Will aveva uno sguardo indecifrabile, mentre la ragazza era semplicemente triste.

"È solo un cretino" disse Will con tutto il disprezzo possibile.

"Sarai tu cretino" rispose Aria ora guardandolo negli occhi. Il suo tono era mutato da triste ad arrabbiato. *Nessuno può dare del cretino a Henry, se non io,* pensò la ragazza nervosamente, *lui ha tutte le ragioni per essere arrabbiato con me.*

"Come ti pare". Will si sorprese della risposta, forse non credeva l'avrebbe difeso e la cosa l'aveva stranamente infastidito.

"Dobbiamo esercitarci oggi. Vengo a casa tua dopo scuola" propose Aria senza guardarlo.

Ceci era uscita senza che l'amica se ne accorgesse e i due ragazzi entrarono in classe seguiti dalla professoressa.

"Possiamo anche andare insieme" bofonchiò Will.

"Si può?"

"Certo che si può!", s'iniziò a innervosire lui.

"Ah, io credevo che non volessi farti vedere con me" commentò lei, scocciata. "Non mi guardare con quella faccia. Hai iniziato te".

"Hai fatto tutto da sola, Aria".

"Stamattina allora?" chiese la ragazza, mentre la professoressa prendeva posto.

"Ma sei scema? L'ho fatto per te! Non volevi andare dal tuo tipo?"

"Seduti ragazzi" urlò l'insegnante. E ognuno riconquistò il suo banco.

"Vedi che sei tu il cretino?" lo imbeccò Aria scuotendo la testa.

I due avevano alzato la voce e molti compagni si erano voltati incuriositi, non avevano mai visto Will perdere la pazienza.

L'ha fatto per me. Ma dimmi tu. Che bugiardo, pensò Aria fissando con rabbia la sua nuca dai capelli scuri. Il collo, quella mattina, era coperto dalla felpa, il cappuccio gli pendeva dietro le spalle coprendo una buona parte della schiena. Solo in quel momento le venne in mente il ragazzo biondo. Era una cosa urgente da dirgli, eppure non gliel'aveva riferita.

Volevo parlare con Henry, certo, ma quella sua fuga è stata odiosa e sembrava più un tentativo di togliermi di mezzo per non rovinare la sua reputazione da bello e tenebroso. Straparlo e sembro una ragazzina idiota, me ne rendo conto. Non so più cosa pensare. Al diavolo, chi se ne frega, sprofondò nel suo posto allungando le braccia sul banco, non aveva voglia di prendere appunti, né di pensare al tizio dai capelli biondi.

Ce l'avrebbe fatta quel giorno Aria a capire come si manipolano gli incubi? Prima di tutto avrebbe dovuto produrne uno.

Si alzò di colpo facendo storcere il naso all'amica, che aveva rinunciato a dare una spiegazione a quell'irrequietezza.

Oddio, dovrò dormire a casa sua e davanti a lui? E se parlassi da sola? O chissà cos'altro... non voglio proprio. Ma il biondo ha detto che devo sbrigarmi, si disse Aria.

Perse il tempo a riflettere e senza neanche accorgersene si era ritrovata fuori da scuola.

Will la raggiunse poco dopo: "Ma perché sei uscita di corsa?" chiese.

"Non so, ero sovrappensiero". E lo era ancora. Guardò distrattamente i visi dei ragazzi che superavano l'ingresso, in gruppi o da soli, fino a quando non scorse il viso di Henry, che la fissò per un solo momento, con uno sguardo che Aria non era riuscita a decifrare, ma che sicuramente non prometteva nulla di buono.

La ragazza era ancora indecisa se andare a parlargli, aspettava di vedere come l'amico avrebbe reagito, ma lui la ignorò, tirò dritto stringendo la cinghia dello zaino sulla spalla e non si voltò mai. Aria sospirò. Will, che aveva seguito la scena, le consigliò di andare a chiarire.

"No, va bene così. Andiamo" rispose lei guardando a terra.

"Perché, scusa. Puoi spiegargli…"

"T'interessa così tanto che lui sappia che fra me e te non c'è nulla?" chiese con un'improvvisa collera.

"Sai che ti dico? Oggi ti comporti come una scema" disse Will prima di iniziare a camminare arrabbiato davanti a lei.

Aria lo seguì ma non aprì bocca fino a casa. L'albero era sempre lì a sorreggere apparentemente la struttura. La ragazza si chiese come Will facesse a vivere lì da solo. Anche lei amava stare in solitudine, ma tutto quel silenzio prolungato l'avrebbe uccisa di certo.

Aria entrò in casa senza fare tanti complimenti, anzi, precedendo il proprietario. In cucina si versò un bicchiere d'acqua come fosse a casa sua e proseguì dritta verso la camera, dove si erano esercitati la notte appena passata.

Fuori dalla finestra la nebbia si era intensificata. Quando ci si camminava in mezzo, sembrava diradarsi, eppure vista da lontano appariva come un unico blocco consistente. Era così surreale!

"Vogliamo iniziare?" chiese Will poggiando lo zaino sulla scrivania ordinata.

"Prima devo dirti una cosa. C'è un ragazzo biondo che mi segue" iniziò Aria.

"Che?", Will non capiva cosa c'entrasse.

"Fai silenzio e ascolta. Questo ragazzo biondo mi è sbattuto contro qualche giorno fa, mi pare sia passato qualche giorno, forse una settimana, ma non è finita lì, l'ho continuato a vedere. Una mattina era fuori casa mia e…"

"Che diavolo è, uno stalker?" chiese Will quasi prendendola in giro.

"Vuoi stare zitto e ascoltare?", si spazientì lei. "Stamattina era a scuola. È comparso nell'atrio subito dopo…"

"Che hai litigato con Henry" continuò Will.

"E tu che diavolo ne sai?" chiese ancora più spazientita lei, ma quel sentimento aveva lasciato il posto alla sorpresa.

Will si accorse che sarebbe stato meglio tacere. "Ho immaginato. Ti ho vista scendere le scale. Comunque potresti andare avanti?", si sistemò il ciuffo e si grattò il naso con la punta dell'indice.

"Ok. Il ragazzo mi ha parlato molto chiaramente. Mi ha detto che devo stare attenta, che devo sbrigarmi a imparare la tecnica di manipolazione, perché altrimenti non riuscirò nel mio intento. E soprattutto non posso più permettermi di dare in pasto, ha detto proprio così, dare in pasto ai Cinque quello che sto producendo, perché sono un soggetto a rischio e se non mi sbrigo tutto sarà perduto" disse d'un fiato.

Will era rimasto senza parole. "E poi?" la esortò ad andare avanti.

"E poi purtroppo una signora si è affacciata a vedere se erano rimasti studenti in giro e lui si è dileguato" sospirò ricordando perfettamente la sensazione di vuoto opprimente che aveva provato in quell'atrio.

"Non ti ha detto chi era?"

"Pensi che se me l'avesse detto non te l'avrei riferito? Sarebbe stata la prima cosa che avrei fatto" disse sedendosi sul letto, quasi buttandosi. Sentire la questione dalle sue labbra, e ad alta voce, l'aveva fatta agitare, come ancora non era successo fino ad allora, però si rese conto che doveva agitarsi, non sarebbe stato normale il contrario.

Will rimase per qualche momento in silenzio, stringendo il mento con l'indice e il pollice, in riflessione.

"Perciò dobbiamo sbrigarci. È chiaro. Domani non puoi consegnare nessun incubo".

"Sembrerà assurdo, ma forse anche i Cinque cercano la chiave. È normale che sia così. Ma perché?" chiese Aria.

"Forse per impedire che questo mondo crolli. Questo ci dà un'altra informazione fondamentale".

"E quale sarebbe?".

"È chiaro" disse guardandola dritta negli occhi con tutta la serietà possibile, "è ormai certo che sei tu quella che troverà la chiave".

Capitolo 7

L'uomo baffuto si era permesso di chiamare i Cinque Sacerdoti fuori orario. I contatti erano sempre stati limitati alla mattina, ma quella sembrava una notizia troppo importante, che non poteva attendere.

"Come ti permetti di disturbarci a quest'ora, imbecille!" disse il Secondo senza trattenere la calma, come suo solito.

"Scu-scu..."

"Parla su, forza" disse il Primo sospirando.

"Stamattina, quando ve ne siete andati... noi non eravamo certi e ho aspettato. Sono arrivati due incubi, e anche quei due sono diventate sfere. Non nascondevano nessun indizio però... è successo qualcosa di strano. Le due sfere si sono dissolte. Non era mai accaduto".

"E allora che cosa ce lo vieni a dire a fare, è una perdita di...", il Secondo era già pronto a muoversi per prenderlo a calci. L'ometto nel suo ufficio fece istintivamente un passo indietro, come se ce li avesse davanti.

"No, ha fatto bene. Due sfere, energia potente, sennò non saresti venuto, giusto?" parlò il Primo.

"Proprio così. Forse è stato un errore del macchinario, ma dopo aver spruzzato la sostanza, si sono trasformati in sfere e poi si sono dissolti, l'energia è mancata per un istante. È arrivata una forte scarica da quelle due sfere, ve lo giuro. Altrimenti non sarei venuto".

"Bene. Grazie, continua così" disse il Primo.

"Mh", il Terzo strinse il mantello al petto, in riflessione.

"Altri due candidati" disse il Primo.

"Sono tre ora. Dovremmo fare qualcosa".

"I tempi non sono ancora maturi" disse il Quinto che non aveva ancora parlato.

"Domani vedremo" intervenne il Primo sedendosi.

Will iniziò a camminare da una parte all'altra della stanza, agitato come Aria non l'aveva mai visto.

"Devo incontrare di nuovo il ragazzo biondo e farmi spiegare. Ora però pensiamo a muoverci" disse Aria mostrando una tranquillità fuori dal normale.

"Ma ti rendi conto? Se sei tu veramente e i Cinque lo scoprissero, saresti in pericolo".

"Me la caverò. E poi non sanno nulla, altrimenti mi avrebbero già portato via, non credi?" sorrise lei.

"Sei un'incosciente, lo sai?"

"Ora io sarei un'incosciente? E tu sei un'idiota arrogante" urlò lei.

"Si può sapere perché attacchi sempre le persone?" disse Will cercando di non urlare.

"Perché mi fai sempre e solo innervosire. È più forte di te. A scuola mi molli lì con la scusa di farmi parlare con Henry, quando invece ti vergogni di farti vedere con una ragazza. Poi fai quello a cui non frega niente di nessuno e mi doni la tua energia sbraitando contro Henry. M'ignori e poi ti preoccupi, e ti metti a urlare se io sono calma. Ti sembra normale?"

"Intanto io non mi vergogno proprio di un bel niente. Pensavo volessi stare con il tuo ragazzo e spiegargli perché sparisci con me, ma è chiaro che lui è un grande deficiente se non capisce che quello che fai è importante. E anzi non vuole neanche sentire le tue spiegazioni".

"Che diavolo ne sai che non gli ho detto nulla?" chiese ancora Aria, sempre più convinta del suo pensiero.

Will proseguì a smontare le affermazioni di Aria. "E la questione dell'energia che cavolo c'entra ora? Stavi male ed io potevo aiutarti. Siamo amici, oppure no? Perché forse mi sono sbagliato" urlò ora. Le orecchie gli erano diventate paonazze e non aveva più fiato, ma non per aver strillato, gli era costata molta fatica mettere in chiaro quei punti.

Aria sorrise, placando tutta la sua ira: "Sì, siamo amici".

"Bene. Allora iniziamo e smettila di darmi dell'idiota" disse voltandosi da un'altra parte. Poi Will premette le dita sulla fronte per ritrovare la calma e la concentrazione.

Aria prese fiato e, dopo un istante di esitazione, si sdraiò sul letto del ragazzo, poi chiuse gli occhi. "Non ci far caso se parlo o urlo nel sonno. Ok?" disse senza aprirli.

Will ora la guardava, prese fiato anche lui: "Ti tiro una cuscinata se succede, tranquilla".

"Grazie tanto" rispose lei e sorrise sotto i baffi cercando di rilassarsi. Essere sul letto di Will proprio non aiutava. Forse era meglio piazzarsi in salotto. Ormai però era troppo tardi. Distese i nervi, mise le braccia sul petto, poi lungo i fianchi. Pian piano le sue membra s'intorpidirono, segno che stava per abbandonarsi al sonno. In pochi minuti, infatti, si addormentò.

La testa scivolò debolmente verso sinistra e Will silenziosamente le scansò dal viso una ciocca di capelli neri, poi si sedette alla scrivania e restò fermo a fissarla mentre dormiva.

Sembrava che fuori dalla finestra il mondo si fosse fermato, così come in quella stanza. Il silenzio aveva invaso ogni fessura della loro coscienza. Will si sentiva strano, offuscato, come se stesse per perdere i sensi, ma si sforzò di rimanere vigile. Quell'intorpidimento non era dovuto al sonno, era strano, completamente anomalo, imprevisto. Poi lo vide.

L'incubo di Aria si staccò da lei come una nuvola di fumo, prima divenne una sfera che si dilatava e restringeva pulsando come un cuore, poi esplose di colpo in ogni direzione. Will si coprì gli occhi, sorpreso.

La sfera pulsante al centro recava il disegno che Aria aveva scarabocchiato sul quaderno e che Will aveva impresso sul suo foglio, era la chiave. Ma durò solo un secondo. La sfera si ricompattò e prese la sua forma solita. Aria aprì gli occhi di pochissimo, come se stesse per svegliarsi, ma rimase sospesa, non si svegliò.

Will era rimasto senza parole, la chiave era comparsa proprio a lei, le apparteneva e non poteva fare nulla per cambiare questa situazione. Sarebbe stata lei a dover combattere questa battaglia. Se i Cinque la volevano, prima o poi si sarebbero trovati l'uno contro l'altro.

Will pensò solo a una cosa, che non l'avrebbe lasciata da sola. Si sedette sul letto e prese fiato, mentre il procione di fumo nero fluttuava sul letto, legato alla sua padrona.

La ragazza continuava a non svegliarsi e Will cominciò a preoccuparsi: dopo la creazione dell'incubo il sognatore solitamente si svegliava, non poteva essere altrimenti.

"Aria" sussurrò il ragazzo scuotendola con delicatezza. Lei si svegliò di soprassalto, per un momento sorpresa di trovarsi lì.

"È andata?" chiese guardandosi intorno, poi lo vide.

Aveva dormito per quasi un'ora. Nessuno dei due aveva ancora pensato che era il caso di mangiare qualcosa, ma lo stomaco di Aria lo ricordò.

"Mangiamo prima qualcosa" disse Will serio.

"Sì. Ci vuole proprio" rispose Aria tastandosi la pancia.

Will non se la sentiva di parlarle di ciò che era successo. Alla fine non era importante. Ora ciò che contava era preoccuparsi della manipolazione. Si doveva concentrare su questo, la brutta notizia l'avrebbe comunicata dopo. Ma era poi una brutta notizia? Aspettava da una vita, o almeno così gli sembrava, di trovare il possessore della chiave e la persona a cui sarebbe comparsa, e ora perché aveva così tanta paura?

Non doveva succedere proprio a lei, maledizione, si disse, *perché non è successo a me?*

"Ehi, stai bene? Sembri pensieroso" chiese Aria appena entrati in cucina.

Will tirò fuori da uno scaffale due piatti, dal frigo delle fette di formaggio e del prosciutto.

"Non è niente. Sono solo affamato" disse Will aprendo la credenza e afferrando la confezione di pane, dalla plastica rosso sangue.

"Non lo dire a me", e ridacchiò staccando pezzi di prosciutto e infilandoseli in bocca senza farci troppo caso.

"C'è una volta in cui tu non abbia fame?", la prese in giro Will con un sorriso divertito impresso in viso mentre poggiava le fette di pane sul tavolo.

"Effettivamente no", si trattenne lei, poi guardò il ragazzo per un momento e scoppiò a ridere. Anche Will la seguì con una risata più lieve ma intensa per un tipo come lui. Aria iniziò a staccare il bordo delle fette, alcune le spezzettava e le mangiava piano piano, come un uccellino, come l'insegnante della scuola, anche se quella non avrebbe mai mangiato con le sue delicate mani.

Will sospirò. "Non rovinare le fette, dai", si lamentò mentre apriva il frigo per prendere una bottiglia d'acqua.

"Il pane non si accorge se le fette sono rotte o intere" disse Aria infilandosene in bocca un altro pezzo.

"Io sì però" commentò lui togliendoglielo dal tavolo. Poi afferrò con forza due bicchieri azzurri dalla credenza.

"Fatti tuoi, maniaco" rispose, poi scoppiò a ridere di nuovo. Aria si stava rilassando: la cucina tranquilla, Will che le preparava da mangiare come meglio poteva, i loro sguardi d'intesa, la sintonia, tutto così stranamente familiare. Si stava divertendo. "D'accordo. Non tocco più nulla. Ok?"

Will prese le fette di pane e mise dentro, con ordine, una fetta di formaggio, una di prosciutto, scartando quelle distrutte da Aria, e un'altra di formaggio. Dal frigo tirò fuori della maionese, Aria prese un coltello dal cassetto vicino e lo porse a Will, che ne spalmò una punta su ogni parte. Poi si sedette.

L'incubo pulsava come un cuore... continuò a pensare Will che non riusciva a togliersi quell'impressione dalla testa, *chi saranno davvero i Cinque?*

***

Una melodia canticchiata tra le labbra suonò distorta nella stanza. La voce arcigna e attempata della donna stava immobilizzando ogni oggetto al loro posto come se trattenesse il respiro.

"Chi l'ha trovata è poi morto subito" disse la vecchissima donna, seduta di spalle, intenta a lavorare a qualcosa che non era possibile vedere. Il suo corpo gracile era nascosto da un vestito blu notte di velluto, inappropriato per il luogo. Una chioma lunghissima di capelli grigi toccava il pavimento.

La casa in cui viveva era su un solo piano, di pietra e legno, molto spartana. In alcuni punti il pavimento era bucato, e sul soffitto delle assi erano state tolte volontariamente. Dalla cantina sopra il salotto, soggiornava un buio talmente consistente da sembrare vivo.

"Questa volta qualcuno ce la potrebbe fare" disse qualcuno acquattato nel buio, con la voce profonda e pungente, indefinibile. Le parole provenivano da un uomo senza forma e sostanza, era proprio come un'ombra scura che aumentava di densità quando parlava, ma che spariva dilatandosi nell'aria quando taceva.

Intorno al tavolo su cui la vecchia era appoggiata, vi erano mobili e scaffali di ogni dimensione ricchi di oggetti strani, barattoli di vetro vuoti e semi vuoti contenenti polveri di tutti i colori. Alcuni barattoli erano nero pece, come se le polveri al loro interno fossero andati a male dopo tutto il tempo che avevano passato in quel luogo, altri blu, gialli, rossi, di ogni colore, e questa era l'unica cosa che dava una nota di allegria a una casa che appariva abbandonata.

Nella casa non era presente una cucina, come se la donna non mangiasse, e non vi era neanche un letto. Vi era solo un'ampia stanza con un tavolo, due sedie e un lungo divano dissestato, sovrastato dalla scura soffitta, verso cui la donna non alzava mai lo sguardo, come fosse legato a terra da una spessa corda.

La donna sospirò.

"Saresti pronta eventualmente ad andare?" disse la voce buia.

Ancora un sospiro. "Non mi vuoi più con te?" chiese invece di rispondere.

"Ma certo, mia cara. Però forse è giunto il momento di cambiare. Potrai essere libera".

"Chiunque sia, sarà ben accetto" disse la vecchia sospirando, aveva stretto i pugni esili e scarniti sul tavolo, le unghie lunghissime e scure assorbivano l'oscurità della stanza. Sulle braccia la polvere della casa era depositata come una crosta, come se la donna non si alzasse da quel tavolo da anni, da secoli.

"Sempre se qualcuno riuscirà a trovarla. Se mettessero prima le mani sul sigillo…"

"Un mondo andrà perso, però tu resteresti con me, mia cara. Ancora un altro po'"

Lei sorrise, divisa tra due diversi sentimenti. Andare o restare? Era così confusa.

"Penso che questa volta salterà fuori la chiave. Peccato loro non sappiano che solo un numero determinato di persone può scappare da lì", rise divertito.

La vecchia osservò con attenzione. Seguiva ogni passo della ragazzina, dei suoi amici e degli altri candidati. Sentiva i Cinque sempre più irrequieti.

"Sarà un bello spettacolo. Il migliore della tua permanenza. Mia cara, sei pronta a guardarlo?"

La testa della donna s'inclinò verso il tavolo.

***

Aria seduta sul letto a occhi chiusi percepiva la presenza di ogni singolo granello di polvere, sembrava che l'aria intorno a lei avesse un peso. A volte le braccia le cedevano e doveva sforzarsi per riuscire a stringere il suo incubo. Era diventato molto più semplice, di questo ne era certa. La nuvola nera si era rimpicciolita notevolmente, anche se ogni tanto sfuggiva dalle sue dita.

"Concentrata!" urlava Will severamente, appena vedeva Aria distrarsi.

Lei sentiva le mani intorpidirsi e i muscoli delle braccia dolerle, una parte di se stessa opponeva una strenua resistenza, ma lei l'avrebbe domato. Serrò le labbra fino a tagliarsi quello inferiore. Lo sguardo di Will la innervosiva, anche se lei teneva gli occhi chiusi sapeva che non smetteva mai di guardarla. E voleva un risultato. Mentre pensava a questo, l'incubo iniziò a riprendere la sua stupida forma.

La ragazza sbuffò e tirò fuori tutta l'aria che aveva trattenuto nei polmoni. Lasciò cadere le braccia lungo i fianchi e riaprì gli occhi.

"Non smettere!" urlò Will. "Dobbiamo farcela entro oggi", urlò ancora.

"Come sei severo" disse Aria con tono canzonatorio.

"Non ho nessuna voglia di scherzare. Ti sei riposata? Allora riprendiamo subito" ordinò senza cedere allo scherzo. Aria si chiese perché lui fosse di colpo così teso. Se ne stava a braccia conserte, immobile sulla sedia con la schiena ben dritta, i piedi ben piantati a terra.

"Dai su", la incitò ancora lui.

"D'accordo. D'accordo. Tranquillo che ce la farò. Se non oggi, sarà domani" disse Aria.

"Oggi", il suo tono non ammetteva obiezioni.

"O domani".

"Devi farcela oggi", il ragazzo la fissò con sguardo duro.

Ma che gli prende? pensò subito Aria.

"Sta' tranquillo…"

"Insomma Aria!", Will schizzò in piedi quasi rovesciando la sedia. "Non puoi prendere almeno questa cosa seriamente?" urlò facendo un passo avanti. Era così nervoso che gesticolava come non gli aveva mai visto fare. Aria era sorpresa da quella reazione, s'indurì e non ebbe più voglia di scherzare. "Lo prendo seriamente, ma non mi puoi pressare".

"E invece sì! È questione di vita o di morte…"

Vuole così intensamente lasciare questo posto? pensò la ragazza facendosi di colpo triste. *Ed io lo voglio sul serio?*

"Sta' tranquillo, ce la farò. Se sarò io quella che è veramente destinata a trovare la chiave, allora farò in modo che tu riesca a lasciare questo mondo" disse lei seriamente. Mentre parlava, aveva poggiato lo sguardo sulla tela, come se non avesse il coraggio di guardarlo in faccia. Stava pensando qualcosa di sbagliato.

"E anche tu?" disse Will con un mezzo tono interrogatorio.

"Sì. Certamente" rispose, ma non era poi così convinta.

"Aria…", il ragazzo fece per avvicinarsi ma si fermò ai piedi del letto.

"Ricominciamo subito".

Aria riprese il suo incubo per interrompere ogni altra discussione, e chiuse di nuovo gli occhi stringendoli bene, come se volessero aprirsi contro la sua volontà.

Il cuore le batteva forte, non per Will o per lo sforzo, ma per l'ansia. Un piccolo dubbio si era insinuato dentro di lei e temeva che si sarebbe fatto spazio piano piano. Come una piccola palla di neve che rotola giù da una montagna diventando a ogni metro sempre più grande.

Scacciò via l'aria che aveva trattenuto nei polmoni insieme a quella sensazione fastidiosa che l'aveva invasa. Poi si concentrò e cadde in un profondo coma. Non sentiva più niente intorno a sé. La stanza era diventata vuota e profonda, era come se si allargasse oltre i suoi confini. Sentì una piccola fiaccola di energia nel petto, la raccolse tra le mani, era calda ma non bruciante. Iniziò a dimenarsi con sempre maggior forza. Aria stringeva sempre più le mani e sudava per lo sforzo, cercava di trattenere l'energia in ogni maniera, sentiva che quella era la chiave della manipolazione e sapeva che con lei stava avvenendo in un modo diverso, lo percepiva, sennò Will l'avrebbe avvertita di sicuro. La fiaccola si contorse, assunse le sembianze di un piccolo animale irrequieto, bagnato e viscido, profondamente negativo, come una secchiata di catrame su un marciapiede pulito. Lei si sentì invadere ogni suo angolo, abituandosi alla sua presenza, alla sua energia. Quell'energia negativa era così ammaliante, piena di promesse, che quasi Aria voleva lasciarsi andare e perdercisi. Storse le labbra in un sorriso contorto, inquietante. In quel momento Will cercò di chiamarla: "Aria. Aria stai bene? Mi senti?".Ma lei non si svegliava. Teneva stretto in mano il suo incubo, la sfera dai bordi indefiniti. Dentro di lei, l'esserino viscido si muoveva. Lottava per prendere il sopravvento. E Aria si sentiva bene, voleva lasciarlo libero, lo stava per fare, ma la voce di Will le giunse alle orecchie come un sospiro lontano, di speranza e realtà, più attraente del richiamo di quell'esserino unto.

Pensò a Will, a sua madre, a Henry. Poi vide l'immagine di suo padre. "Trova la strada" sussurravano, quasi sovrapponendosi l'uno all'altro.

Quell'altra figura invece se ne stava silenziosa nell'ombra, ne vide solo i contorni, non abbastanza. Non voleva cedere. Cercò di aprire gli occhi ma non ci riusciva.

Will non sapeva cosa fare, cercò di scuoterla ma era dura come una roccia, non si spostava di un millimetro, ed era calda, infuocata. Aveva le guance rosse, le labbra tremanti, le gocce di sudore sulla fronte.

Aria percepiva la preoccupazione di Will, voleva tornare da lui. Strinse la sfera ancora più forte, si concentrò sulla fiaccola di energia che si sciolse dentro di lei, andando a occupare il suo posto. L'energia scivolò dal suo petto, lungo le braccia, fino alla sfera indefinita che acquisì sostanza, rimpicciolendosi sempre più, fino a diventare una piccola biglia nera. Poi libera da quell'energia, aprì gli occhi e svenne.

Piombò in un luogo buio e umido, credeva fosse una grotta, ma non ne era poi così sicura. A tentoni riuscì a trovare una parete ruvida che si sgretolava lievemente al suo tocco, si tirò su e ci si poggiò, si sentiva al sicuro con una parte di sé coperta. Era spaventata, ma lucida e attenta a ogni singolo rumore. Aveva impiegato alcuni minuti per abituarsi a quell'oscurità.

All'inizio piccoli puntini di luce le danzavano davanti stordendola, poi sparirono e lei riuscì a distinguere il profilo di quel buco buio: sembrava proprio una grotta. Sapeva che non poteva essere lì, era svenuta in camera di Will, eppure era tutto così reale: l'oscurità densa, il freddo che strisciava sulla sua pelle ancora sudata, il respiro tremolante, la dura roccia sotto il suo palmo.

La ragazza rimase silenziosamente in attesa, calibrando il suo respiro, che si era fatto quasi impercettibile, come se avesse avuto paura di svegliare qualcuno che si trovava a pochi passi da lei.

Un rumore iniziò a farsi strada nella sua coscienza e lei non riusciva a capire quanto fosse reale. Sentì un gorgoglio, lo scivolare silenzioso di un piccolo ruscello tra le rocce. Chiuse gli occhi e si concentrò solo sui suoni. Quando lo fece, stranamente, quel gorgoglio cessò, come se non fosse reale. Allora prestò sempre più attenzione. La mano destra era aggrappata al muro.

"Brava, Aria" disse una voce alla sua sinistra. Lei si voltò di scatto cercando la fonte di quel suono. Aveva aperto gli occhi.

"Chi sei?" chiese la ragazza balbettando.

"Aria…" ripeté la voce.

Aria era improvvisamente spaventata. Strinse la roccia con forza, fino a ferirsi le dita. Un rivolo di sangue caldo le bagnò il palmo.

"Ce l'hai fatta" disse la voce senza che la ragazza potesse individuarne con precisione la fonte, né la distanza.

"Cosa vuol dire?" riuscì a chiedere.

"La mano sinistra" disse solo.

Aria non se ne era accorta, ma nella mano sinistra stringeva una piccola biglia, il suo incubo.

"Ci sono riuscita" sussurrò facendosela scivolare tra le dita, poi la strinse ancora, per paura di perderla.

"Sì, ce l'hai fatta" ripeté la voce misteriosa.

"Chi sei?"

"La strada è lontana e vicina, dipende solo da te".

"Dimmi chi sei?" chiese a fatica; le parole sembravano non voler più uscire, intrappolate nella gola.

Ad Aria sembrò di vedere nel buio una sagoma sorridere tristemente, ma non era possibile. L'oscurità era ancora troppo fitta.

"Ricorda, tu sei come una campanula" disse dolcemente.

La ragazza capì di colpo. Quando tentò di fare un passo in avanti, quella grotta fu strappata via dalla sua coscienza, la voce urlò e lei, mentre cercava di trattenerla, si risvegliò nella calda e luminosa stanza di Will.

"Aria, sei tornata" urlò Will con il sollievo nella voce.

Lei si coprì gli occhi con il braccio, stringendo ancora la biglia. La luce le dava fastidio, ma non era solo quello. Le lacrime avevano iniziato a solcarle le guance, con insistenza.

"Che succede?" chiese il ragazzo notandolo.

Aria non scostò il braccio, nascosta lì dietro sentiva ogni parte di se stessa spezzarsi, diventare polvere sotto il peso di quella consapevolezza, di quel ricordo.

"Ti ho dimenticato..." sussurrò lei scivolando dal bordo del letto e accasciandosi a terra. Cercò di trattenere le lacrime, ma non ci riusciva. Si erano accumulate per chissà quanto tempo dentro di lei e ora aveva solo bisogno di farle scorrere fuori, tutte, anche se sapeva che non sarebbe bastato, che la fonte del suo dolore non si sarebbe prosciugata, mai.

"Aria...", Will s'inginocchiò accanto a lei, preoccupato, senza capire cosa l'avesse scossa a quel punto. Allungò il braccio con timore e le circondò le spalle. Lei poggiò la fronte sul suo petto e rimase così a lungo, fino a quando non calò la notte.

Will non se l'era sentita di chiedere spiegazioni, fino a quel momento. Aria sembrò essersi calmata, ma insisteva a non alzare la testa. Poi vide la catenina del ragazzo. Era fuggita fuori dalla maglietta, una piccola *w* d'argento le pendeva di fronte agli occhi. Lei fece resistenza per tirarsi indietro, non ce la faceva.

Il ragazzo la lasciò libera. "Aria..." provò a dire, ma il tentativo fu inutile.

Lei balzò in piedi e guardando a terra corse giù per le scale.

Will sentì la porta chiudersi, senza che potesse reagire, né avrebbe saputo come fare.

Aria era esausta. Odiava profondamente piangere di fronte a qualcuno, non l'aveva mai fatto con nessuno, nemmeno con Henry, e soprattutto odiava piangere. Lei non lo faceva, era una dura, ma quel pomeriggio, in quella grotta buia, sentendo la sua voce, comprendendo ciò che aveva fatto... non aveva potuto opporsi alle lacrime. Il dolore e la frustrazione l'avevano colpita in pieno petto, l'avevano costretta a piegarsi. Sotto quel peso, di fronte a lui, a ciò che aveva accettato, aveva dovuto prostrarsi.

Si sentiva un verme, una vigliacca, indegna di vivere. Ora voleva solo rimediare, ma il ricordo di quell'incontro la spezzava. Il ricordo di ciò che aveva accettato di lasciarsi alle spalle, per il suo bene, la faceva vergognare di se stessa. Non credeva di essere quel tipo di persona. Ci sarebbe stato tanto da fare per ritrovare la fiducia in sé, per potersi di nuovo guardare allo specchio. Ma ora lo sapeva, ricordava tutto, e si ripromise che non avrebbe mai più sotterrato il ricordo, da nessuna parte, se non dentro di lei. Perché quello era il suo posto.

Entrò in casa come fosse l'ombra di se stessa.

"Aria sei tu? Insomma, si può sapere cosa combini in questi giorni? Sai quanto odio non trovarti in casa al mio ritorno" disse la madre.

La ragazza si trascinò in cucina, aveva gli occhi gonfi e stanchi, i suoi movimenti sembravano essere frutto di un *ralenti* malriuscito. Tirò fuori dal frigo una bottiglia di latte e iniziò a bere, poi si asciugò le labbra, diede un bacio sulla guancia della madre e salì le scale. Sua madre capì che non era il caso di pressarla e rimase in silenzio chiedendosi cosa le fosse successo.

Dalla credenza tirò fuori una busta di biscotti al cioccolato e si sedette nuovamente al tavolo della cucina. Non aveva voglia di cucinare e non voleva chiedere a sua figlia di aiutarla.

Aria crollò sul letto, si sfilò le scarpe con la punta dei piedi e rotolò su se stessa, mettendosi a pancia in su, con il braccio ben steso verso il soffitto. Quella era la mano che stringeva l'incubo, ormai sotto il suo completo controllo, ma che sacrificio aveva richiesto!

La ragazza sperò che durante il giorno successivo non dovesse rivivere quell'esperienza, ma allo stesso tempo pregò perché voleva incontrarlo di nuovo, anche una sola volta. Ora che ricordava, ne sentiva il bisogno. Con quel pensiero ben stretto nella testa si addormentò. La biglia restò nella sua mano per tutta la notte, senza che potesse scivolare via. D'altronde era una parte di sé.

Quella notte il suo sonno fu travagliato, come una lunga, lenta agonia.

Aria si girò più volte nel letto, contorcendosi tra le coperte.

In un posto buio come la grotta *lui* era di nuovo presente.

"Parlami, ti prego" implorò Aria. A piedi nudi cercava di avanzare senza riuscirci. Il terreno era duro e le graffiava le piante dei piedi, ma non voleva fermarsi. Tentava, ma un muro invisibile la bloccava, gettandola indietro.

"Non avere paura" disse la sua voce dall'altra parte del muro.

"Ho paura. Ricordo tutto, sai? E stare senza di te…" disse la ragazza stringendo la biglia.

"Aria, basta. Questo non è il tuo posto" quasi urlò la voce.

"È qui che tu sei stato fino a ora?" chiese guardando dritta davanti a sé, lì dove proveniva la luce.

"No, non temere. Questa è una linea di confine, una zona in cui tu puoi richiamarmi" disse.

"Posso richiamarti qui tutte le volte che voglio? Attraverso i miei sogni?" chiese lei.

"Sì".

"Perché è così buio allora? Non è questo il posto che vorrei" disse spaventata.

"È quello che hai dentro, Aria. È questo ciò che provi?" chiese la voce con tristezza.

"Io non…", Aria era confusa e non sembrò comprendere.

"Prosegui, trova la strada e vai via di lì".

La biglia iniziò a scottare, ma Aria non si distrasse.

"Sei ancora qui?" chiese all'aria. Lui non c'era più.

La ragazza era sola in una stanza buia, che non sembrava il posto di pochi istanti prima, come se l'avessero spostata e infilata lì dentro senza che lei se ne accorgesse. Sentì un respiro provenire dalle sue spalle, si voltò e allungò timorosa una mano. Toccò il muro caldo e viscido, come quello della notte precedente, stavolta si sforzò di non togliere la mano, anzi premette ancora più forte e il muro sembrò inglobarla: poteva trapassarlo.

Scavò silenziosamente con le unghie, spinse la punta delle dita più a fondo. Qualcosa continuò a respirarle intorno, prima vicino, poi lontano, in uno strano balletto, ma lei non si fece distrarre, voleva oltrepassare quel muro. La notte prima aveva sentito qualcuno dietro quegli strati di muro.

La parete viscida e gommosa la stava inglobando pian piano, prima la mano, poi il polso, il gomito, la spalla. Riusciva a sentire l'aria sulla pelle, dall'altra parte ci doveva essere un'altra stanza, ne percepiva il vuoto. Mosse la mano, trattenne il respiro e spinse anche la testa.

Attraversando il muro, provò una strana sensazione, le sembrò di essere piombata in una piscina di gelatina, una vasca in cui l'acqua si fosse solidificata.

"Aria", la sua voce, ancora una volta.

La ragazza continuò a spingere, un piede era rimasto nella stanza in cui si trovava all'inizio, fece pressione e finalmente uscì, asciutta e pulita come prima. Si ritrovò in una stanza identica alla precedente, almeno credeva. Respirando si accorse che ci doveva essere lo stesso volume d'aria al suo interno. Una lievissima luce illuminava quel luogo. Di lato vide di nuovo quella finestra che dava su un deserto, completamente al buio.

"Aria" chiamò la voce. Proveniva dalla parete di fronte. Lei fece qualche passo e quando si ritrovò in mezzo alla stanza, si bloccò. Sentì un battito lieve, come se ci fosse un'altra persona nella stanza, ma non c'era. Si avvicinò alla parete e il battito si rafforzò.

"Di chi è questo cuore?" sussurrò. "Chi c'è qui?" urlò.

Si ricordò della biglia, le stava bruciando il palmo. "Ahi... che succede". Aria si sentì lentamente strappata da quel luogo e si risvegliò nel suo letto. Ai suoi piedi il nuovo incubo stava prendendo forma, mentre il precedente manteneva la sua dimensione, ora non bruciava più, la poggiò sul comodino accanto. Notò che gli incubi non potevano distanziarsi dal suo corpo se non di pochi centimetri. Raccolse l'incubo e fu pronta a rivivere l'esperienza del giorno prima, l'aveva sognato, lo ricordava bene, ed era sicura che quell'incontro fosse reale, ma anche quello del giorno prima lo era e voleva riviverlo.

La ragazza strinse l'incubo e chiuse gli occhi, il procione si dimenava cercando di prendere il controllo ma Aria lo teneva ben saldo. Come il giorno prima, sentì quella fiammella dentro di sé, ma non la bruciò, né prese il controllo del suo corpo, scivolò lentamente verso la punta delle dita, ormai perfettamente istruita, come se il giorno precedente la ragazza avesse tracciato un percorso, un binario immaginario che la biglia era costretta a percorrere. Aria avvolse l'incubo trasformandolo in una biglia, identica a quella che già aveva.

Aprì gli occhi, delusa. Non era successo nulla. Lo avrebbe incontrato solo nei suoi sogni. Non avrebbe smesso di chiamarlo a sé, ogni giorno, ogni istante, ora che ricordava.

Un'angoscia indescrivibile la attanagliò, si sentì piccola e misera. La sensazione di delusione verso se stessa non se ne sarebbe andata molto velocemente, ma ora che sapeva poteva rimediare, o almeno provare.

Si fece una doccia fredda, per riprendere il controllo. Spalmò sul corpo un velo di crema, un po' di correttore sulle occhiaie profonde e passò una linea di matita sulle palpebre, nel tentativo di coprire gli occhi gonfi. Indossò una maglia color arancio e un paio di jeans. Infilò le scarpe da ginnastica, la solita giacca e scese le scale con le due biglie in mano.

Sentì la voce di sua nonna. Proprio quella mattina che non avrebbe voluto incontrare nessuno.

"Buongiorno!" disse con tutta l'allegria che riuscì a imprimere in quelle parole.

"Buongiorno, ti ho messo a scaldare le fette di pane". La mamma la guardò con sospetto, indecisa se parlare. "Va tutto bene stamattina?" chiese poi.

"Buongiorno tesoro" disse sua nonna girandosi lievemente. La vista di sua nipote sembrò scuoterla. Con uno sguardo indagatore la donna la fissò dalla testa ai piedi. Si soffermò sulla sua mano destra, chiusa a pugno e sulla sua aria scossa, diversa dal solito. Aria aveva uno sguardo che mostrava chiaramente che la sofferenza si era abbattuta su di lei. Non era più indefinita, vaga, leggera, ma pesante, decisa, oscura. I suoi contorni avevano assunto una forma consapevole. Ogni suo movimento lo sembrava.

"Ma certo", strappò una fetta dal tostapane. "Grazie" disse scuotendola in aria, "oggi vado di fretta, ci vediamo dopo". La ragazza azzannò la fetta di pane senza neanche sedersi, poi prese il latte dal frigo e lo trangugiò come se non avesse mai bevuto in vita sua.

"Siediti, tesoro" disse sua nonna.

"Non posso proprio". Aria era già rivolta all'uscita. Pensava che sua nonna avrebbe capito qualcosa, se si fosse voltata verso di lei; aveva un incredibile intuito.

"Tornerai prima oggi?" chiese la madre, il tono non era quello di una domanda, ma di un dato di fatto.

"Sì" rispose lei senza guardarla, poi corse fuori, bloccando ogni possibile tentativo di domande.

La nonna guardò il suo anello di fumo e sospirò rumorosamente. "Che senso ha?" chiese a bassissima voce a se stessa. Si alzò per andare in bagno e una volta arrivata strappò dal dito il suo anello, che quando chiuse gli occhi, riassunse la forma di una piccola scimmia. Lo sguardo della donna pian piano si fece più sereno. Prese fiato e si sedette sul bordo della vasca. Stringendo una mano nell'altra.

***

"Pensare alla vecchia è inutile" disse il Primo Sacerdote al Secondo, che continuava a tormentare la manica del suo mantello.

"Non riesco a smettere".

"Beh, piantala. Io non ho voglia di pensarci" disse il Terzo.

"Ci ha imbrogliato".

"Pensi questo da sempre. E noi non abbiamo detto nulla" intervenne il Primo.

"Non è stato un imbroglio, ma un accordo".

"Non equo".

"Questi tipi di accordi non lo sono mai".

"E guarda come siamo ridotti… abbiamo perso…"

"Taci. Abbiamo ottenuto ciò che abbiamo chiesto".

"Ma a che prezzo?" parlò il Quinto amareggiato.

"Pensiamo a cercare il sigillo, purtroppo il resto non ci appartiene più".

I Cinque sospirarono all'unisono, come la bocca di un unico corpo.

***

Quando Aria mise piede fuori da casa, tra la nebbia si arrestò come bloccata da una forza invisibile. Pensò di colpo a Will. Il giorno prima era crollata, scoppiata a piangere tra le sue braccia e poi era scappata via. Provò un forte imbarazzo e arrossì senza volerlo. Ricordò il suo abbraccio forte, il collo bianco ma solido, quell'appoggio, quell'energia che sembrava tenere i suoi pezzi uniti, nonostante sentisse che la stavano abbandonando. Era stata quella la sensazione: non riusciva a percepirsi più come un essere umano integro, si stava spezzettando, ogni parte di sé era alla deriva, eppure lui la tratteneva, lottava per far sì che non si perdesse. E faceva ogni cosa senza chiedere nulla. L'aveva salvata e lei era fuggita via come una ladra.

Cosa gli dirò si chiese imbarazzata. Sentì il suo cuore rispondere al nome di Will, ma quella mattina tutto era cambiato. Il senso di colpa sembrava aver messo solide radici dentro di lei, più forti di qualsiasi altra cosa. Quelle radici in realtà erano già lì, aveva solo dimenticato di possederle, di nutrirle, ma ora avevano ritrovato nuova linfa.

Aria represse il battito, chiuse l'immagine di Will in un cassetto, perché non doveva pensare a lui. Non avrebbe provato più nulla per nessuno. Mai più. Non ce l'avrebbe fatta.

Sentì di nuovo l'angoscia e il senso di colpa comprimerle lo stomaco, martellarle il petto come un chiodo. Si piegò in due, rannicchiandosi sulle ginocchia, con il cuore in gola.

"Tutto bene?" chiese una voce familiare.

Aria stava cercando di trattenere le lacrime al loro posto, con la mano stretta sul petto come se le mancasse il respiro. Si voltò verso la vicina che aveva abbandonato i pomodori per venirle in soccorso.

"Sì… signora Frost. Sto bene" rispose la ragazza con un filo di voce.

La signora serrò le labbra e la guardò fissa, scrutandola in profondità. Non sembrava la vecchietta rimbambita che solitamente curava il suo orto. C'era una sorta di consapevolezza nel suo sguardo, un'impronta di decisione.

"Passerà tutto, Aria. Vedrai" disse solo, poi le voltò le spalle e con la solita aria svanita, tornò dai suoi pomodori, canticchiando, mentre il piccolo incubo se ne stava silenzioso sulla sua spalla.

Aria aveva percepito qualcosa, un messaggio nascosto nelle sue parole, ma non aveva la forza di chiedere. Doveva occuparsi di Will quella mattina e anche di Henry.

Will intanto era immobile dall'altro lato della strada, con le mani in tasca. Aria non l'aveva notato, si chiese da quanto tempo fosse lì. *Mi avrà visto mentre mi piegavo a terra?* Sperò di no.

La ragazza cercò di assumere un contegno ma proprio non ci riusciva, lo sguardo le volava a terra e aveva paura.

Will fece qualche passo esitante verso di lei, mentre la nebbia si ritirava dalla scena, come se volesse dare un giusto spazio a quell'incontro.

"Come stai, stamattina?" chiese il ragazzo con voce calma. Non doveva aver dormito molto, le occhiaie erano scure e scavate come lei non le aveva mai viste. Non pensò però che fosse colpa sua.

Aria, in risposta, aprì il palmo che teneva stretto in tasca e portò alla luce i due incubi sotto forma di biglie. Scintillavano ai flebili raggi del sole.

"Spiegami come fare a nasconderli!" Era chiaro si riferisse ai portali, in qualche modo doveva eluderli, e per farlo quelle biglie dovevano diventare ancora meno invadenti.

Will le prese la mano voltandola aperta all'insù e Aria ebbe un sussulto, la ritirò per un momento in un gesto automatico. Il ragazzo fu sorpreso dalla sua reazione e capì con chiarezza che c'era qualcosa che non andava, ma non disse niente. Serrò le labbra e strinse con forza la mano, Aria non smise di fissarla e aspettò che il ragazzo facesse la sua magia.

Will coprì le biglie con il palmo della mano libera. *Le sue mani sono così grandi e calde*, pensò la ragazza mentre le osservava. Quel calore le dava sicurezza. Il cuore cominciò a batterle più forte e la ragazza si sentì di nuovo in errore, come se stesse facendo qualcosa di completamente sbagliato, d'ingiusto. Chiuse gli occhi e smise di guardare le sue mani, di sentire il suo tocco sulle sue. Cercò di estraniarsi con tutte le sue forze.

Will non fece domande, spinse il palmo della ragazza contro il suo e le biglie lentamente sparirono nella pelle di Aria senza ferirla, come se la sua mano fosse permeabile, liquida, pronta ad accogliere quella parte di lei.

Quando il processo fu completato, l'incontro nella grotta buia le tornò alla mente in un flash, la figura in piedi, la sua voce, la frustrazione che la ragazza, alla sua vista, aveva provato. La voglia di rimanere lì. Serrò le labbra per bloccare quel dolore ma salì su lo stesso. Emise un suono sordo che le fece tremare la gola. Aprì gli occhi e vide che ormai le biglie erano sparite, però Will non sembrava volerle lasciare la mano. Aria cercò di liberarsi con poca convinzione, sempre guardando in basso, ma il ragazzo non cedeva.

"Che cosa succede, Aria?" chiese realmente preoccupato. Tentava di guardarla negli occhi ma non riusciva, così con la mano libera le tirò su il mento e vide i suoi occhi velati di ansia e rabbia.

Aria si liberò con uno strattone. "Non volevo tutto questo, e ora non posso più tornare indietro" urlò.

Il ragazzo rimase immobile chiedendosi cosa lei avesse visto quando era riuscita a trasformare i suoi incubi. Qual era stata la forma della sua consapevolezza, quale il prezzo? Aveva percepito ormai con chiarezza quanto gli equilibri del loro rapporto fossero mutati. Niente sarebbe stato più lo stesso. E di conseguenza anche lui mutò il suo modo di fare. Si ritrasse.

Aria fuggì via e a un isolato da casa si scontrò con Henry, che aveva deciso di andare a trovarla per scusarsi.

La ragazza quasi cadde a terra per l'impatto, ma si resse a un palo lì vicino, quelli non mancavano mai.

"Aria, stai bene?" chiese Henry mentre lei riprendeva fiato. I capelli le si erano appiccicati al viso, con una mossa li riportò indietro.

"Senti, mi dispiace per ieri. Forse sono stato troppo precipitoso, ma anche tu devi pensare a come mi posso esser sentito. Mi hai completamente tagliato fuori e non è mai successo. Mi hai sempre spiegato tutto e…"

"Non ora, Henry" disse Aria raddrizzando la schiena. Poi andò via in silenzio.

Henry non pensò di fermarla, era rimasto sorpreso dal tono della voce, così duro, dal suo sguardo, così diverso dal solito. La sua amica sembrava essere stata sostituita da un'altra persona. Persino la sua voce non sembrò più la stessa.

Will comparve improvvisamente al fianco di Henry, non smetteva di guardare la schiena di Aria mentre spariva tra la nebbia, con quel passo incerto e ferito.

"Cos'è successo?" Henry ruppe le ostilità.

"Non lo so" rispose Will guardando sempre di fronte a sé. Teneva le mani strette in tasca.

Henry strinse a pugno le dita. "Basta bugie" disse girando il ragazzo verso di lui.

Ora Will lo fissava dritto negli occhi. "Te lo giuro, non so proprio cos'abbia".

"Mi devi qualche spiegazione. Voglio sapere cosa succede".

"Deve parlartene Aria". Will voleva solo raggiungere la ragazza e cercare di capire, ma forse un aiuto gli sarebbe servito.

"No. Voglio che me ne parli tu".

"Non sei abbastanza aperto da capire". Will continuava a distogliere lo sguardo dal ragazzo e Henry faceva di tutto per non fargli ignorare la sua presenza.

"Mettimi alla prova" disse infine con decisione.

Will sospirò. "Prendiamoci un caffè".
L'altro acconsentì, poi i due si allontanarono fianco a fianco.

Capitolo 8

Aria rimase immobile di fronte ai portali per alcuni minuti. Stringeva la mano a pugno, per paura che i suoi incubi potessero fuoriuscire magicamente. Poi chiuse gli occhi e fece un passo in avanti. Il portale non la respinse. Era andata. Lei sorrise, ma si scurì in volto all'istante.

Cosa ho da festeggiare? si chiese. Non era più così sicura di volerlo fare. Non era più sicura di niente. Vagava in una profonda confusione. *Cos'è giusto fare?*

Pensò a Will e si accorse che forse avrebbe dovuto aiutarlo, anche se lei non sarebbe andata. Ma ce l'avrebbe fatta a sopportare quella consapevolezza? Era tutto così complicato.

Non voleva dimenticare di nuovo, si sarebbe sentita colpevole, ma come avrebbe fatto a vivere in quel caso? Quel peso era insopportabile, per questo lei era lì. Era chiaro. Se avesse voluto rimanere consapevole, a quel punto avrebbe avuto senso tornare nell'altra realtà insieme a Will. Ma ce l'avrebbe fatta? Non era forse meglio rimanere all'oscuro di tutto? Dimenticare ogni cosa? Vivere in quel mondo, girando a vuoto? Non era un'alternativa più apprezzabile, anche se ingiusta, che sopportare tutto quel dolore?

Aria fissò la facciata della scuola, la parte superiore era coperta dalla nebbia, il cielo era invisibile. Quella mattina la nebbia sembrava ancora più minacciosa del solito, più resistente. Nonostante tirasse un forte vento, la nebbia non accennava a spostarsi, era immobile, come disegnata.

Chissà se anche il giardino degli aranci è coperto oggi, si chiese immaginandolo, mentre si scostava i capelli dal viso e con una mossa rapida si fece una coda.

Non se la sentiva di affrontare la scuola e le persone quel giorno, però doveva. Entrò a passo deciso senza guardarsi indietro. Quella mattina non si accorse neanche di avere fame.

Il corridoio era immerso nel buio, silenzioso. I ragazzi erano già nelle loro classi. Si stupì dell'immobilità di ogni cosa.

L'atrio, le sue colonne, persino le librerie sul lato destro e sinistro, la statua vicino alla scala, tutto le sembrò finto, messo a posta lì per convincere il pubblico dell'ambientazione. Si sentì nauseata senza saperne bene il motivo. Poi, senza nessun preavviso, una mano la prese per la spalla facendola sobbalzare. Era il ragazzo con i capelli biondi, sempre nascosto da un cappuccio.

La scrutò negli occhi in profondità e annuì. "Ce l'hai fatta, non è così?"

"Da cosa lo hai capito?" chiese la ragazza per nulla spaventata.

"Dai tuoi occhi. Hai uno sguardo diverso" rispose.

"E com'è?", sospirò lei, voleva una conferma.

"Ferito" rispose senza esitazione.

Lui aveva gli occhi azzurri e Aria non se ne era mai accorta. Ora che poteva vederlo così da vicino, notò ogni dettaglio. Aveva delle piccole lentiggini sulle guance, i capelli biondi sembravano tinti, perché le sopracciglia apparivano più scure, ma forse era l'ombra del cappuccio a renderle tali. Sembrava avere una trentina d'anni, o giù di lì.

Aria sorrise tristemente, quasi rassegnata.

"Il motivo per cui sei qui... deve essere stato doloroso" disse comprendendola.

"Anche per te".

Il ragazzo annuì. "Mi chiamo Isaac. Ho tanto di cui parlare con te e con i tuoi amici".

"È solo uno, quello con cui penso tu voglia parlare: Will" disse Aria correggendolo.

"Non più".

Aria comprese cosa stava succedendo, ma era più importante capire cosa quel ragazzo volesse da lei.

"Incontriamoci al giardino degli aranci, stasera". Il tono di Aria non ammetteva risposte negative.

Il ragazzo sorrise per la sua risolutezza, era una tosta. "D'accordo".

Isaac si voltò avviandosi verso l'ingresso, proprio mentre Will e Henry stavano entrando nell'atrio. Aria rimase a fissare Isaac fino a quando non notò i due. Henry aveva un'espressione tesa e confusa, probabilmente tentava di elaborare le informazioni che aveva ricevuto. Will, invece, si era accorto del tipo biondo ed era pronto a inseguirlo, ma la ragazza scosse semplicemente la testa per fargli capire che non era necessario.

I due ragazzi si fermarono nell'atrio, pensierosi. Aria salì le scale e li lasciò lì.

"Scusa Will, voglio parlarle un attimo" disse Henry.

Will rimase un istante nell'atrio, aveva visto un'ombra. Era Isaac. Nascosto sotto il cappuccio gli fece segno di seguirlo.

"Ehi tu, fermati" disse Will e lui si bloccò subito, in un punto in cui gli sguardi indiscreti non potevano arrivare. "Perché la stai seguendo?" chiese.

"Ascoltami. Devo darti un'informazione. Lei non deve saperla". I suoi occhi azzurri erano di una serietà spaventosa. Will rimase senza fiato e scordò tutto il resto.

"Parla" disse solo.

Aria s'infilò in bagno e s'inumidì il viso con un po' d'acqua fredda.

Will invece era corso in classe per anticiparla e per poggiare sulla sedia qualcosa, ignorando gli sguardi curiosi dei compagni. Ceci per fortuna era sulla soglia a chiacchierare.

Aria entrò con decisione nella stanza, per evitare di esser bombardata di domande, e trovò Will già seduto. Sulla sedia vide qualcosa incartata in un paio di tovaglioli, lo aprì, era un toast pieno di burro e marmellata, quella di mirtillo che le piaceva tanto. Si addolcì e sospirò. Il ragazzo la stava guardando con la coda dell'occhio per controllare che l'avesse realmente preso. Aria abbozzò un sorriso di ringraziamento e si sedette. Passò la lezione della prima ora a mangiarlo, staccando piccoli pezzi con le dita, non appena il professore si voltava verso la lavagna. Già si sentiva meglio. Eppure ogni pezzo di quel pane, rafforzava il suo immenso senso di colpa, la frustrazione.

In classe Will non faceva altro che girarsi verso Aria. Ceci se n'era subito accorta e le lanciava occhiate compiaciute, sguardi d'intesa e gomitate. Aria si limitava ad abbozzare un sorriso, anche se in realtà stava pensando a tutt'altro.

Cosa devo fare? si ripeteva con insistenza. Doveva sforzarsi di far finta di niente, aiutare Will nel suo piano e poi decidere se avrebbe fatto o no il grande passo. In quella realtà poteva incontrare lui… Se ci avesse lavorato, forse avrebbe potuto anche toccarlo. Il cuore le batteva al sol pensiero. Quella notte avrebbe fatto un tentativo, ma gli incubi si potevano creare a piacimento? Certo che no. Lui aveva parlato di "richiamo", come se fosse stata opera sua. E allora si sarebbe concentrata con tutta se stessa per richiamarlo ancora a sé. Era paradossale, si era rifugiata lì per dimenticare e invece quel luogo era in grado di restituirgli ciò che aveva perso.

Will notò la sua distrazione. A ricreazione avrebbe dovuto affrontare il problema. Parlarle anche di Henry.

Aria capiva di non poter continuare con quell'atteggiamento nei suoi confronti. Si sarebbe sforzata di collaborare mantenendo le giuste distanze. Ce l'avrebbe fatta.

La ragazza respirò lentamente più e più volte e si sentì pronta proprio sul suonare della campanella.

"Will" disse come se niente fosse successo, "ho dato appuntamento al biondo stasera, al giardino degli aranci. Si chiama Isaac e…"

"Prendi fiato, Aria" la interruppe Will prendendola in giro, gli faceva piacere che avesse ritrovato le energie, ma la cosa non gli sembrò propriamente positiva. Era anormale.

"Sì, ma non voglio perdere tempo. Si chiama Isaac. Ha detto che ha delle informazioni per noi".

"Noi, eh?" disse grattandosi la fronte.

"Sì. Sapeva di te e anche che avevi parlato con Henry. Perché ci hai parlato, non è così?" chiese incrociando le braccia sul petto. La punta della coda le si era attorcigliata al collo, se la scostò e tornò nella sua posizione iniziale.

Will si grattò il braccio nervosamente. Indossava una felpa grigia su pantaloni neri. Sempre abiti semplici ma di gusto, ben tenuti.

"Sì. Era necessario, sarebbe stato un impiccio averlo tra i piedi".

"E ha capito?" chiese senza molta fiducia.

"Non ci crederai, ma sì. Ha capito e sembra accettarlo. Forse ci metterà un po' ma ci crede. Mi ha stupito. Ah, comunque vuole parlare con te. Ti aspetta nel solito punto, mi ha detto" concluse con tono scocciato, guardando ostinatamente fuori dalla finestra.

"Mh. Vado allora" replicò Aria, facendo per andarsene, ma Will le prese la mano, ignorando tutto e tutti, facendole capire che lui c'era. La ragazza sussultò. Sentì lo sguardo di Ceci addosso e il suo cuore martellare nel petto, poi a seguire fu investita dall'ondata di pentimento, di ansia che le paralizzava ogni movimento. Will osservò il palmo.

"Tutto a posto, sembra" disse sorridendole. Il suo gesto pareva una scusa, un goffo tentativo di trattenerla, di capire attraverso il tocco della sua pelle cosa succedeva, per ritrovare quel calore familiare. Ma lei si era fatta di ghiaccio, nonostante le guance avessero assunto un leggero colorito rosso. Aria arricciò le dita sul palmo, sfiorando il suo pollice che la teneva stretta, e in un sospiro sciolse la presa.

"Stai attenta" disse poi Will guardandola di nuovo.

Aria osservò a terra e poi uscì dall'aula. Il ragazzo era così teso. Ciò che aveva saputo da Isaac era troppo. Trattenne il respiro.

Henry se ne stava fermo di spalle, con le mani in tasca, la testa diretta verso la finestra, con lo sguardo perso fuori, tra la nebbia. Aria lo affiancò in silenzio.

"Insomma, avevi ragione. Giriamo a vuoto, non è così?" chiese senza voltarsi.

"Sì" disse Aria.

"Mi dispiace per non averti mai ascoltata".

Lei annuì.

"Promettimi che non mi racconterai più bugie. Non voglio che qualche altro fraintendimento distrugga il nostro rapporto" disse con pura sincerità, come suo solito. La lealtà era una sua prerogativa. Aria si chiese come facesse sempre a dire la verità. Era così difficile, così insidiosa, si bloccava in gola e la strozzava lentamente. Aria non avrebbe mai potuto parlare agli altri di lui, né avrebbe voluto. Non avrebbe potuto neanche confessare a Henry che non provava i suoi stessi sentimenti per lui. Come se gli avesse letto nella mente, Henry allungò una mano e con gesto delicato spostò la lunga coda nera sull'altra spalla, accarezzandole con la punta delle dita il collo. Lei rabbrividì. Si voltò verso di lui, perché sentiva che la stava guardando.

Il respiro le si mozzò in gola. Gli occhi di Henry erano quelli di sempre, caldi e accoglienti. Sorrideva lievemente, felice di aver fatto pace.

Aria era sempre più confusa, cosa provava in quel momento? Ricambiò il sorriso come meglio poteva.

Lui le strinse la spalla e le sussurrò all'orecchio: "Niente più bugie. Promesso?"

Aria si limitò ad annuire e cercò di ritrovare la calma.

"Stasera al giardino degli aranci" disse. Poi tornò verso la sua classe, con l'effetto dei suoi gesti ancora impressi sulla pelle.

***

"Niente?" chiese il Terzo Sacerdote, impaziente, scostando l'ampio mantello blu notte da davanti.

"No. Oggi purtroppo nessuna novità" disse il Primo lasciandosi cadere sul trono. Si voltò verso il lungo tubo che aveva la forma concentrica. Quella sostanza di color rosso era arrivata a metà.

"Come puoi vedere non siamo stati chiamati, quindi come credi ci possano essere novità? Imbecille!" disse il Secondo.

"Calmi, state calmi", il tono minaccioso del Primo fece evitare altre domande.

"Se si potesse individuare dove è l'uscita…", il Terzo credeva ancora che fosse possibile, ma non lo era. L'uscita era indefinita, indefinibile. Solo la vecchia, forse, conosceva quel meccanismo.

"Non sappiamo neanche dov'è l'entrata, imbecille. Come pensi potremmo capire dov'è l'uscita? Il sigillo è l'unica alternativa" disse il Secondo.

Il Primo aggiunse ciò che tutti si stavano chiedendo: "Oggi Aria Lind non ha depositato nessun incubo. Questo è quanto. Dagli altri quattro nessuna rivelazione. Forse è stato un buco nell'acqua. Se ne parlerà domani".

"Il Consiglio mi sta infastidendo. Dovremmo cercare il sigillo invece che perdere tempo con loro. È necessario ritrovare quella vecchia maledetta e capire se c'è un altro modo".

"Non ci è permesso entrare nella terra di mezzo" disse il Quinto da sotto il mantello. Quando prendeva la parola, ognuno di loro ascoltava senza interromperlo. "Non riusciremo mai a trovarla. Dimenticati la vecchia. Dimentichiamocela".

Gli altri tacquero.

***

La stanza era buia nonostante fosse solo ora di pranzo. Aria era scappata via, scivolando fuori dalla scuola come una ladra. Aveva saltato l'ultima ora per evitare di incontrare Henry e Will. L'appuntamento lo avevano fissato, non aveva senso che rimanesse.

Non ricordò quasi le strade che aveva percorso per raggiungere casa. Aveva incrociato tante persone, superato il panificio dove sua madre solitamente comprava il pane, il negozio dove la trascinava ogni tanto a prendere nuove scarpe da ginnastica, o nuove magliette. L'unico shopping che lei amava era quello legato all'arte. Spesso la madre la convinceva a uscire con la scusa di un nuovo pennello, di nuovi colori o tele. E lei abboccava, si lasciava trascinare per ogni negozio, pensando all'ultima tappa, dove avrebbe riscattato tutta la fatica di quell'uscita. In quel momento, però, a dipingere non ci pensava affatto. Dipingere forse le avrebbe fatto male, questa volta.

Ferma in cucina iniziò a sospirare. Era così stanca. Quella notte era riuscita a dormire, ma la qualità del suo sonno non era stata molto alta. Si sentiva come se non avesse chiuso occhio, e come se avesse realmente vissuto tutto ciò che era successo. Quell'impressione, ogni notte, si faceva sempre più forte. Forse era così.

Guardò il palmo e le due biglie riemersero silenziose. Ci giocò per qualche minuto scambiandole di posto, poi aprì il frigo per bere un po' di succo. Si attaccò alla bottiglia e aprì il mobile di lato. Una merendina era quello che ci voleva! Non aveva fame ma quella l'avrebbe tenuta in piedi. La mangiò velocemente e gettò la carta nel lavandino. Evitò di pensare al toast che Will le aveva preparato quella mattina, e di come l'aveva fatta sentire quella piccola attenzione.

C'era solo una cosa che desiderava fare: dormire.

Aria salì in camera sua. La tela era allo stesso punto da talmente tanto tempo che non riusciva a ricordarlo. Fu di colpo calamitata verso il quadro, prese il pennello, lo inzuppò delicatamente e mescolò alcuni colori, diede qualche leggera pennellata scura e confermò ciò che aveva pensato durante il ritorno a casa: la mano iniziò a tremare e abbandonò il pennello nel barattolo pieno d'acqua sporcata dai colori.

Si trascinò fino al letto, sciolse i capelli e si lasciò cadere. La luce non riusciva a entrare nella stanza, come se fosse costretta a guardare da fuori ciò che stava accadendo al suo interno. Come se una forza invisibile obbligasse Aria a rimanere in quel buio innaturale.

Distesa sul letto con le biglie strette in mano, le sembrò di non sentire più le estremità del suo corpo. Mosse le dita dei piedi per sicurezza, le mani, e, accertato che fosse tutto a posto, chiuse gli occhi. Il sonno le venne in soccorso quasi subito.

In quegli attimi rivide di nuovo la grotta. Sentiva il ruscello da qualche parte. E l'atmosfera fredda. La ragazza si strinse nella giacca e controllò che avesse le biglie. Ormai credeva che i suoi incubi manipolati in quella maniera fossero l'unico modo che aveva per andare e tornare di lì. Una sorta di lasciapassare. Se avesse fatto cadere le biglie, se le avesse lasciate… chissà cosa sarebbe successo? Gli incubi rimanevano attaccati, si sapeva, ma manipolati con la sua energia che avrebbe vinto sulla loro, forse poteva anche liberarsene. Sentiva che poteva accadere, perciò teneva ben stretti i suoi incubi, non voleva perdersi.

"Aria, perché siamo ancora qui", la voce era comparsa alla sua sinistra. Lei si avvicinò ma il muro era ancora lì in mezzo a separarli.

Aria singhiozzò: "Ti ho richiamato perché volevo parlare con te".

"Cosa ti succede? Tu non sei così. Non dovresti essere qui."

"Mi stai guidando da qualche parte. Non è così? E anche papà. Tutti volete che segua un percorso preciso che mi porti fuori di qui. Ma avete pensato che forse non me ne voglio andare?"

"Cosa stai dicendo… tu non devi restare qui. È tutta colpa mia".

"Ma cosa dici? La colpa è mia. Se rimanessi, potrei venirti a trovare. Potremmo stare insieme" disse Aria, con la speranza nella voce.

"Richiamarmi è innaturale. Aria, qui non c'è altro che una voce perché io non…"

"Non lo dire, ti prego!" La ragazza si tappò le orecchie.

"Aria!", una voce proveniva fuori dalla sua coscienza, fuori da quel posto, dal suo stesso incubo. Era sua madre che la chiamava.

"Non me ne voglio andare…"

Le biglie bruciarono sul palmo della mano e la ragazza fu costretta ad aprire gli occhi. La madre era in piedi e la sovrastava. Aveva un'espressione preoccupata.

"Ti stavi lamentando, talmente forte che ti ho sentita dalla cucina" disse tra lo scherzoso e il serio. "Un incubo?" aggiunse.

Aria si tirò su lentamente, facendo leva sulle braccia. Si sentiva più stanca di prima e il corpo non rispondeva bene ai suoi comandi.

"Mi dovevi lasciare stare" rispose arrabbiata controllando che gli incubi fossero al loro posto, poi notò il procione ai suoi piedi, era grande e panciuto. La mamma lo guardava con una punta di apprensione.

"Non dovresti dormire il pomeriggio, lo sai".

"Perché non mi lasci stare?" la voce risultò sgradevole persino a se stessa.

"In questo periodo sei strana. Non ci sei mai. E poi guardati in faccia, sembra che non dormi da giorni interi. Sei irritabile e mangi poco".

"Lascia perdere, non è il momento". Le gambe le facevano male, come se avesse corso una maratona e le spalle erano contratte. Dormire non era servito altro che a peggiorare il suo stato fisico. Aria non sapeva cosa stesse succedendo, ma si sentiva stanca. Aveva mal di testa e desiderava solo sdraiarsi ancora.

Notò che fuori era quasi buio. *Per quanto ho dormito?* pensò subito.

"Che ore sono?" chiese voltandosi a cercare un orologio. Non portava mai quelli da polso perché le davano fastidio, tiravano la pelle e le lasciavano il segno, poi aveva un polso talmente sottile che si sarebbe potuto spezzare. Aveva deciso di non indossare orologi perché il tempo in quel luogo... era più che relativo.

"Dieci minuti alle sette" disse la madre controllando.

"Cavolo!", saltò in piedi e si chiuse in bagno.

"Dove devi andare?" sospirò rumorosamente.

"Da Henry, ma tornerò presto". La ragazza sperò che la madre la lasciasse in pace.

"Va bene. Io ti aspetto". La madre non se la sentiva di pressarla, non era il suo metodo. Aria era una ragazza intelligente che sapeva ciò che faceva. Perciò lasciò correre e uscì dalla stanza.

"Ah, mamma", urlò senza uscire.

La donna era ancora sulla soglia: "Sì?"

"Togliti quella vestaglia, ti prego. È orrenda! Con questa hai battuto un record".

La madre sorrise. La figlia aveva ragione, lei aveva un pessimo gusto per le vestaglie da casa. E Aria le faceva notare in continuazione quanto fossero brutte. Lei allora si divertiva a comprarne ancora di peggiori. Era una sorta di gioco tra loro.

Aria in bagno abbozzò un sorriso, poi si sciacquò la faccia con abbondante acqua fredda. "Ha proprio ragione", si disse. Nello specchio si rifletteva una persona che le assomigliava solamente. Appariva così stanca. La gamba intorno a cui fluttuava l'incubo sembrava voler cedere in ogni momento, come se l'incubo fosse divenuto di colpo più pesante da sopportare.

Aria s'inginocchiò, poggiò a terra le due biglie e prese il procione tra le mani. Chiuse gli occhi e in un istante lo trasformò. Il processo era diventato rapidissimo, quasi non sentiva più la fiammella fluire dentro di lei, che perdeva il controllo.

Due biglie nuove si materializzarono inaspettatamente. Forse l'energia che aveva usato era stata più del solito. Raccolse le due sfere a terra e prese le nuove. Brillavano come se un fuoco si stesse specchiando sulla loro superficie.

Era il momento di andare.

Aria si fece una rapidissima coda e corse fuori senza salutare.

La ragazza era stanca quanto determinata. Voleva avere altre informazioni da quello sconosciuto e poi avrebbe deciso.

La lieve salita che la separava dal cancello le apparve insuperabile. Le quattro biglie sembravano pesare quanto il suo stesso corpo. Inspirò a fondo l'aria dal profumo d'arancio e si fece forza.

Un leggero strato di nebbia copriva il cielo ormai buio. Da una casa vicina sentiva le risate provenienti da una televisione, un cane abbaiava in fondo alla strada, poi percepì la frenata di una bicicletta.

Lei proseguì, era in ritardo. La strada era deserta. Pensò a quella piccola città che aveva tutto quello che serviva. Un piccolo mondo riprodotto alla perfezione, tale e quale a quello in cui tutti loro erano vissuti. Si chiese come quella città fosse stata creata. Avevano impilato un mattone dopo l'altro? Istruito le persone? O semplicemente si erano tutti risvegliati lì, ognuno già con il proprio ruolo?

Io ero una liceale e ora sono una liceale. La mia insegnante era la stessa cosa sicuramente. Ognuno ha replicato la sua vita qui senza realmente viverla. Cosa ci sarà oltre la centrale di elettricità? Poi si ricordò del sogno: la vetrata che dava sulla città circondata da un alto muro e oltre solo il deserto. *È questa la nostra realtà?* Provò una fitta di angoscia e cercò di ricordare se avesse mai viaggiato nell'altra vita, ma non riusciva a ricordarlo. Tutto ciò che era risalito dalla coscienza era stato il ricordo dell'ultimo periodo, il decisivo, quello che l'aveva portata lì.

Aria scosse la testa più volte, non era il momento. Il cancello era davanti a lei, doveva solo superarlo.

Dal muretto, nell'altro lato vide due sagome. La nebbia, come sempre, non toccava quel luogo. Prese fiato sentendosi più leggera.

***

"Sai una cosa? È una strana sensazione, ma non mi sei del tutto indigesto" disse Henry al suo vicino.

Will era seduto a cercare di definire quel sentimento che gli attanagliava lo stomaco. Una sorta di malinconia. "Neanche tu. Provo anch'io una strana sensazione ora".

Quel luogo sembrava amplificare ogni cosa, persino i sentimenti. Fermi sotto un lampione si scrutarono a fondo.

Henry gli si sedette accanto e sembrò riflettere per qualche minuto. "Capisco cosa intendi".

I due furono interrotti da un'ombra che si faceva spazio nell'oscurità. Era Isaac.

"Buonasera" disse guardandosi intorno.

Will era immerso nei suoi pensieri, osservava un punto al di là del muretto.

"Ragazzi", Isaac richiamò i due che si voltarono. "Sono Isaac. Voi dovreste essere Will e Henry". I due annuirono. Will e Isaac, come da accordi, fecero finta di non essersi mai conosciuti.

"Aria dov'è?" chiese il ragazzo non vedendola.

"Starà arrivando. Non è mai puntuale" rispose Henry sorridendo. Non disse altro. Li osservò per qualche istante. Fu Will a parlare: "In questo posto, provo una strana sensazione" ripeté lentamente, "come se fossi entrato in contatto con la mia vecchia vita e stessi cercando di non scivolare via".

"Chi ti ci ha fatto entrare in contatto? Un incubo o...", Isaac non proseguì.

"Lui" disse fissando Henry, "e non era mai successo. Anzi, mi è sempre stato indifferente".

"Grazie mille" replicò lui.

"Meglio essere chiari da subito" continuò Will.

Isaac sembrava una persona molto pacata e riflessiva, li guardò attentamente. "Non conosco la vostra storia, ma forse voi vi conoscevate già. Ci avete pensato? Può succedere".

Henry e Will furono colpiti da un'illuminazione, nello stesso momento. "Deve essere così", sussurrarono.

***

"Il tempo... il tempo inizia a diventare scarso". Il Secondo camminava avanti e indietro davanti alla spirale, mentre il liquido rosso avanzava rapidamente. I Cinque non riuscivano a crederci. Fuori dalle vetrate, la città sembrava dormire sotto il solito strato di nebbia che ne proteggeva il sonno.

"Tante sfere, poche certezze" disse il Terzo.

Il Secondo si bloccò di fronte agli altri: "Non abbastanza".

"I tempi non vanno forzati" aggiunse il Primo.

"Ora è necessario, invece" disse il Quinto convincendo tutti gli altri.

***

L'albero a cui Aria si era appoggiata aveva la corteccia dura e fredda. La ragazza non riusciva a capire se fosse bagnata o se era la sensazione di umido a farla sembrare tale. Le sagome in lontananza ora erano diventate tre. Isaac era lì. Lei poteva muoversi. Stava facendo di tutto per evitare di ritrovarsi con uno dei due o con entrambi insieme. Era troppo stanca per affrontarli.

"Ehi, ragazzi" disse fissando Isaac. Stavolta il ragazzo non aveva cappucci, né altro a coprirlo. Aria notò la sua collana tribale. Le piccole palline nere erano decisamente degli incubi. La pelle intorno era arrossata. Portarne al collo una tale quantità doveva essere faticoso.

"Aria, stai bene?" chiese Henry interpretando anche i pensieri di Will.

"Sì, sono solo un po' stanca".

Isaac sospirò. "Dai, siediti", la fece accomodare sul muretto, accanto a Will. Aria scansò il ginocchio che quasi sfiorava il suo.

"Allora Isaac", prese la parola lei, "voglio conoscere tutto quello che sai".

"Lavoro per i Cinque" disse per prima cosa.

I tre si sorpresero.

"Non fate domande, lasciatemi proseguire. Lavoro nel laboratorio dei Cinque. Ma iniziamo dal principio… I Cinque hanno creato questo mondo facendo un patto. Le persone si sono ritrovate qui senza memoria, o meglio, già pronte per vivere questa vita, con le informazioni necessarie per intraprenderla. Infatti, una volta entrati qui, sorpassata la linea di confine, ognuno si ritrova in una casa, pronto a cominciare. In realtà non sa neanche di stare per cominciare, perché a lui non sembra di aver vissuto in nessun altro luogo. Lo stesso vale per i vicini, i colleghi di lavoro. Ogni persona sa dove recarsi, come se avesse sempre lavorato lì. Mi state capendo?"

I tre annuirono stupiti.

"Quindi messo piede qui, la loro vita inizia ma è come se non fosse mai finita la precedente. Questo è il prodigio di questa maledizione, o patto, con la persona misteriosa. Un uomo che era presente ci ha riferito", guardò di riflesso Will, "che è una vecchietta. La donna vive in un luogo che nessuno può e potrà mai raggiungere. La partita da giocare è tutta qui", prese fiato.

"I Cinque cercano quello che viene chiamato sigillo o chiave, perché può essere entrambe le cose. Può sigillare una volta per tutte questa realtà, rendendola stabile e donando potere infinito ai Cinque, che di sicuro hanno intenzione di allargare il loro dominio, o aprire le porte che vi libererà e vi collegherà all'altro mondo".

"Ecco cosa vogliono fare i Cinque" affermò Aria quasi a se stessa. Il cuore le aveva preso a martellare per l'agitazione, "se sigillano questo mondo sarà finita. Non è così?" chiese.

"Sì. Nessuno potrà più uscire, ma molti potranno entrare. Verrà solo bloccata l'uscita da questo mondo".

"E come diavolo pensano di fare?" chiese Will. "Sequestrano gli incubi ogni giorno. Non li bruciano, non li distruggono, non è così?" prese fiato al pensiero dei suoi incubi nelle loro mani.

"No, affatto. Finiscono alla centrale elettrica".

"Mio Dio!" disse Henry coprendosi il viso con le mani.

Aria non era poi così sorpresa, l'esistenza della centrale elettrica le era sempre sembrata strana, la legge che imponeva la consegna degli incubi, le pareva eccessiva.

Will riprese la parola: "Ma perché loro, che hanno creato questo mondo, si sono messi in un tale pericolo? Potevano…"

"Sigillarlo direttamente? Certo che avrebbero potuto. Però non sono stati loro a deciderlo di non farlo, ma quella vecchia donna. Lei, come ci hanno raccontato, è una tipa imprevedibile, che ama i giochi. Perciò si è voluta divertire e ha lasciato due strade aperte. Una possibilità a entrambi. Ha lasciato le indicazioni per trovare il sigillo e adesso se ne sta sicuramente comoda a guardare".

"E come faceva a sapere che avremmo avuto una possibilità? Insomma ogni persona di questa realtà non fa altro che gettare incubi in pasto a loro. Per arrivare alla chiave bisogna seguire degli indizi, essere consapevoli e la consapevolezza non è facile da raggiungere. È un processo lungo e faticoso. Come sapeva che io avrei incontrato Aria e che lei sarebbe riuscita a manipolare gli incubi prima che i Cinque trovassero il sigillo?"

"Quella donna forse è una preveggente, o semplicemente non ha ragionato su niente di tutto ciò" disse Isaac riflettendoci. "Però devi pensare a un'altra cosa… senza la consapevolezza di Aria, il sigillo non potrebbe mai comparire. Perciò forse pensava che avremmo avuto le stesse armi, arrivati a un certo punto. Riflettete: con il risveglio di Aria, o chiunque sia, il sigillo inizia a comparire. I Cinque se ne accorgono. In questo modo si crea una parità, in parte, perché nessuno dei due gruppi ha la più pallida idea di come fare a utilizzare il sigillo. Né Aria, né chiunque ne abbia il compito, sa come trovarlo".

Isaac sospirò, stanco per il ragionamento.

"Quella donna deve avere altro in mente" sussurrò Aria, qualcosa non le tornava. Che senso aveva questo gioco per lei? Doveva avere un interesse, un desiderio nascosto che non aveva confessato a nessuna delle parti in gioco.

"Ma chi diavolo è?" Henry sembrava agitato. E come dargli torto? "Che potere ha quella donna? È possibile realmente creare una cosa del genere?" disse gesticolando e indicando tutto ciò che avesse intorno.

"Non lo so. Si sono appellati a forze che non conosciamo e in un modo che non comprendiamo" rispose Isaac guardando Will. "Tuo padre non ci ha detto molto altro".

Will sobbalzò: "Hai detto mio padre?"

"Sì. Ma lo sai già, non è vero?"

Will ricordava di essere partito, di aver lasciato suo padre e sua madre. Ricordava tante cose da quando Aria aveva manipolato i suoi incubi.

"Non posso forzare il processo. Sappi solo che lui era con i Cinque quando è stato stretto il patto e…"

"Io sono partito per fermarli. Non è così?" chiese Will guardando Isaac dritto negli occhi. Qualcosa era tornato indietro da lui, definitivamente. "Sono partito per farlo al posto suo?" disse Will.

"È esatto, almeno in parte" confermò Isaac, distogliendo lo sguardo. Non era compito suo parlare. Poi guardò di colpo Aria, sovrappensiero.

La ragazza era stranamente silenziosa.

"Collaboriamo". Isaac si avvicinò e strinse la mano a Will, poi a Henry, che dopo un tentennamento ricambiò la stretta. Aria si teneva in disparte, era così confusa. Si ritrovò Isaac davanti con il braccio teso verso di lei. La ragazza accettò, gli strinse la mano. Isaac spalancò gli occhi come se avesse avuto una rivelazione, e strinse le sue dita ancora più forte.

"Aria tu…", cercò di coinvolgerla Isaac spiegandole, ma lei lo interruppe subito.

"Devo trovare la chiave" disse lei.

"Sì. Non ci sono più dubbi. È tuo il compito. Ma devi sbrigarti".

"Lo so" replicò lei.

Will e Henry si mossero a disagio sul loro posto.

"Anche se non ho ancora raggiunto la piena consapevolezza di quello che sta accadendo. Mi sfuggono così tante cose ancora" disse la ragazza in un sospiro. Lo stesso pensò Will.

"Ci vuole tempo per prendere coscienza di ogni cosa. Forse in quel momento troverai la strada per raggiungere la chiave" aggiunse Isaac.

"Devo arrivarci prima di loro" disse Aria riferendosi ai Cinque.

"Esatto. I Cinque ci hanno visto giusto. Ti terranno d'occhio. Stai attenta e non mandare più incubi da loro. Aria devi prestare attenzione anche a un'altra cosa. Tu potresti avere un legame diverso con gli incubi. Visto che la chiave si nasconde lì".

"Che intendi?" chiese Will incrociando le braccia.

"Il suo rapporto con gli incubi è diverso da ognuno di noi, più profondo, forse più pericoloso…"

"Non ricordo ancora tutto, ma quando sogno, mi sembra di vivere in prima persona ogni cosa che succede. E sento che se lascio andare gli incubi che ho manipolato, non riuscirò più a uscirne" disse Aria, anche se non voleva confessarlo, eppure le parole erano scivolate fuori dalla sua bocca senza che potesse fermarle.

"Devi stare attenta e tenerli ben stretti. Cerca bene, perché le informazioni per trovare la chiave devono essere lì da qualche parte".

La ragazza annuì e aprì il palmo.

"Sono quattro, Aria!" disse preoccupato Will. "Stamattina le biglie erano solo due. Cosa è successo?"

Henry non sapeva che dire, ma partecipava della preoccupazione di Will.

La ragazza sembrava non stare ascoltando.

"Aria, non strafare. Altrimenti… ti stancherai" sembrò correggersi all'ultimo Isaac.

"Già è stanca, non vedi?" urlò Will.

Aria fissava le biglie che s'illuminavano lievemente a contatto con il suo calore. Sembrava incantata.

"La chiave. Come funzionerà?" chiese ancora imbambolata.

"Non lo sappiamo. Nessuno l'ha mai vista" disse sinceramente Isaac.

"La chiave potrebbe anche distruggere questo mondo" aggiunse Henry di colpo. Will lo guardò con curiosità. "Ragionate. Se ha creato questo mondo, se quella donna ha dato una scappatoia, se i Cinque ne hanno così paura, allora deve poterlo anche distruggere".

"Hai ragione", disse Will, "forse sono venuto qui anche per questo".

"I Cinque. Bisogna riuscire a trovare la chiave e uccidere i Cinque. Se loro muoiono, il mondo si dovrà disfare per forza" disse Henry.

"Non penso sia così semplice, ragazzi". Isaac si era seduto e aveva incrociato le braccia al petto, il piede ballava senza sosta nell'aria. "Non sappiamo se si può distruggere questo mondo, pensiamo sia possibile uscirne, ma non siamo certi di altro. Quando la chiave comparirà, solo a quel punto sapremo".

Aria sospirò. "La troverò presto". Non sembrava aver ascoltato gli ultimi minuti di conversazione.

"Voglio distruggere questo posto" disse Will con tutta la rabbia che aveva in corpo.

Aria si alzò di colpo: "Non pensi che la gente abbia il diritto di scegliere se vivere qui o lì?" sbottò.

"Ma che diavolo dici? Siamo prigionieri!" disse Will con foga, "Tutti noi!". Indicò Henry, Isaac, e le case all'orizzonte.

"Si vive più che bene qui. O mi sbaglio? Non vedo catene, né prigioni. Le persone hanno scelto di stare qui e ci stanno bene. Quindi smettila" urlò ancora.

"Che ti prende Aria?" Henry prese la parola: "Hai sempre detto quanto percepivi questo vagare, questo camminare a vuoto come una prigione, una sofferenza. E ora? Cosa è cambiato?"

Isaac sospirò guardando la ragazza. "Devi vincere" disse cripticamente.

"Che vuol dire?" Aria fece istintivamente un passo indietro.

"Hai capito cosa intendo" rispose il ragazzo.

Will e Henry si guardarono: "Di che parli?"

"Quella sofferenza la dobbiamo provare tutti, perché è la natura, la vita stessa che ce l'ha imposta". Isaac sciolse le braccia e fece un passo verso di lei.

Aria ne fece un altro indietro, confusa. "Voi tre siete degli stupidi. Io farò a modo mio!" disse la ragazza, poi fuggì via con le ultime forze che le rimanevano, lasciando Will e Henry storditi, preoccupati. Nessuno dei due pensò di seguirla, non in quel momento.

Isaac sospirò ancora e si grattò la testa. "Statele vicino", disse solo, poi superò la linea di luce che il lampione tracciava sul terreno e fu inghiottito dal buio.

"Cosa succede, Isaac?" chiese Will fermo sulla linea, con la punta delle scarpe da ginnastica a contatto con l'oscurità.

"Sta affrontando una battaglia con se stessa, così come tutti saremo obbligati a fare. Ragazzi, pensate entrambi al motivo per cui siete qui. Noi ci rivedremo presto" disse sparendo Isaac.

Will tornò a sedersi sul muretto e Henry lo seguì, rimasero in silenzio immersi nei loro pensieri.

Capitolo 9

Il vento le arrivava alle orecchie come un sussurro. Il giardino l'abbracciava, la incoraggiava a stare in piedi. Appoggiata di nuovo a un albero d'arancio, Aria fissava il cancello cercando di ritrovare le energie. Chiuse gli occhi per un solo secondo e lo sentì: il battito di un cuore, identico a quello del suo incubo.

"Da dove provieni?" sussurrò al vento. Non ebbe nessuna risposta.

Il cuore smise di battere. Aria aprì gli occhi. Ogni cosa sembrava essersi immobilizzata. Era tutto calmo: gli alberi, le piante, le foglie. Dalla città non proveniva alcun rumore, come se qualcuno avesse messo in pausa quel momento. Ma lei riusciva a muoversi. Sentì di nuovo il battito, lasciò l'albero e camminò per alcuni passi.

Sulla sinistra del cancello, in mezzo agli alberi immobili vide di nuovo quella piccola figura. Aria strinse gli occhi per cercare di metterla a fuoco, ma non ci riuscì. Sparì subito.

Una foglia le cadde sul naso come una carezza. La ragazza aprì gli occhi. Era ancora appoggiata al tronco. Il vento non aveva smesso di agitare le cime degli alberi. Il cancello era sempre di fronte a lei.

Sulla sinistra non c'era nessuno. Era stata un'allucinazione o forse un incubo a occhi aperti? Non poteva dirlo. Era certa di un'unica cosa: le quattro biglie bruciavano.

***

Will continuò a osservare il punto in cui Aria era scomparsa. Sentì che la ragazza stava tentando di innalzare un muro intorno a sé, per proteggersi. Ma perché doveva difendersi proprio da lui? Cosa stava accadendo? Desiderava sapere con tutte le sue forze cosa Aria aveva visto. Ora era consapevole, più consapevole di chiunque altro. La ragazza era lì di sua spontanea volontà, come lui? E perché era lì? Perché sembrava così spaventata?

Da quando la ragazza era riuscita a controllare gli incubi, era cambiato qualcosa anche dentro di lui. Quella notte che li aveva separati, lui aveva incontrato suo padre, vissuto il momento in cui aveva deciso di affrontare quel viaggio. Una parte della sua vita era stata illuminata da una lieve luce, ma non era abbastanza. Sapeva di aver scelto quel viaggio. Le parole di Isaac erano state solo una conferma.

Molte parti di quella vecchia vita erano ancora oscure, ma ricordava di essere andato lì al posto di suo padre. Su quello era sicuro. Nonostante lui avesse manipolato i suoi incubi così a lungo, non era ancora riuscito ad agganciarsi alla verità. Era a conoscenza solo di una cosa: di essere in un mondo sbagliato. L'incontro con Aria aveva portato tutto il resto.

Era lei, la chiave di ogni cosa. Eppure il ragazzo sentiva che mancava qualcosa.

"Henry, ti spiegherò come controllare gli incubi. Così anche tu resterai 'consapevole' oltre le ventiquattro ore. Gli incubi, la notte, il sonno, ripuliscono ogni intenzione, ogni ricordo. Te la senti?"

"Se posso essere d'aiuto ad Aria…" disse cercando di non infastidire il suo nuovo amico, che si limitò a sospirare.

"Sì. Saremo tutti e due d'aiuto. Non ce la può fare da sola" rispose Will preoccupato.

"Questo è sicuro". Henry si alzò e gli diede una pacca sulla spalla: "Andiamo?"

Da subito, era accaduto da subito. Dal momento in cui l'aveva vista in classe la prima volta. Ogni giorno trattava tutti con distacco e freddezza, si chiudeva nel suo silenzio a cercare una risposta all'assenza dei suoi genitori e al perché quella ragazza gli interessasse.

Aria Lind era un nome del tutto sconosciuto, eppure la sola vista di quella ragazza lo incuriosiva. Non era amore, né attrazione, era solo curiosità. Will non riusciva a smettere di tenerla in considerazione. Non le parlava, ma l'osservava. Ascoltava. Sapeva con chi andava d'accordo e con chi no, riconosceva il suono della sua risata e della sua voce.

Era spinto da un sentimento che non riusciva a inquadrare. Una specie di bisogno, una cosa che sentiva di dover fare, un compito a casa che andava terminato. Nonostante questo, le dava sempre le spalle. Né aveva intenzione di parlarle. E anzi, questa sua attenzione, dalle origini sconosciute, gli dava fastidio. Per questo appariva scontroso, soprattutto con lei.

Quando l'aveva conosciuta, spinto da quei disegni sul quaderno, aveva pensato che fosse una tipa buffa e non gli apparve più così fastidiosa. Il suo modo di parlargli, aspro e deciso, gli era in un qualche modo familiare. Strano a dirsi. Pensò fosse solo una sensazione, forse gli ricordava qualcuno della sua vecchia vita. Un piccolo fuoco che si faceva sempre più insistente ma che per ora non lo stava bruciando.

Lui le era sempre intorno, la osservava, ne prendeva coscienza in parte, senza chiedere una spiegazione a se stesso. Fino a quando si accorse che non poteva essere più ignorato.

Aria da vagamente fastidiosa era diventata di colpo indispensabile. C'era voluto così poco tempo. Ma non aveva avuto modo di approfondire, era troppo impegnato. La ragazza era indispensabile, questo lo sapeva, era indispensabile per quel mondo e per lui. Will non poteva fare altro che arrabbiarsi e inseguirla. Come faceva Henry. Anche con lui quella familiarità si era fatta soffocante. Non capiva, cosa non ricordava? Perché i suoi ricordi erano ancora così incompleti?

Negli incubi di Aria era nascosta la chiave.

"È per questo che la sua consapevolezza dell'altra realtà, è più corretta della mia. Deve essere così" si ritrovò a parlare a Henry. Stavano attraversando il giardino di Will. Si sarebbero esercitati tutta la notte se fosse stato necessario. Erano entrambi decisi. Henry fissò il vecchio albero che copriva la casa.

"Sarà sicuramente così. Io mi fido di voi ormai, ma vorrei capire da me".

"Capirai molto presto".

***

Lucas se ne stava seduto nella sala del Consiglio con le mani intrecciate sul lungo tavolo. Chiuse gli occhi. Era arrivato con largo anticipo, perciò poteva permettersi di prendere fiato e godersi quel silenzio.

La libreria dietro le sue spalle traboccava di libri. Sulla destra una lunga finestra rettangolare disperdeva sul pavimento la prima luce del giorno. Le pareti erano ricche di quadri di ogni tipo e dimensione.

Lucas aprì gli occhi e guardò dritto davanti a sé, era seduto proprio di fronte al suo dipinto preferito, quello di Will. C'era una ragazza di spalle, in piedi in un bosco di un verde luminoso, quasi fosforescente. La luce la illuminava perpendicolarmente, spuntando dai rami, come se la cercasse.

Senza smettere di fissarlo strinse le mani a pugno e fu catturato dai ricordi.

"Will, aspetta!" urlò Lucas inseguendolo per il corridoio.

"Lasciami stare" rispose lui. Entrò in camera sua e sfilò da sotto il letto una borsa capiente. Aprì con foga l'armadio tirando fuori felpe, pantaloni e magliette. Sul comodino vi era una sua foto con due ragazzi, ma non era possibile vedere bene i loro visi.

"Lo so che sei sconvolto. Ma rifletti, è stata una sua scelta". Lucas si mise tra lui e la valigia: "Mi stai ascoltando?" disse con tono duro.

"Non m'interessa. Io vado lì". Will lo scansò e continuò a infilare cose dentro la valigia. Infilò in una tasca dei pennelli e alcuni tubetti di colore.

"Non puoi portare niente. È la regola" disse come a cercare di distoglierlo.

Will lanciò la borsa a terra in un gesto stizzito, guardò intorno e gli parve che la camera dalle pareti azzurre si facesse sempre più soffocante. Poi vide un quadro sul cavalletto e pensò che l'avrebbe finito al ritorno. Fece un sospiro. Tutto ciò che gli serviva in quel momento era se stesso e tanto coraggio.

"Will, ascoltami ti prego. Non serve che ti sacrifichi", lo implorò Lucas, le ginocchia gli tremavano.

Il ragazzo smise di armeggiare con le sue cose e fissò il padre con ostilità: "Dovresti venire anche tu. È tutta colpa tua quello che è successo. Avresti potuto fermarli, invece di scappare via".

"Lo so, me ne pento. Ma…"

"Andrò lì come avresti dovuto fare tu già da mesi. Tutti si aspettavano che lo facessi, sai?"

"I Cinque a me non danno retta. Non potrei fare nulla. E poi messo piede lì…"

"Si perde ogni ricordo. A me non succederà" disse Will convinto.

"Ti prego Will… ho già perso un figlio" continuò lui.

"Non sai dire altro? Perché sei così vigliacco?"

"I Cinque si sono portati via qualcosa da me, quel giorno" continuò lui guardandosi le mani tremanti. "Non partire, ti prego. Lasciala andare via. L'ha scelto".

"Non sono riuscito a trattenerla qui…" disse il ragazzo con un soffio di voce, stringendo nel palmo della mano la collana che aveva al collo. Sembrò demoralizzato, ma durò solo un momento. La collera prese il sopravvento. Will prese con violenza la giacca dal letto.

"Non è colpa tua, figliolo".

"La riporterò indietro. Costi quel che costi" concluse sbattendo la porta e lasciando suo padre da solo nella stanza.

Lucas si nascose il viso dietro i palmi poi, con ritardo, decise di seguirlo.

Ai piedi del bosco misterioso i nuovi volontari erano pronti a partire. Quel giorno erano circa sedici persone, tra adulti e bambini. Agli inizi intere famiglie decidevano di passare nell'altro mondo. Molti desideravano l'immortalità, una vita senza paure.

Il grande bosco si arrampicava sulla montagna come un essere vivente. Una forte rete lo separava dal mondo esterno, perché era pericoloso. Chi metteva piede nel bosco veniva risucchiato e spariva nel nulla. Nessuno aveva mai fatto ritorno. Era quello l'ingresso per l'altra realtà. Un portale a senso unico.

Molti ci avevano provato. Alcuni gli avevano dato fuoco, ma quello era sempre lì. Tanti elicotteri erano spariti, insomma nessuno ci si poteva avvicinare, neanche in volo.

Una fitta nebbia copriva il bosco perennemente, s'insinuava tra gli alberi, inghiottendo qualsiasi essere vivente, qualsiasi pietra o ramo, impedendo a chiunque di riuscire a scorgerne la forma. Entrare in quel luogo era un salto nel vuoto.

Will, con le mani strette a pugno, fissava il cancello. Non era mai stato così deciso. Lucas rimase una decina di metri dietro. Non riusciva ad avvicinarsi, non poteva fermarlo, ma non poteva neanche seguirlo. Non doveva essere lì.

Will gettò un'ultima occhiata verso il padre, che non distolse lo sguardo. Lucas avrebbe voluto tanto fermalo. La gola gli si chiuse, le parole non gli uscivano. Non era più in grado di parlare, di fornire la giusta motivazione per farlo restare con lui. Suo figlio era diverso da lui, era coraggioso, risoluto, e non si sarebbe fermato.

Il padre corse verso di lui e, senza parlare, tirò fuori dalla tasca degli appunti, che sembrava aver preparato da tempo, poi infilò le pagine nella sua tasca.

"Nascondile bene" sussurrò. Guardò per l'ultima volta il suo ragazzo e tornò indietro. Si voltò solo quando fu abbastanza lontano.

Will lo ringraziò silenziosamente con un cenno del capo e strinse con più forza i pugni, prendendo fiato e scrutando attraverso quella nebbia come se ci stesse già camminando in mezzo.

Accanto al figlio vi era un ragazzo biondo insieme ai genitori e ai tre fratelli, una femmina e due maschi.

Il cancello si spalancò. Will e il ragazzo si staccarono dal gruppo dopo essersi fatti forza a vicenda. Si colpirono il pugno chiuso sorridendo, augurandosi buona fortuna e dicendosi silenziosamente che avrebbero fatto quel passo insieme. Furono i primi a sorpassare il cancello.

"Lucas, sei già qui" disse Wade sedendosi accanto a lui. L'amico aveva le lacrime agli occhi ed era profondamente scosso, se ne stava immobile accartocciato su se stesso. Tossì per ritrovare le parole, senza distogliere lo sguardo dal quadro del figlio.

Wade fece lo stesso, accanto al dipinto di Will era appeso quello di Aria. "Sono magnifici. Non è vero?"

Lucas annuì commosso.

"Li riporteremo a casa. Te lo prometto" disse Wade allungando i palmi sul tavolo, come se avesse paura di cadere.

"Non so, Wade…"

"Abbi fiducia. Abbiamo i nostri volontari lì. Sono certo che ci riusciranno".

"Se non riuscissero a trovare la chiave?"

"La troveranno. Almeno uno di loro sarà riuscito ad avvicinarsi ai Cinque. Se i Cinque hanno trovato un sistema per dissezionare gli incubi e hanno scoperto le informazioni per trovare la chiave, lo sapranno anche i nostri" disse Wade con una scintilla negli occhi.

"E se i nostri avessero perso i ricordi?"

"Ne manderemo degli altri. Ma alcuni di loro sono in gamba. Non ricordi?"

"Isaac", sospirò Lucas.

"Isaac ce la farò di sicuro. I nostri ragazzi ce la faranno!"

Lucas poggiò la fronte sul tavolo, poi guardò l'amico con disperazione. "Sono passati dieci anni" balbettò.

Wade rimase in silenzio per alcuni istanti. "Torneranno indietro" gli mise una mano sulla spalla. Era così certo di quello che diceva, nonostante fosse passato tutto quel tempo.

"Dieci anni sono tanti" commentò Lucas, senza alzare la testa dal tavolo.

"Ti confesso una cosa che non ho mai detto a nessuno" disse sussurrando Wade. "Io ho supplicato il grande bosco quando mia figlia, mia moglie e sua madre sono scomparse. L'ho pregato di mantenere il mio ricordo, di non cancellarmi dalla loro esistenza, e sono sicuro che mi abbia ascoltato".

"Non sappiamo cosa succeda una volta entrati in quel bosco".

"Ricorderanno di aver sempre vissuto lì. Forse non riusciranno a tener conto del tempo che passa. Non ricorderanno niente della loro precedente vita, solo qualche suggestione. Forse terranno a mente solo ciò che è necessario per impedirgli di farsi delle domande. Probabilmente solo gli esseri umani più forti riescono a farlo. Aria è determinata e coraggiosa. Anche Will. Sono sicuro che lui si ricorda di voi, e che vi sta cercando…", prese fiato osservando l'amico, poi proseguì con il tono di uno che sta spiegando una lezione scientifica a una classe.

"Mia moglie sta perdendo le speranze" lo interruppe Lucas.

Ma Wade sembrò non sentirlo. "Probabilmente saranno sempre gli stessi. Ognuno proseguirà a vivere nel ruolo che gli è stato assegnato".

"Per sempre", Lucas si strofinò le mani sul viso come se volesse strapparselo.

"I nostri figli torneranno…" disse Wade poggiandosi allo schienale e incrociando le braccia al petto.

Entrambi rimasero in silenzio a osservare i due dipinti, fino a quando la stanza non si riempì con gli altri membri che, come Wade e Lucas, avevano perso la loro famiglia a causa dei Cinque, per colpa di un desiderio che non doveva essere esaudito. Uno sbaglio che andava contro ogni legge naturale, infangandola, mettendola in discussione, e a cui l'uomo doveva porre rimedio, prima che fosse troppo tardi.

"Che freddo...". Aria strinse forte le biglie. Si trovava ancora una volta in una stanza buia, meno della precedente. Ricordava di aver superato una parete, si voltò verso la successiva. Era sempre calda e viscida, pulsava.

"Dan, dove sei?" sussurrò tastandola.

"Sono qui" rispose lievemente da dietro la parete.

"Dove?" Aria prese a scavare con la mano libera, freneticamente. Come la scorsa sera entrò un pezzo alla volta, con più fretta però. Ansimò per lo sforzo, era ancora debole, proprio come nella realtà.

La stanza era lievemente più luminosa rispetto alla prima, una differenza quasi impercettibile. Il pavimento era bagnato, appiccicoso. I suoi piedi nudi ci scivolavano sopra a ogni movimento.

"Vuoi andare via di qui?" disse la voce da un punto indefinito.

Aria non riusciva a vedere la fonte.

"Perché mi hai chiamato di nuovo?" domandò la voce stanca.

"Lo sai..." disse Aria torcendosi una mano nell'altra, le biglie scottavano.

"Sono stanco. Devi smetterla" disse duramente.

"Perché mi parli così?" Aria continuò a guardarsi intorno ma non riusciva a vederlo.

"Pensa ad andare avanti. Lo senti?"

"Cosa?" chiese stancamente

"Smettila di parlare e ascolta".

Aria si iniziò a innervosire. *Cosa diavolo dovrei ascoltare? Voglio solo vedere...* poi lo sentì. Era il battito. Il suono era ancora attutito ma sicuramente più vicino.

"Devi raggiungerlo".

"Non so se voglio" disse guardando a terra.

"Cosa stai dicendo, Aria... questo non è il tuo posto. Quello non lo è".

"L'altro mondo non è il mio posto senza di te", la gola si chiuse come se le avessero legato una corda al collo.

"Devi smetterla".

I suoi dubbi la catapultarono nella grotta, al buio. "Oh no" sussurrò. La ragazza si strinse nelle braccia e appoggiò la schiena alla parete ruvida. Spingeva forte anche se sentiva le rocce graffiarle la nuca scoperta.

"Parla Dan..." lo implorò.

"Pensi che per me sia facile tutto questo?" disse la voce, talmente forte che rimbombò. "Devi uscire da questa grotta una volta per tutte".

"Forse non voglio" rispose Aria, poi si lasciò cadere a terra e strinse le ginocchia al petto.

"Non sei mai stata una vigliacca. E sei talmente concentrata su te stessa e su di me da non ricordare le cose importanti".

"So quello che devo sapere".

"Non è vero. Rifletti".

Aria non voleva riflettere. Chiuse la sua mente, si alzò in piedi e corse verso la voce. Ma non poteva raggiungerla. Finì con lo sbattere contro una parete. Dan taceva.

"Sei lì dietro non è vero? Parla" strillò Aria, che prese a colpire il muro con i due pugni chiusi. Era sfinita, confusa, continuava a girare a vuoto anche nei suoi sogni.

"Dan, parlami ti prego. Che devo fare?" Aveva le labbra tese in una smorfia di dolore, le lacrime trattenute e tanta rabbia per come erano andate le cose. Per ciò che era successo e che non poteva cambiare. Era finita in quel mondo sbagliato. Ma la vita dall'altra parte, non lo era anch'essa sbagliata? Era imperfetta, dolorosa.

Aria sbatté ancora i pugni contro il muro, urlando e urlando.

"Mi senti? So che sei lì Dan, parla". Il dolore era diventato rabbia. Lui era lì e non voleva risponderle.

Le mani le facevano male, la stanchezza iniziava a pesarle come un macigno sulle spalle. La ragazza quasi non riusciva a tenersi in piedi. Le gambe iniziarono a tremare, cadde in ginocchio, appoggiò la fronte a quella parete spessa. Non pianse, strinse le biglie e crollò ancora una volta nel sonno. Si risvegliò a terra, rannicchiata, sommersa dalle coperte che erano cadute con lei.

Cosa vuole che ricordi? Finché non lo farò, lui non parlerà, pensò amareggiata. La storia della chiave, quella era passata in secondo piano. Lei voleva incontrare Dan, e se poteva incontrarlo forse l'avrebbe potuto strappar via di lì. Poteva? Quel mondo forse permetteva una cosa del genere. Iniziò a sperarci. Ci aveva pensato sin dal primo momento, da quando aveva messo piede in quella grotta. Isaac le aveva detto che il suo legame con gli incubi era più potente. Lei li viveva in prima persona, aveva superato un confine che l'aveva messo in contatto con un altro mondo. Lì c'era Dan e forse anche la chiave.

La chiave per Will e Henry, pensò… sempre più decisa a restare.

Capitolo 10

"Ciao" disse Aria mettendo piede in cucina. Sua madre era seduta al tavolo. Aveva scongelato due hamburger che sgocciolavano lentamente nel lavandino.

"Ciao, raggio di sole. Passato il cattivo umore?" chiese mentre sfogliava una rivista, aveva gettato solo una rapida occhiata alla figlia. Ignorare i problemi era più semplice.

Aria non notò che sua nonna era nella stanza, appiattita in un angolo. Si era appoggiata al mobile e se ne stava in silenzio a osservare. La ragazza sobbalzò quando fece per aprire il frigo e se la ritrovò davanti.

"Ciao tesoro" disse la nonna scrutandola attentamente e abbassando gli occhi sulle mani come se avesse capito che lì nascondeva i suoi incubi. Aria li strinse con maggiore vigore, ma non abbastanza per farli sparire sotto la pelle. Era esausta, soprattutto dopo quel sogno. Non riusciva a pensare ad altro che a Dan, che si rifiutava di parlarle, e a quella maledetta chiave che aveva il compito di trovare. Perché proprio lei? Era stata quella orrenda vecchia a sceglierla? Chi poteva saperlo, magari aveva studiato la vita precedente di ogni essere umano e si era divertita a tirar fuori dal mazzo la persona che aveva più prospettive di farla ridere. Una ragazza giovane dal carattere tosto. *Ma sì, lei è perfetta. Nascondiamolo lì. Facciamo che sia lei a doverlo trovare, sfidando tutto e tutti. Andando anche contro se stessa.*

Aria non era sicura in realtà che funzionasse proprio così. Forse tutto era stata una cosa casuale. La vecchia l'aveva creata e quella aveva vagato di incubo in incubo fino a fermarsi nei suoi, a plasmarli, infarcendoli di indizi, di ricordi del passato, di prove.

La ragazza doveva attraversare altre stanze, e se fossero state infinite?

Quella grotta buia la spaventava, istintivamente Aria si toccò il collo.

"Che hai fatto lì?" chiese sua nonna prendendola per le spalle, senza che lei riuscisse a ribellarsi.

La mamma si alzò pronta a preparare gli hamburger. Accese un fornello e oliò una bella padella ampia. "Mamma, ceni con noi, no?" chiese.

La nonna non rispose. "Hai dei graffi verticali" disse un po' perplessa la nonna.

"Scusa". Aria la scansò, uscì lentamente dalla stanza e, senza farsi vedere, corse in bagno, le serviva uno specchio. Si tolse velocemente la maglietta e si guardò la schiena allo specchio. Sul collo aveva dei tagli netti, come di graffi. Doveva essere stata quella maledetta grotta. Sulla schiena vide solo dei piccoli segni, non era uscito sangue perché lì era coperta. Spalancò gli occhi alla vista. Si sentiva indolenzita ma credeva fosse stata colpa della caduta.

"Incredibile" si disse. Chissà quanto aveva dormito.

"Tesoro, va tutto bene?" sua nonna l'aveva raggiunta.

"Sì, sì nonna! Cuocete la carne che arrivo".

Aria iniziò a sentire freddo e si scosse per cacciare via i brividi. "È tutto reale", sussurrò ancora esterrefatta. Si coprì e si sciacquò il viso con abbondante acqua fredda, poi rimase appoggiata con i gomiti al lavandino, la testa piegata. Le gocce d'acqua scivolavano giù silenziose. La pelle fredda la paralizzava. Chiuse gli occhi e rimase così per alcuni istanti. Si asciugò e raggiunse la cucina, stavolta con più serenità. Non voleva far preoccupare sua nonna, che sembrava essere più attenta del solito a lei.

La nonna si era seduta e continuava a fissarla con il mento poggiato sulle mani. La madre invece fischiettava mentre girava la carne.

"Prendi le posate" disse senza voltarsi. Aria eseguì. Aprì il cassetto e le tirò fuori con l'unica mano che aveva disponibile. Avrebbe potuto infilare le biglie in tasca, eppure non ci riusciva, desiderava tenerle a contatto con la pelle, stringerle, per non rischiare di perdere la visione delle cose. E per non perdere anche la possibilità di andare e venire dai suoi sogni.

È fondamentale per gli altri, si ripeteva in continuazione, facendo finta di non ricordare quanto fosse importante anche per lei... Un collegamento con Dan.

La nonna aveva seguito con sguardo attento ogni gesto e continuava a fissarla, stavolta la mano, si era accorta di qualcosa.

Mangiarono quasi in silenzio, si sentiva solo il rumore delle posate sui piatti e quello di qualche uccello che riposava sugli alberi del giardino. A volte ad Aria sembrava che il loro suono fosse simile al canto di un essere umano, acquattato tra l'erba. *Può essere la signora Frost, è abbastanza stramba*, si disse distraendosi per un momento da tutti i pensieri che la angosciavano. Ridacchiò sotto i baffi, immaginando la sua vicina nascosta nell'orto a cantare alla luna, o a quel poco che si vedeva tra la nebbia. Solo dal giardino degli aranci era possibile vedere le stelle. Quel luogo era magico... quanto sarebbe voluta fuggire per andare lì. *Quasi, quasi dopo cena ci faccio un salto*, pensò. Aria si sentiva terribilmente attratta da quel luogo.

Accelerò la masticazione e ingoiò tutto a velocità supersonica. Ogni tanto si massaggiava il collo indolenzito e si sistemava i capelli dietro le orecchie. Poi bevve grandi sorsate d'acqua, per mandare giù ogni cosa.

"Finito. Notte nonna, notte mamma" le salutò e corse in camera sua dopo aver lasciato il piatto vuoto nel lavabo. Sarebbe rimasta lì e appena sua madre si fosse addormentata, sarebbe uscita per passare qualche ora al giardino degli aranci.

Stranamente nessuno la fermò mentre andava in camera. Era sicura che sua nonna le avrebbe chiesto spiegazioni sui graffi, che si sarebbe impicciata. E invece nulla.

Aria esitò un istante sulla soglia. La camera le sembrò estranea, come se non fosse la sua. La sensazione durò un battito d'ali ma aleggiava ancora nell'aria. Si sedette di fronte alla tela e si chiese quando avrebbe ricominciato il lavoro. Prese in mano un pennello e un ricordo le si affacciò subito alla mente, lei che dipingeva con accanto Dan, seduto su uno sgabello in silenzio. Se ne stava buono, senza dire una parola, amava osservarla quando dipingeva, quando "creava", diceva lui. Aria era così concentrata che quasi si dimenticava della sua esistenza, ma quando si accorgeva di lui si allungava per dargli un bacio, lui faceva finta di scansarla e sorridendo diceva: "Dopo che hai finito".

"Che despota!" commentava Aria sorridente. Dan le accarezzava le spalle, tirandole indietro i capelli indisciplinati e lei rabbrividiva per quel contatto. Il ragazzo incrociava le braccia e tornava nel suo silenzio, osservando le pennellate sicure e allo stesso tempo delicate, la padronanza della sua ragazza nel dipingere, unica persona al mondo che lo faceva rilassare solo impugnando un pennello. Ogni tanto le dava qualche consiglio, sussurrandoglieli, come se non volesse disturbarla.

Aria ricordò un'ombra alla porta, proprio dietro di loro, che li stava guardando. Lo aveva notato ma aveva fatto finta di niente.

Chi era? pensò la ragazza come se stesse assistendo alla scena dall'esterno. "No" si disse, e tornò indietro velocemente. Strinse le biglie, anche se quello non era stato un incubo ma un semplice ricordo che riviveva. Si accorse che erano ancora tante le cose che non riusciva a ricordare. Le sembrava esser passato così tanto tempo, e allo stesso tempo neanche un giorno, da allora. Era una strana sensazione quella che provava, come se tutto quel tempo non l'avesse vissuto. Forse era proprio così.

In quel posto si girava a vuoto, i giorni non scorrevano veramente, era tutta un'illusione, una bugia. La ragazza rabbrividì e tirò su da terra la coperta, che era scivolata poche ore prima. Si accorse che era macchiata di sangue in un punto. Se la attorcigliò intorno al corpo e aspettò. Era sicura che non si sarebbe addormentata neanche se fosse stata con la luce spenta. Il buio per la prima volta la faceva sentire al sicuro. Sua madre, sua nonna, nessuno sarebbe entrato a disturbarla.

Dopo essersi cambiata sgusciò fuori dalla stanza. Aveva indossato un jeans, una maglia verde acqua a maniche lunghe e un giacchetto nero.

La casa era buia, la cucina vuota. Sua madre era a letto e sicuramente sua nonna se ne era andata. Nell'aria c'era ancora l'odore della carne abbrustolita, quell'odore forte che tanto le dava fastidio. Aprì la finestra della cucina e uscì.

"Aria" disse una voce proveniente dalla sua destra.

"Nonna, cosa ci fai ancora qui?" sussurrò, colta in flagrante.

"Siediti", disse solo. Aria notò una seconda figura vicino a lei, era la signora Frost. Entrambe la scrutavano con grande attenzione.

"Non posso proprio ora" rispose Aria con una punta di ostilità nella voce.

"Lo vedi questo?" La nonna allungò la sua mano sinistra. Al dito portava un anello di fumo nero. Era un incubo. Aria spalancò gli occhi alla sua vista.

"Nonna tu…"

"Sì, tesoro".

La signora Frost tirò fuori dalla tasca due quadratini neri simili a zollette e sospirò.

"Che cosa stai combinando, tesoro?" chiese con sospetto.

"Niente" rispose la ragazza senza distogliere lo sguardo.

"Ho visto che stringi in mano".

"Nonna, scusa se te lo dico ma non dovresti impicciarti".

La nonna sembrò scaldarsi. "Io non voglio che ti cacci nei guai e ti venga l'idea di andartene di qui, se mai trovassi il modo" disse come se sapesse qualcosa.

"Stesso vale per me", aggiunse la signora Frost lanciando uno sguardo al suo piccolo orto.

"E voi? Perché li trattenete? A che scopo?"

Aria s'infilò le mani in tasca e sua nonna sembrò rilassarsi, ma assunse un'espressione triste. "Per non dimenticare tutto quello che ho vissuto con mio marito".

"Tutto qui?" disse Aria. Non sapeva perché avesse assunto quel tono apro. "Per non dimenticare? E che importanza ha, visto che siamo qui proprio per dimenticare?"

"Io… non voglio tornare di là, non voglio morire. Ma non voglio neanche scordarmi di mio marito. Un giorno non sono riuscita a lasciare gli incubi, durante la prima fascia di consegna. Avevo trascorso una notte terribile e burrascosa, avevo sognato qualcosa e non riuscivo bene a ricordarlo, ma mi aveva lasciato un'impressione di angoscia e frustrazione addosso. Ci pensai a lungo, fissando il mio incubo. Decisi di saltare la seconda fascia di consegna e anche la terza. Fino alla sera, fino a quando non mi vennero a bussare. Sai, con noi pensionati è così che va. Se ti scordi vengono a bussarti, e ti prelevano come un criminale. Prima o poi dormiremo attaccati a macchine che risucchieranno automaticamente i nostri incubi. Per fortuna non ci siamo ancora arrivati" disse divagando. "Quella sera però ricordai perfettamente mio marito. La sua esistenza. Non la sua immagine, poiché quella già la ricordavo bene. Sapevo che era morto e quella certezza era scolpita con tratto vago nella mia mente. Ma non ricordavo altro. Era un'informazione morta, che quasi non mi apparteneva. Eppure durante quella lunga giornata di riflessione a tu per tu con il mio incubo, ritornò mio marito, in carne e ossa. Ricordai alcuni giorni passati insieme, qualche momento importante. Il ricordo era ancora molto vago ma esisteva, aveva una consistenza. E capii. Il giorno successivo accadde lo stesso. Andai avanti così per settimane, per mesi, fino a quando non compresi che con un po' di impegno forse avrei potuto tenere gli incubi per me. Poi incontrai un giovane al giardino degli aranci. Sai Aria cosa si dice nel sottosuolo, sul giardino degli aranci? Che è un luogo fuori dal tempo, vivo, in cui tutto può succedere, perché lui ti aiuta a far sì che accada. Il ragazzo mi aiutò a lavorare sui miei incubi. Ci misi mesi interi, o forse di più, e questo fu il risultato", mostrò l'anello. "Ma non finì lì, perché incontrai altre persone. Ce ne sono tante, sai? Avevamo formato una sorta di gruppo di studi e lì incontrai lei", indicò la signora Frost.

Aria non sapeva cosa dire. "Ma che senso ha? Ormai abbiamo accettato di rimanere qui. Perciò ricordare non serve". Sentiva la sua voce e non la riconosceva, che diavolo stava dicendo?

"Perché tu non lo fai, tesoro?"

Per quale motivo si stava arrabbiando tanto? Aveva deciso di rimanere, e restare lì faticando per trattenere i ricordi non aveva senso. O era arrabbiata con se stessa per la debolezza che aveva mostrato?

Aria era fuggita dalla realtà per vivere una vita fittizia, accettando di dimenticare tutto ciò che aveva vissuto. Era un tradimento, una crudeltà nei confronti di se stessa e di Dan. Come aveva potuto? E ora, come avrebbe trovato il coraggio di tornare indietro?

"Ho così disperatamente paura di morire" sussurrò Aria realizzandolo per la prima volta.

"Lo so, tesoro. Per questo siamo qui. Non è stata solo una fuga dalla sofferenza, ma una fuga dalla vita che è terribile".

"Ma non posso restare qui" continuò Aria, "non è giusto".

"Sì che lo è. Hai incontrato Dan nei tuoi incubi, è vero?"

La ragazza alzò gli occhi che aveva abbassato senza accorgersene. "Come fai a saperlo?"

"Perché qui è possibile. Gli incubi sono... vivi. Sono terribili, pieni di energia negativa che atterrisce e può uccidere, ma ti permettono di metterti in contatto con altri mondi. È così. È contro natura, lo so questo", disse esaltandosi, "ma è il prezzo che questo mondo paga per trattenerci qui".

Aria non aveva mai visto sua nonna con quello sguardo, sembrava una folle. Fissava il suo anello ridendo a labbra strette.

"Tesoro. Tu non farai niente, perché se te ne andrai, sai cosa succederà di là? Non rivedrai mai più Dan. A chi importa se questi incubi vanno uccisi, o inviati ai Cinque? Che importa se ci sfiniscono, se succhiano la nostra energia, se sono malvagi? Possiamo vivere lo stesso. Possiamo vivere per sempre, incontrando chi è possibile incontrare. Vivendo nel ricordo. Di là non lo potrai mai fare. Dovrai dire addio, per sempre. E invecchierai, morirai…" La nonna continuava a parlare ma sembrava cercasse di convincere se stessa.

"Anche lì potrò vivere nel ricordo. Niente mi può togliere questo" disse Aria stringendo le mani al petto. Sentì un profondo vuoto nella pancia, la gola stretta in una morsa.

"Se ci credi… ma tanto che importa? Non riuscirai mai ad andare via di qui, tesoro" disse la nonna e scoppiò a ridere. La signora Frost la seguì a ruota, come se fosse l'ombra di sua nonna, un suo prolungamento.

La risata di sua nonna era agghiacciante. Come poteva essere felice che sua nipote rimanesse rinchiusa in quel posto, divisa tra un'idea e un'altra? Aria pensò che la nonna avesse perso la testa, che fosse colpa di quella realtà.

"Aria", chiamò la signora Frost. La ragazza non si voltò. Uscì velocemente di casa e poi dal giardino senza aggiungere altro. Le mani sempre strette al petto.

"Ragazza, se insisti potresti non riuscire a tornare indietro dal tuo mondo. I nostri mondi sono più insidiosi di qualsiasi altro".

Ormai Aria era arrivata in strada e non si era più voltata indietro. La reazione di sua nonna l'aveva fatta rabbrividire e in parte l'aveva confusa. La ragazza non era riuscita a riflettere bene. Sua nonna voleva ricordare il nonno solo quando le andava, e restare lì per essere al riparo della morte. Forse anche lei lo richiamava nei suoi incubi e con lui passava le sue notti.

Aria guardò dritta di fronte a sé senza sapere cosa pensare, era entrata in uno stato di confusione e per un attimo sembrò disorientata.

Le strade erano quasi deserte, la nebbia si poggiava delicatamente su ogni cosa. La luce proveniva fioca dalle finestre dei bassi edifici che silenziosi si nascondevano agli occhi dei passanti.

Gli incubi che portava con lei l'aiutavano a notare meglio quel mondo, era come se togliessero quella patina che copriva ogni cosa, rendendola vivida, pulsante. Era tutto chiaro ai suoi occhi. La città sembrava abbandonata, morta. Immobile. Nonostante le arrivassero suoni della notte, l'aria era statica, rarefatta, come quella rimasta chiusa in una stanza a lungo. Era fastidioso trovarsi in quella situazione, la realtà quasi le tolse il respiro. Sentì un bambino piangere da una finestra buia. Chi era stato tanto avventato da partire con un neonato al seguito? Non pensavano al bambino? *Rimarrà neonato per sempre*, si disse in un tremito. Era un mondo sbagliato, non doveva esistere. Will aveva pienamente ragione. Ma come poteva togliere la scelta a quelle persone? Tutto sarebbe dovuto tornare com'era sempre stato. A prima che i Cinque facessero quel patto e prima che la maledizione, o quello che era, colpisse il mondo creando quella falla. Eppure ora che esisteva, come poteva togliere la possibilità di scegliere alle persone? Lei aveva così paura dell'altra realtà. Per Aria era proprio come una grotta buia.

Noi siamo come ciechi in una grotta buia. È così la vita, questo pensava quando viveva dall'altra parte, se lo ricordava bene. In quel nuovo mondo, invece, non se ne doveva più preoccupare, ma quante cose si stava perdendo, quanto avrebbe perso ancora...

Senza farci caso era arrivata davanti al giardino degli aranci, che aveva i cancelli spalancati, come se l'aspettasse. Fece qualche passo sotto gli alberi. Il profumo dolce la cullava e rilassava i suoi muscoli stanchi. Continuò a riflettere sulle parole di sua nonna: "Non rivedrai mai più Dan".

Ora sentiva solo tanto freddo. La ragazza si strinse nel giacchetto e guardò in alto le foglie libere dalla nebbia, sprazzi di un cielo blu senza stelle. Dopo aver percorso quel piccolo sentiero tortuoso, si ritrovò sotto il cielo aperto. Una folata di vento la colpì in pieno, ma senza violenza, sembrò quasi un benvenuto, un incitamento. Un raggio di luna, che sembrava vicinissima, illuminava quasi l'intero giardino.

***

"Forse quella ragazza ci sta prendendo in giro" disse il Secondo Sacerdote che camminava da una parte all'altra della stanza.

"Che intendi?" chiese il Terzo.

Il Primo anticipò tutti alzandosi in piedi e prendendo la parola prima che il Secondo decidesse di esprimere la sua opinione in modo più completo. "Va tenuta sotto controllo".

"Vanno catturati, soprattutto lei. La teniamo qui in osservazione e..." il Secondo voleva comandare per una volta.

"Non si può" disse il Quarto.

"Possiamo eccome. Mondo nostro, gente nostra, decisione nostra".

"Forse" disse il Quarto, che non era poi tanto contrario.

Il Secondo incrociò le braccia soddisfatto.

"Sta trattenendo gli incubi. Sono giorni che non ne consegna, potrebbe essere vicina alla chiave" aggiunse il Quarto.

"No…" stava dicendo il Primo ma il Quinto parlò.

"Dobbiamo catturare anche gli altri sospetti. Lei d'altronde non è l'unica".

"La più probabile. L'abbiamo percepito tutti".

"Ma non l'unica".

"Ormai è chiaro che il sigillo è nascosto in uno di loro. Non serve altro tempo per far sì che si riveli. Deve essere lì". Uno dei Cinque si voltò verso la spirale, il liquido era pericolosamente vicino al centro.

"Non può averci preso in giro. Il patto richiedeva questa condizione. Il sigillo ha bisogno del suo tempo per manifestarsi, ma come potete vedere…" indicò la spirale, "ormai i giochi stanno per chiudersi e non c'è più tempo per essere indecisi" disse il Primo convinto.

"La questione è importante e dobbiamo agire…" intervenne uno di loro.

I Cinque trascorsero tutta la notte a discutere, perché loro non avevano bisogno di dormire. Mai.

***

"Il tempo si dilata e restringe normalmente, ma non qui" sussurrò Aria. Stava pensando da quanto quell'avventura fosse iniziata, ma era così difficile lì farsene un'idea.

La ragazza sbucò dagli alberi soprappensiero e vide una sagoma seduta sul muretto, sotto il lampione. Era Will. Se ne stava tutto solo con le mani in tasca.

Aria era indecisa, *torno indietro o resto?* Era più persuasa dalla prima opzione, ma Will aveva percepito qualcosa e si era girato.

"Aria" disse sorpreso, "cosa ci fai qui?"

Il loro ultimo incontro era stato strano, e non erano soli. *Da quanto non riusciamo a guardarci in faccia senza spettatori?* si chiese la ragazza avvicinandosi.

Il vento alle sue spalle era aumentato, e tirava proprio verso la direzione di Will, come se ce la stesse spingendo apposta. Nessuno dei due riusciva ancora a ricollegare quelle nuove sensazioni al passato. Nessuno dei due aveva ancora capito. Entrambi si fissavano pieni di sentimento.

Più Aria guardava il ragazzo, più l'angoscia le cresceva dentro. Ma quello non era l'unico sentimento che provava. Il cuore le iniziò a battere talmente forte che credeva non le appartenesse. Si guardò persino intorno, convinta che il rumore venisse da fuori. Will fece un passo verso di lei senza sapere che dire.

"Ho pensato a quello che avete detto. Mi impegnerò nella ricerca della chiave, ma non sono ancora sicurissima che distruggere questo mondo sia giusto" disse d'un fiato Aria.

Will taceva, credeva fosse la cosa giusta da fare in quel momento. Sembrava così sollevato, ora che l'aveva vista. La ragazza non aveva un bel colorito, era sempre più stanca, si reggeva in piedi a malapena, ma era ancora lucida. Il ragazzo sperò che la chiave saltasse fuori al più presto, temeva che l'amica non ce l'avrebbe fatta a trattenere altri incubi con sé. Quanto avrebbe voluto sollevarla da quel peso, prendere il suo posto!

Aria aveva distolto lo sguardo. Voltarsi verso di lui era troppo doloroso, una fatica che non voleva affrontare.

"Vieni a sederti" disse il ragazzo con tono dolce. Aria, che era rimasta a distanza tutto il tempo, si avvicinò calamitata. Perché non poteva opporsi? Voleva andar via, ma più di tutto rimanere.

Sotto la luce del lampione, Will notò i graffi sul collo scoperto di lei. Senza neanche pensarci la prese per le spalle per controllare. Aria non si mosse, con le poche energie che aveva non sarebbe riuscita a spostarsi, e in più... non voleva.

"Che cosa sono questi?" chiese lui senza lasciarla andare.

Aria sentiva il suo respiro sul collo. "Non è niente. Davvero". Non era riuscita a formulare nessuna scusa utile, sperò che non insistesse, ma era certa che l'avrebbe fatto.

"Questo non è niente... ti hanno assalita?" Stavolta Will la fissò negli occhi. Poi piegò la testa in basso per esserle più vicino. Lei arrivava appena alle sue spalle e se Will voleva parlarle da una distanza così ravvicinata, doveva necessariamente piegarsi. Il ragazzo era praticamente sopra di lei e la teneva stretta per le braccia. Aria alzò lo sguardo, era la prima volta che lo guardava. Gli occhi profondi e avviliti. L'insicurezza la stava paralizzando, che avrebbe dovuto fare? Alla fine erano rimasti in piedi, in silenzio.

"La verità" chiese con tono serio.

"Mi sono ferita in un incubo" rispose lei senza distogliere lo sguardo. "Non te ne devi preoccupare, perché sono affari miei" continuò.

Will la lasciò andare. Quello era l'unico modo che aveva Aria per tenerlo fuori, per allontanarlo. Will sembrò scoraggiato. Ma la prese di nuovo per le spalle.

"Sono affari miei. Ti voglio aiutare a trovare la chiave".

"Solo di questo t'importa?" chiese lei liberandosi dalla stretta con uno strattone e saltando in piedi. Aveva dato fondo quasi alle sue ultime energie.

"Lo sai che..." cercò di giustificarsi Will, ma lei non glielo permise.

"La chiave, la chiave. Ti interessa solo della chiave. Stai tranquillo che la troverò e ve la darò. Così potrete tornare alla vostra vita e mi lascerete in pace".

Perché era diventata così scontrosa? Ingoiò un grumo di disagio, non sembrava lei a parlare. Perché gli urlava contro?

"E vuoi sapere un'altra cosa? Se non l'hai ancora capito, puoi dirlo anche a Henry se ti capita, io non verrò con voi. Voglio restare qui. È il posto che mi si addice" disse allargando le braccia verso gli alberi che si piegarono innaturalmente come se soffrissero a sentire quelle parole.

"Sei solo stanca, non parli sul serio". Il ragazzo era sconvolto e arrabbiato. Temeva così tanto quelle parole. "Non dire cretinate! Hai sempre detto che questo posto è sbagliato. Sono giorni o settimane, chi lo sa, che ci battiamo per tornare da dove siamo venuti. Che ti prende ora?"

"Non mi parlerà più finché non capirò", sussurrò Aria quasi a se stessa.

"Che?"

Aria prese fiato, ora non era arrabbiata, ma afflitta: "Non posso".

"Cosa ti blocca? Andiamo via io e te. Insieme". Il ragazzo faticò molto per pronunciare queste parole. Non voleva che Aria le sfuggisse di nuovo, non voleva perderla ancora. *Quando è successo?* si chiese distrattamente. Colmò la distanza tra loro e la prese di nuovo per le spalle: "Cosa ti blocca? Permettimi di aiutarti" sussurrò mentre lei guardava a terra.

Aria si divincolò e disse: "Non posso e basta", fece per andarsene.

"Ma io ti amo!" urlò lui con tutta la rabbia e la frustrazione che provava. Desiderava trattenerla.

Lei si fermò di spalle, con lo sguardo a fissare il vuoto. Si voltò, stava per rispondere ma notò lo stupore di Will, che la fissava con occhi spalancati, la bocca semi aperta. Aria non capì.

Will si fece di colpo triste. Si poggiò una mano sul petto, come se quel qualcosa l'avesse scosso profondamente. Strinse la catenina d'argento con la piccola w. Aria era immobile, in attesa.

"È per Dan. Non è così?" chiese lui con lo sguardo dolce e amaro insieme.

Aria non poteva crederci, che diavolo ne sapeva lui di Dan? Presa alla sprovvista non pensò ad altro che a scappare via. Corse tra gli alberi, con il vento tra i capelli, le foglie che si muovevano sopra la sua testa come esseri vivi. Vide con la coda dell'occhio un'ombra all'interno del giardino e ascoltò il rumore del cuore che batteva forte, il suo, quello nascosto nel buio del giardino e chissà quale altro.

I numerosi pensieri non la facevano ragionare chiaramente. *Will mi ama*, si disse quasi non realizzandolo compiutamente. Un pensiero più importante, in quel momento, richiedeva attenzione: *Perché Will conosce Dan?*, si chiese con insistenza. Era così confusa. Sentire pronunciare quel nome da lui le aveva fatto così male, era così strano, eppure così familiare quella sensazione. Perché non riusciva a ricordare il viso di Dan? Era questo che la scuoteva più di tutto, era così tremendo, che si era imposta di non pensarci.

Come poteva averlo dimenticato? Perché era in quel maledetto mondo in cui ogni ricordo andava alla deriva? Come aveva potuto. Eppure ora, lì lui era presente, ma non voleva parlare.

"Non mi parlerà finché non capirò" disse a voce alta e poi prese una decisione. Ma non sapeva come fare.

A un certo punto il cancello le sembrò tremendamente lontano, si era fatto tutto così silenzioso. Si trovava sempre nel giardino, tuttavia sembrava essere cambiato completamente l'ambiente, come quando si modifica lo scenario in un videogame. Eppure era sempre il giardino, ne era certa. Un'ombra si avvicinò dal fondo e la incoraggiò silenziosamente ad alzarsi. Non si era accorta di essere caduta.

"Dove andiamo?" chiese dubbiosa, lasciandosi trascinare.

"Dove vuoi tu" disse la voce.

"Voglio ricordare ogni cosa. Portami là dove tutto è iniziato, ti prego".

**

"Will, cosa succede?" Henry aveva raggiunto l'amico. Aveva in spalla solo uno zaino. Will continuava a non muoversi e fissava il punto in cui Aria era scomparsa, cercando di metabolizzare ogni ricordo, ogni singolo ricordo che gli era tornato alla mente. Sentiva la testa esplodere.

"Ehi" disse Henry mettendogli la mano sulla spalla, "cosa è successo?"

La luce del lampione sembrò tremare sotto i loro piedi, come se avesse alzato la testa per illuminare un'altra zona e lasciare i due soli.

Will alzò lo sguardo verso l'amico e si voltò lentamente. Sorrideva commosso, eppure gli occhi tradivano una tristezza profonda. Lo abbracciò forte di fronte allo stupore completo di Henry, che rimase con le braccia lungo i fianchi.

"Amico mio, amico mio" sussurrò.

Henry lo scansò di riflesso: "Che diavolo succede? Sei impazzito?"

Will si stropicciò la fronte. Si poteva essere tremendamente felice e triste allo stesso tempo? Sì, perché lui lo era.

Allungò il pugno verso di lui e lo incitò a colpirlo con il suo. Henry lo fece.

Will sembrava in procinto di esplodere, colpito in pieno da quei sentimenti. Rimase in silenzio, sperando che l'amico reagisse, ma non lo fece. Allora fece un altro tentativo. "Odio i sudoku" disse a bassa voce. Nessuna reazione, ma voleva tentare ancora una volta.

"Batman è in assoluto il miglior supereroe, non c'è storia" disse con l'entusiasmo di una volta, ma rimase di nuovo deluso. Si voltò da un'altra parte, imbarazzato, stringendo i pugni, piegandosi sul muretto. Non poteva non ricordare.

Henry lo fissava come fosse un marziano, ma dopo qualche istante si illuminò, guardò il suo incubo, ancora legato al piede, e abbozzò un sorriso. "Superman è sempre Superman. E i sudoku... cosa c'è di meglio!" Will tornò con gli occhi su di lui. Henry aveva la sua stessa espressione: un enorme sorriso, occhi velati di tristezza, come chi si rivede dopo una lunga separazione, dopo un lungo viaggio.

Will sorrise: "Sei troppo tradizionalista, amico mio". I due si abbracciarono. Henry che era più alto di lui, lo sollevò da terra.

"Ehi, piantala deficiente!"

"Sempre il solito nano" gli disse Henry scherzando.

"Sei te che sei troppo alto, imbecille" rispose, poi si sistemò bene la giacca sulle spalle e abbozzò un sorriso.

"Quanto affetto. Mi è mancato" disse ridendo Henry.

Sembrava la prima volta che si rincontravano. E alla fine era proprio così.

Capitolo 11

"Mamma, papà esco!" urlò Aria sorridendo.

"Non fai colazione?" chiese il padre che l'aspettava in cucina.

"No, vado con gli altri" rispose lei spuntando dalla soglia.

"Troppi ragazzi intorno" borbottò lui incrociando le braccia, "e poi…"

"Il papà non va trascurato…" completò la frase la madre ridendo.

Aria gli diede un bacio sulla guancia: "Lo sai che il papà è sempre il papà".

"Non mettere il muso su, Wade" aggiunse la mamma mentre imburrava un paio di fette di pane.

"Lui lo mette perché vuole farmi sentire in colpa. Io però non ci casco" rispose Aria, che strappò dal frigo un succo di frutta e si attaccò alla bottiglia.

"Aria…" l'ammonì sua madre, allungandole un bicchiere, ma lei aveva già finito di bere e rimise a posto la bottiglia.

"Sei una ragazza grande ormai, lo so. Lo sai anche che scherzo. Però potresti passare un po' più di tempo con il tuo povero vecchio".

"Povero vecchio. Ma se non hai neanche cinquant'anni".

"Povera me" disse la madre sbuffando e si sedette accanto al marito.

"Povere noi! Io vado. Stasera torno presto" disse Aria, poi baciò sulla guancia la madre e il padre. A lui riservò anche uno sguardo dolce e di finto rimprovero.

Uscita di casa si fermò un momento in cima ai gradini. C'era uno splendido sole caldo, i raggi le riscaldarono la pelle del viso e delle braccia in un istante. Aria indossava una maglietta arancione su un paio di jeans, e aveva i capelli sciolti tenuti indietro da un cerchietto nero.

"Ecco brava. Prendi un po' di sole che sei una mozzarella", disse una voce familiare dal marciapiede.

"Ehi. Guarda chi parla, eh Will? Ma ti sei visto?" rispose la ragazza.

"Effettivamente tutti i torti non ce l'ha…" Henry ridacchiò.

"Tu sei bellissima anche con questo colore bianco latte".

"Oh no, ci risiamo. Dan ti prego" disse disgustato Will.

Dan in risposta gli spettinò i capelli. "Fratellino, non l'hai capito? Aria tira

142

fuori tutto il meglio di me".

Will si ritrasse e cercò di pettinarsi, un ciuffo non gli dava mai pace. "Oddio…", replicò Will sbuffando, "di bene in meglio".

Aria imbarazzata guardò i suoi tre amici, soffermandosi su Dan. "Ah, ah, ah" rise Dan. Amava mettere in imbarazzo il fratello, ed era così semplice.

Henry continuava a fissare Aria: "Ha ragione Will, alla luce appari ancora più bianca…"

"Ti ci metti anche tu?" sbuffò lei.

Henry le sorrise.

Aria si fece una veloce coda, il sole era caldissimo e già non riusciva a sopportare i capelli sciolti, le veniva da grattarsi il collo.

"Ehi, Dan. Ma tu non dovresti essere già in classe? Sei all'ultimo anno. Non puoi battere la fiacca così" disse lei realmente preoccupata. La sua spensieratezza la faceva innervosire, ma avrebbe voluto anche lei godersi la vita come faceva lui, notando ogni dettaglio, era per quello che dipingeva.

"Hai ragione, capo!"

"Scemo, piantala! Sono seria" disse scendendo i gradini e salutando ognuno con un bacetto sulla guancia.

Prima Will, poi Henry, infine Dan. La imbarazzava baciarlo sulle labbra davanti agli altri.

"Dai su. Andiamo, altrimenti finirà che arriveremo in ritardo" disse Henry.

"Ha ragione. Si è fatto tardi" aggiunse Will.

Dan diede la schiena agli amici e con le sue grandi spalle coprì Aria, chinò il viso e le tirò su il mento con le dita, baciandola dolcemente.

"Buongiorno" disse sorridendo.

Aria avvampò: "Buongiorno".

"Andiamo su. È tardi e vorrei fare colazione" urlò Will per interromperli.

"Ma è una così bella giornata…" Dan si allungò verso il sole come se volesse abbracciarlo e sorrise. I suoi capelli neri sotto il sole apparivano ancora più intensi. Erano della stessa tonalità di quelli di Will, ma al contrario i suoi occhi erano di un marrone sfumato, molto particolari.

"Andiamo su…" disse Will.

"Dobbiamo proprio, fratellino? Andiamocene al parco a goderci questa meravigliosa giornata. Che dite?"

"Sei sul serio un lavativo. Guarda te se questo cretino non finirà per farsi bocciare".

"Will, stai tranquillo. Ho il massimo dei voti".

"E il massimo di assenze" aggiunse Aria.

"Parlavo di assenze infatti…" si corresse Will.

"È colpa del mondo. È troppo bello…" disse Dan allargando le braccia e respirando a fondo. Una lieve brezza iniziò a tirare dal fondo della strada,

143

che era sgombra di macchine ma ricca di splendidi alberi dalla chioma verde che d'estate la ricopriva come un tunnel. "Sentite questa brezza che porta il profumo degli alberi" aggiunse Dan.

Will sorrise e respirò a fondo. Henry sospirò. "E va bene, andiamo al parco. Solo se entriamo in seconda" disse Henry cercando un compromesso.

"D'accordo" rispose Dan avviandosi e spingendo Aria in avanti prima che partisse la critica.

Will incrociò le braccia. "Certo, come no. E chi ci crede?"

"Finirà come la scorsa volta" sospirò Henry distraendosi a guardare una donna che trascinava al guinzaglio un piccolo, microscopico cane.

"Vi fa tanto schifo godervi una bella giornata?" chiese Dan a occhi chiusi, si era fermato di nuovo per catturare i raggi del sole.

"Schifo fa quello. E che è un cane?" disse Henry estraniandosi.

"Cosa?" Will lo guardò.

"Il cane. Sembra un topo" continuò Henry.

"Che diavolo c'entra ora? Stiamo discutendo su cosa fare" disse Will criticandolo.

"Scusate, scusate" rispose Henry.

"Ma non abbiamo già deciso? Stiamo andando al parco" disse Dan.

"Tanto si fa sempre come ti pare a te", lo criticò Aria sorridendo.

"Che faccia tosta la nostra cara Aria" ribatté Dan. I due scoppiarono a ridere, seguiti dagli altri.

"Hai uno zaino enorme..." Will realizzò qualcosa: "Hai la tela chiusa lì dentro. Dimmi la verità! Avevi già deciso vero?"

"Uh, che fame! Facciamo prima colazione?" domandò Dan avviandosi.

"Sei sempre il solito. Ma è possibile?" disse Will.

"Tanto finiamo sempre per farci convincere" intervenne Henry stiracchiandosi, "però è davvero una bella giornata..."

"Henry, ma da che parte stai?" sbuffò Will esasperato.

"Ho portato due tele anche per voi. Contenti?" disse Dan guardando Aria e Will.

Will e Aria si guardarono ancora dubbiosi, poi all'unisono dissero: "E va bene".

"Lo sapevo che vi avrei convinti" disse Dan dando un buffetto, che apparve più come una carezza, ad Aria. La ragazza arrossì e lo spintonò, sotto gli occhi seri di Will che fece un sospiro.

"Scusate" parlò Henry, "e io che diavolo faccio mentre voi fate gli allegri pittori?". Un po' si dispiaceva di non avere questa passione in comune con gli amici, e spesso si sentiva messo da parte. Era un ragazzo pieno di interessi, ma per l'arte era decisamente negato.

"Non si può avere tutto dalla vita", commentava sempre Aria. Di qualità ne aveva già abbastanza. Henry ormai si era abituato a mandare giù questa loro differenza, ma ogni tanto si riaffacciava infastidendolo. Spesso gli amici lo coinvolgevano nelle visite alle mostre o parlandogli dei loro progressi e lui ascoltava con interesse. Sapeva che loro non l'avrebbero mai messo da parte, né discriminato perché non amava dipingere.

"Ho dei libri. E anche parecchi sudoku" disse Dan colpendo Henry sul vivo. Sapeva perfettamente come convincere l'amico.

"Hai detto sudoku?" si illuminò.

"Già" rispose lui con un sorriso.

"Andiamo" disse deciso. E si avviò per primo, seguito dagli altri tre che ridacchiarono insieme. Aria prese sotto il braccio un Will restio e lo trascinò per alcuni metri.

"Un'insana passione per i sudoku…" commentò Aria, dando anche una spinta a Henry con la mano libera. Era già perso nel mondo dei sudoku.

"Hey!" replicò lui voltandosi, poi iniziò a camminare all'indietro e le diede un pizzicotto sul naso.

"Vero" confermò Will stringendo la mano della ragazza sul suo braccio, poi lei si ritirò e attese l'arrivo di Dan. Will non voleva lasciare la presa, ma la liberò.

"Comunque sei un pessimo esempio. Fattelo dire" disse Will seguendo ora Aria e Dan che lo avevano superato. Dan rallentò il passo, lo abbracciò stretto e gli scompigliò i capelli ridendo. "È per questo che mi vuoi bene".

"Piantala deficiente. Mollami".

"Ti voglio bene fratellino".

"Ma la vuoi smettere?" disse Will liberandosi dalla presa del fratello. "Come fai a spiattellare cose così imbarazzanti con tanta naturalezza?" aggiunse. Poi gli diede una spinta e scosse la testa in un finto rimprovero, riordinandosi i capelli.

Dan scoppiò a ridere e non rispose. "Te li dovresti tagliare quelli! Sembri un cespuglio" commentò.

"Sei bello tu mezzo rasato" rispose Will continuando a pettinarsi come meglio poteva, indirizzando il solito ciuffo dietro all'orecchio. Poi tirò bene sulle spalle le cinghie dello zaino.

"Beh, alle ragazze giuste piace", gli fece l'occhiolino indicando Aria che camminava all'indietro insieme a Henry, osservando la scenetta. Dan raggiunse la ragazza e i due proseguirono spalla a spalla come sempre. Dan l'abbracciò e lei non si oppose, abbassò solo lo sguardo a terra con una punta di imbarazzo.

L'ombra dei loro corpi uniti in uno si rifletteva sui marciapiedi allungandosi sempre più.

Will e Henry che li seguivano, si guardavano ogni tanto sbuffando, ma nonostante tutto, erano sereni.

I marciapiedi erano ancora pieni di un via vai di persone in ritardo. Aria osservò gli uomini stretti nei loro completi e le donne nei loro tailleur, al telefono o con il giornale in mano, altri con il caffè, e pensò a come sarebbe stata la sua vita dopo la scuola. Avrebbe studiato arte e poi?

Vide una coppia che spingeva una carrozzina con lentezza, come se del tempo non gli importasse. Guardò Dan e si immaginò al suo fianco. Sovrappose le loro facce a quella della coppia e si diede della stupida. Abbassò gli occhi imbarazzata, mentre il cuore le aveva preso a battere forte.

"Tutto bene?" chiese Dan stringendola più forte a sé. Lei annuì lievemente, poi sorrise; non avrebbe potuto immaginare un futuro insieme a nessun altro.

Aria allungò il naso appena arrivati nei pressi della caffetteria. Il profumo di caffè e di pane appena sfornato le stuzzicava l'appetito e la rilassava. Superò una signora che sembrava indecisa sulla rivista da comprare. Il giornalaio la guardava con una punta di irritazione, indeciso se cacciarla via o meno. Alcuni automobilisti suonavano il clacson alle auto davanti perché non si sbrigavano a superare il semaforo che tutti sapevano essere eccessivamente lungo. Una ragazza approfittò dell'ingorgo e attraversò la strada facendo lo slalom. Nonostante fossero solo le otto e mezzo del mattino masticava già una gomma, probabilmente alla fragola. Aveva appena fatto un palloncino rosa che le era scoppiato sulla labbra con un grande schiocco.

In fondo alla strada si sentivano i rumori dei lavori in corso: un martello pneumatico, le urla degli ordini del capo.

"Aria, non hai più fame?" chiese Dan. In risposta lo stomaco della ragazza brontolò alla massima potenza.

"Ah, ah. Come al solito. Mi pareva!" disse lui accarezzandole la pancia. "Tranquillo che ora ti diamo da mangiare".

"Dai", disse imbarazzata lei, "penseranno che sono incinta". E, infatti, alcuni dei clienti fermi al bancone si erano voltati verso di loro.

"Ho solo diciassette anni, ti pare?" urlò Aria stizzita.

"Hai un Alien lì dentro, non è possibile che tu abbia sempre questo appetito!" la rimproverò allegramente Will.

"Una famiglia di Alien", lo corresse Henry ridacchiando.

"Cretini" commentò lei.

"Su, dolcezza, vatti a sedere" disse Dan ammiccante.

"Dolcezza un corno, mi fai fare certe figure!" balbettò lei. Will la prese per le spalle e, dopo aver fatto un cenno al fratello per sottolineare quanto fosse irascibile la sua ragazza, la trascinò verso un tavolo. Henry aveva già poggiato lo zaino a terra e aggiunto due sedie. Poi i due amici avevano scaricato Aria ed erano tornati da Dan.

"Siediti. Ci pensiamo noi" disse Will che si trovava al bancone.

"Tieni però", disse Dan dandogli alcune banconote.

"No, tranquillo. Ce li ho" rispose serio. "Vai big bro. La tua ragazza ti aspetta" disse con un abbozzo di sorriso, non riusciva a essere arrabbiato con lui. Dan gli diede una pacca sulla spalla e si andò a sedere.

Will e Henry, fermi in fila, lanciavano occhiate furtive alla coppia, invidiando profondamente Dan per ciò che aveva. Aria sorrideva come non mai quando era con lui. Ed era così bella quando sorrideva. Un colpo al cuore, sembrava che il viso si illuminasse.

"Amico, ci sei?" chiamò Henry.

Will si era completamente estraniato, stringeva due tazze in mano. "Lui ha sempre amato il suo temperamento. Sai... ero proprio qui quando quei due si sono..."

"Messi insieme. Lo so ma..."

"Non mi ero accorto di nulla" continuò fissandoli. La scena prese forma sotto i suoi occhi nonostante non fosse stata invitata.

"Quella mattina eravamo proprio qui, io e lei. 'Ci pensi tu Will?', mi aveva detto Aria dirigendosi verso il tavolo. All'inizio noi tre facevamo colazione da soli. Dan si aggiungeva appena gli era possibile. Ai tempi seguiva dei corsi supplementari che iniziavano molto presto".

"Lo ricordo bene. Quella mattina arrivai con ritardo".

"Come mai lo ricordi?" chiese sorpreso Will. "Comunque lei si era seduta e mi salutava dal tavolo. Ogni tanto indicava la pancia per far capire quanto fosse affamata e io ridevo. Come poteva entrare tutto quel cibo in un corpo così esile? Le girai le spalle, era il mio turno alla cassa. Proprio in quel momento vidi con la coda dell'occhio Dan infilarsi nella caffetteria. Non era difficile notarlo, così alto e minuto. Non lo vidi bene ma sembrava stranamente serio".

"Difficilmente lo è".

"Non che non lo sia, semplicemente lui ama prendere le cose con leggerezza e serenità. Ma non c'è persona più seria e responsabile di lui".

"Sì, so che è solo atteggiamento" confermò Henry.

"Dicevo... si infilò nella caffetteria".

Henry chiese cinque ciambelle e tirò fuori i soldi da un portafoglio di marca.

"Si avvicinò al tavolo" proseguì Will come se non fosse stato interrotto, "e le si sedette accanto. Non so cosa si dissero, probabilmente Dan le confessò che era innamorato di lei. Le prese le guance tra le mani e la baciò. Lei era sorpresa. Non si capiva se fosse felice o arrabbiata. Sai quando Aria ha quella faccia perplessa mezza ostile, mezza sorpresa che

147

non si sa mai se stia per partire un pugno o una carezza?"

Henry annuì: "Perfettamente".

"Ecco, quella. Poi però sorrise e annuì, baciandolo di rimando. Gli mise le braccia intorno al collo e lo avvicinò a sé con talmente tanta forza che lui quasi scivolò dalla sedia. E lo sai perché lo ricordo così bene?" disse Will senza distogliere gli occhi dal tavolo. "Perché volevo essere al suo posto". Detto questo fece per avviarsi al tavolo come se quella discussione non fosse mai avvenuta.

Henry sospirò: "Aspetta. Questo lo sapevo Will. Sei tu che non sai una cosa. Io quella mattina ero venuto qui, mi trovavo proprio dietro Dan. Però l'istinto mi ha bloccato di fronte alla vetrata. Mi sono nascosto e ho visto da lì tutta la scena".

"Perché non sei entrato? E a scuola non sei neanche venuto".

"Certo che sei proprio tonto... non ne avevo la forza. Ero troppo... abbattuto. Io e Aria siamo amici d'infanzia. Ho sempre sperato che ci sarebbe stato un lieto fine tra noi. Quel giorno invece ogni speranza si è distrutta".

Will lo guardò sorpreso: "Non credevo che tu..."

"Io invece mi ero accorto di te. Ma quando è entrato in scena tuo fratello... senti, alla fine sono felice di avervi conosciuto. Sia te che Dan, siete i miei più cari amici. Un piccolo prezzo da pagare è stata la perdita di Aria".

"Siamo sempre amici" disse Will sospirando.

Aria iniziava a sbracciarsi chiedendosi perché quei due non si muovessero. Dan ridacchiava e le tirava giù le braccia. Non si era accorta di aver quasi colpito il signore del tavolo dietro di lei.

"Ma niente di più" terminò Henry, "comunque io non ho mai detto nulla di tutto questo. Se dovesse saltar fuori, negherò fino alla morte".

"Lo stesso vale per me. Non so cosa mi sia preso" disse Will andando verso il tavolo.

"Succede" sospirò Henry.

"Possibile che pensi solo a mangiare?" La voce profonda di Dan aveva spezzato il silenzio del tavolo. "Non ti ingozzare così o ti strozzerai" aggiunse. "Ti vado a prendere un altro cappuccino. Fino ad allora cerca di sopravvivere" disse seriamente Dan.

Will si sedette.

Appena Dan raggiunse la cassa, Aria quasi si strozzò sul serio. Un pezzo della ciambella le era andata di traverso. Diventò rossa in viso facendo spaventare Henry, che era proprio di fronte a lei. "Will. Si sta strozzando".

Aria premette la mano sul ginocchio di Will, poi lo colpì per farsi notare.

"Maledizione Aria" urlò sorpreso, le colpì con forza la schiena e lei riuscì a far scendere il boccone. Ancora rossa in viso e con il respiro mozzato si appoggiò con la testa sulla spalla di Will che la circondò con un abbraccio.

Le accarezzò la schiena con delicatezza ed energia fino a quando lei non tornò a respirare normalmente.

"Tutto bene?" disse il ragazzo sussurrando. Le tirò indietro la coda che si era messa tra di loro.

Lei annuì. "Grazie Will".

Dan aveva visto solo la parte finale della scena e subito era accorso con una bottiglietta d'acqua. Will non accennava a lasciarla. Dopo un'occhiata di Dan, Will si scansò e Aria venne presa in custodia dal fratello.

"Ma che mi combini?" le disse Dan sorridendo. Aria strappò la bottiglietta e bevve due grandi sorsi.

Will si alzò di scatto. "Vado in bagno. Ci vediamo fuori" disse.

Henry si poggiò allo schienale della sedia e incrociò le braccia, apparentemente sovrappensiero.

***

"Henry, ancora uno sforzo, dai".

"Non è facile".

"Se vuoi esserci d'aiuto devi riuscire a controllarlo". Will era teso, guardò da un'altra parte, ma l'amico lo conosceva troppo bene.

"C'è dell'altro, vero? Sei agitato, nervoso. Cosa non mi hai detto?"

Will lo guardò intensamente e sospirò: "Isaac mi ha fatto una confessione. Il tempo per trovare la chiave è limitato".

"E…" Henry si avvicinò all'amico.

Will sospirò profondamente e incrociò le braccia al petto.

"Will, non mi lasciare sulle spine, su" disse Henry infastidito.

"Se il tempo scade, la chiave muore, forse insieme a chi è destinato a scoprirla". Si strinse la fronte con i palmi delle mani, poi se li passò sul viso, profondamente preoccupato.

Henry inizialmente non seppe cosa dire, era una maschera di angoscia e stupore.

"Aria non deve saperlo" aggiunse l'amico.

"Ce la faremo, ce la farà. Vedrai. Forza riprendiamo" disse Henry e chiuse di nuovo gli occhi.

Capitolo 12

Will e Dan avevano camminato fianco a fianco per tutto il tragitto senza parlarsi. Aria se ne stava dietro di loro, a pochi passi, sotto braccio a Henry che si chiedeva cosa stessero combinando.

"È successo qualcosa tra di loro?" domandò all'amico, senza capire.

Henry sospirò: "No, sai quanto vanno d'accordo".

"Oggi studiamo insieme?" chiese Aria cambiando argomento. I due erano nella stessa classe da sempre e avevano affrontato insieme quasi ogni livello di istruzione.

"Certo" rispose lui. "Dirò a mia madre di fare la torta al cioccolato" sorrise.

"Sì! La adoro. Mia madre non fa altro che scongelare cose. Stasera abbiamo, indovina un po'?"

"Hamburger" disse lui senza sforzarsi troppo.

"Esatto!"

"Potresti anche provare a fare tu la torta comunque, mica ci vuole tanto".

"Ma se c'è la tua mamma che me la cucina da quando sono piccola!"

"Pigra".

"Non è questione di pigrizia. È che la torta di tua mamma è spaziale".

"Questo è vero" rispose lui ridacchiando.

"Che c'è?" chiese Aria.

"Pensavo alla tua abilità di finire una torta intera in poche ore".

In imbarazzo la ragazza prese a guardare dritta di fronte a sé: "Non è vero".

"Quando ci sei tu a casa quelle povere torte fanno sempre una fine molto rapida".

"Tua madre mi dice sempre di non fare complimenti".

"Lo so. Ma i miei fratelli ti odiano perché non ne lasci abbastanza per loro" ridacchiò ancora al pensiero delle loro reazioni. "Ma è anche vero che la mamma la cucina per te".

"Sul serio? Oddio".

"A volte la nascondo per fare un dispetto ai miei fratelli e do la colpa a te".

"Ma sei una bestia! Non ti vergogni?" Aria era veramente sorpresa. "Questo da te non me l'aspettavo".

Henry scoppiò a ridere di gusto e lo stesso fece lei.

"Non è il vero motivo per cui ti odiano a dirla tutta… la verità è che mia madre preferisce te a tutti loro. Lo stesso vale per papà".

Aria sorrise. "I tuoi sono dolcissimi. E anche tu" disse in un sussurro.

Henry strinse più forte il suo braccio al fianco, conscio di non poter fare altro che quello.

Il parco era silenzioso. Se i ragazzi avessero chiuso gli occhi, però, avrebbero subito riconosciuto il luogo in cui si trovavano.

Il canto allegro degli uccelli proveniva tutt'intorno a loro. Il vento smorzato dagli alberi accompagnava ogni loro passo, alzando a volte un velo di terra secca. Era da tanto che non pioveva.

Quell'atmosfera rilassata era spezzata ogni tanto dal rumore di passi dei corridori mattutini. Andavano e venivano con grande frequenza, molto spesso accompagnati da cani di tutte le taglie che abbaiavano quando si incrociavano tra loro, quando il loro padrone correva troppo veloce o, come a volerlo incitare, quando correva troppo lentamente.

Alcune signore anziane in bicicletta suonarono il campanello per salutare i passanti, con i loro cappellini colorati e la busta della spesa nel cestino sorridevano a quel bel sole come se non l'avessero mai visto prima. Poco distante da lì, ogni mattina era allestito uno dei tanti mercati della città, per questo, avvicinandosi verso quella zona, aumentava il numero di persone che attraversavano il parco per far prima o semplicemente per godersi il caldo.

A pochi passi da loro, proprio sulla destra, partiva un viale alberato che terminava sulla riva di un laghetto dalla forma rettangolare. Era un posto incantato ma sempre troppo caotico a causa dei tanti bambini che stazionavano sui bordi a giocare o che si arrampicavano sul muretto per dare da mangiare alle anatre, a volte sporgendosi troppo.

Dall'altro lato del laghetto correva tutt'intorno un'aiuola dai fiori bianchi e una serie di panchine. Molti impiegati si sedevano lì per pranzare, con panini, roba del fast food o per fare una pausa bevendo un caffè.

I quattro amici deviarono verso sinistra, per sedersi nella zona più tranquilla, quella più esposta al sole, dove si trovava una verde collina, più simile in realtà a montagnola. I ragazzi l'amavano. C'era qualche albero qua e là, tantissimi fiori e delle panchine ben esposte al sole. Era il loro posto perfetto per dipingere, per leggere o anche per schiacciare un pisolino.

Un signore sulla sessantina, se ne stava sdraiato a pancia in su nel punto in cui l'erba era più alta. Si teneva la nuca sulle mani e il giornale sulla pancia. Gli amici se ne erano accorti solo perché l'avevano sentito russare da metri di distanza. Aria gli passò accanto sfiorando gli alti fili d'erba che le fecero il solletico sul palmo della mano.

Dall'altro lato della collinetta sentirono alcuni bambini ridere e il rumore di una palla calciata che rimbalza sul terreno.

Aria andò a occupare la sua panchina preferita, mentre Will e Henry preferirono raggiungere il loro posto amato, a qualche metro da lì, un tronco rovesciato che era sicuramente stato tagliato molto tempo prima e poi dimenticato. Dan poggiò lo zaino a terra e iniziò a tirare fuori le cose. Allungò ad Aria e Will due tele, i colori, i pennelli e le tavolozze. Ne aveva sempre in abbondanza. Aria non amava dipingere senza i suoi strumenti ma sapeva adattarsi, anche perché Dan le aveva portato quelli che preferiva, perciò non avrebbe avuto problemi.

Ogni volta che Will toccava un pennello, finiva sempre per pensare alla prima volta in cui aveva incontrato Aria, al corso di pittura, tre anni prima. E la cosa assurda era che Aria pensasse in quel momento alla stessa cosa. La pittura aveva cambiato la sua vita e gli aveva fatto incontrare i due fratelli.

Will sarebbe voluto tornare indietro per modificare il suo comportamento, ma era troppo tardi.

All'inizio della scuola era necessario scegliere un'attività pomeridiana. Per Will la scelta era abbastanza scontata. Suo fratello dipingeva da sempre e gli aveva insegnato le basi, perciò, scelse pittura. Dan gli aveva regalato ogni tipo di materiale prima che iniziasse la scuola, e lui era pronto a cominciare.

Lo stesso giorno, quella ragazza mora era entrata in aula ed era risultata antipatica a molti. Aveva un'aria scontrosa e sicura di sé. Solo dopo Will avrebbe capito che era semplicemente agitata.

Avrebbe voluto parlarle ma non era tipo. Non aveva fatto amicizia con nessuno, né gli interessava. Quella ragazza poi, apparteneva a un'altra classe. Gli sembrava di averla incrociata in corridoio ogni tanto, ma non ci aveva poi fatto molto caso.

Alla fine della lezione pomeridiana c'era sempre un ragazzo biondo che la veniva a prendere. Quando Will la incrociava nel corridoio, la trovava sempre con lui. Settimana dopo settimana ci prestò sempre maggiore attenzione, e la vicinanza con quel tipo lo iniziò a irritare, stranamente.

Will imparò con il tempo a conoscerla attraverso i suoi quadri. Spesso sbirciava cosa la ragazza facesse, o passava dietro di lei per andare in bagno e restava sempre ammirato da come utilizzava i colori. I suoi quadri erano così pieni di vita. Lei aveva un modo di dipingere molto simile a quello di suo fratello Dan. Ma Aria era capace di un'immersione completa nei colori, di una visione tutta sua. Con i giorni era diventata un'abitudine quella di osservare i suoi lavori.

Nel tardo pomeriggio l'attività del club di pittura era dedicata alle classi più grandi. Dan aveva un anno di più e frequentava il secondo. Per Will era impossibile raggiungerlo quando erano a scuola, perché il fratello era sempre circondato da persone. Aveva tantissimi amici che lo mettevano al centro di tutto, invitandolo a uscire, intrattenendosi con lui durante le pause. Era corteggiatissimo. Con quel sorriso e il suo atteggiamento solare e rilassato era diventato il punto di riferimento della classe, ma apprezzato e conosciuto in tutta la scuola.

Dalle cinque alle sei del pomeriggio toccava a lui usare lo studio. I ragazzi più grandi erano molto meno numerosi e alcuni poco appassionati. Ma lui no, proseguiva anche oltre l'orario consentito. Spesso rimaneva fino al tramonto o fino a quando non si accorgeva che la notte era calata sulla scuola e che la luce non era più sufficiente per lavorare.

Dan amava disperatamente dipingere, come se la pittura fosse un'estensione del suo carattere o il suo completamento. A scuola dipingeva sempre con magnifici colori, ma i quadri a cui lavorava in casa erano completamente diversi, molto cupi, come se mettesse da parte, in un angolo ben nascosto di sé, ogni pensiero negativo o frustrazione, per poi, quando si trovava da solo, estrarlo e intrappolarlo in una tela, per liberarsene. Questo gli permetteva di essere la persona allegra e serena che era.

Will spesso lo osservava da lontano. Quel pomeriggio, quando percorse il corridoio sgombro trovò Aria sulla soglia. Aveva sicuramente scordato qualcosa ed era tornata indietro a recuperarla, poi sembrava essersene scordata, ammirata com'era dalla vista di Dan concentrato sul suo dipinto. Persino Will doveva ammettere quanto il fratello fosse affascinante con un pennello in mano, era elegante, delicato. Passava il colore sulla tela come se l'accarezzasse. I suoi dipinti erano pieni di vita, proprio come lui.

Aria era immobile e l'osservava in silenzio. Will si avvicinò e si piazzò proprio dietro di lei, indeciso se chiamarla.

Will si guardò intorno, il corridoio era silenzioso, nessun rumore proveniva dagli altri piani, come se la scuola fosse stata abbandonata a se stessa e inghiottita dal buio.

La luce era stata quasi del tutto staccata, le loro lievi ombre si riflettevano sul pavimento grigio, senza energia. Mentre Will rifletteva sull'immobilità della scuola e su quanto fosse differente dal giorno, si ritrovò con un pugno di fronte agli occhi. Lo scansò per un pelo. Era stata Aria.

"Sei impazzita?" bisbigliò, come per non disturbare il sonno in cui era crollato l'edificio.

"E tu allora? Che te ne stai al buio come un fesso?" rispose lei.

"Anche tu sei appostata al buio, mi pare" disse infastidito. "Che tipa!"

"Ma tu sei nel club di pittura, vero?" disse avvicinandosi.

"Sì. Sono Will, piacere" allungò la mano.

Aria sembrava essere ancora sul chi va là, stava valutando se era il caso di fidarsi.

"Sono Aria" gli strinse la mano. "Ti prego, non comparirmi più dietro le spalle in questa maniera".

"D'accordo. Ma tu evita i pugni, se riesci".

Aria sorrise e Will di rimando. Poi tornarono entrambi a fissare Dan che non si era minimamente scomposto, non si era accorto di nulla. Aveva una concentrazione invidiabile.

Aria continuò a guardarlo con ammirazione ancora per alcuni istanti.

"È mio fratello" aggiunse Will senza volerlo. Aria lo guardò come se la rivelazione l'avesse sconvolta e andò via a passo deciso.

Will si chiese cosa avesse combinato di grave da farla scappare via in quel modo. Poi entrò in aula e si sedette dietro al fratello nell'attesa che finisse. Quelli erano gli unici giorni in cui poteva tornare a casa con lui, perché non era circondato dal mondo intero. Nonostante la stanza si stesse imbevendo del sole caldo del tramonto, Will non poteva far altro che guardare suo fratello dipingere, calamitato.

Il giorno successivo Aria non sembrava intenzionata a rivolgergli la parola, anzi l'aveva proprio ignorato. Will si chiese di nuovo il perché, ma ostinato si sedette accanto a lei.

"Ciao" disse.

"Ciao". Lei non distolse gli occhi dalla tela. Si stava occupando dell'imprimitura.

"Vuoi darmi un altro pugno?" la sua domanda suonò quasi come una proposta.

Lei sorrise. Teneva i capelli tirati indietro da un cerchietto e indossava una tuta nera con sopra una maglia bianca molto semplice. La teneva arricciata sui fianchi in modo che non le desse fastidio mentre si sedeva e alzava dallo sgabello.

"Non hai detto a tuo fratello che stavo lì a fissare, vero?" disse lei senza distogliere gli occhi dalla tela, il tono tra l'imbarazzato e il minaccioso.

"No, ma va" disse Will pensandoci su, era quello il motivo della fuga?

"Che ragazzina che sei" disse senza pensarci.

"Come?" chiese Aria sorpresa.

"Hai sentito bene. Sai che importa a me o a mio fratello se la gente lo fissa?" disse arrabbiato. Cos'è che l'aveva fatto infuriare così? Si sentì stupido ma ormai non poteva rimangiarsi le parole.

"Bene!" disse Aria.

"Vuoi darmi un pugno?" ripeté Will.

E Aria cambiò posto senza rispondere.

Will aveva pensato per tutto il tempo a come scusarsi, si voltava a guardarla ogni tanto. Lei gli lanciava sguardi di odio ogni volta che se ne accorgeva.

Alla fine delle lezioni la ragazza scappò via. Quel biondo era di nuovo alla porta. Will la seguì e in corridoio tentò di chiamarla.

"Senti" disse ignorando Henry, "non volevo essere scontroso. Se vuoi puoi darmi quel pugno e…". Aria senza neanche pensarci gli assestò un bello schiaffo sulle sue guance bianche.

Will rimase di sasso. Poi la ragazza girò i tacchi e se ne andò via.

Henry scoppiò a ridere e rimase con lui per alcuni istanti. "Ti è rimasta una bella manata, amico. Sono Henry comunque. Piacere" disse lui amichevolmente. Il ragazzo indossava una camicia con sopra un maglione, sotto aveva un paio di jeans, e sembrava molto più grande della sua età, ma anche molto più alto di lui. Litigare con Aria era abbastanza spaventoso, ma Henry aveva capito che la ragazza era una tipa che combatteva da sé le sue battaglie.

Will si toccò la guancia infiammata ancora sotto shock. "Io sono Will" gli strinse la mano.

"Mai mettersi contro Aria" disse Henry ridacchiando. "Ora devo andare, mi starà aspettando fuori. Ci si vede in giro".

Il giorno successivo Will aveva ancora un leggero segno della manata sulla faccia. Era talmente chiaro di carnagione che gli sarebbe rimasta molto a lungo.

"Scusa" disse Aria ridacchiando. Gli si era seduta vicino e lo continuava a fissare. Sembrava voler dire, *te lo sei meritato, ma non volevo*.

"La prossima volta ricorderò di non provocarti" disse lui senza guardarla.

"Mi dispiace davvero" replicò non abbastanza imbarazzata e dispiaciuta Aria.

"Sei incredibile. Come diavolo…", più ci ripensava e più si arrabbiava.

"Hai iniziato tu, devi ammetterlo".

"Non è un buon motivo per prendere a schiaffi le persone". Poi non aveva detto nient'altro.

Will era uscito dall'aula prima che finissero le lezioni del club e senza salutarla. Henry era già in corridoio, lo salutò per primo.

"Ciao Will. Come va la faccia?"

"Potrebbe andare meglio".

"Ti va un caffè?" propose lui.

"Sì, volentieri". I due provarono subito simpatia l'uno per l'altro e ci misero poco a fare amicizia. Entrambi erano appassionati di fumetti americani. Quando Aria aveva finito le lezioni li aveva trovati a chiacchierare e a ridere come due vecchi amici.

Appena Will si accorse di Aria, salutò Henry dandogli il pugno.

"Ciao amico, a domani" disse Henry.

Will rispose con un cenno e se ne andò ignorando la ragazza.

"Siete diventati amici ora?" chiese Aria piena di sorpresa.

"Voi ragazze la fate troppo complicata" commentò Henry.

"Ma va" disse lei dandogli una spinta. Poi sotto braccio si diressero fuori scuola.

La mattina successiva Aria aspettava Will di fronte la sua classe con due caffè e l'espressione veramente pentita.

"In segno di pace?" l'anticipò Will.

Lei annuì: "Mi dispiace davvero".

Lui prese il caffè. "Va bene, finiamola". Tirò fuori dalla tasca un paio di muffin. Li aveva presi al distributore. "Vuoi?" Lei annuì e si accucciarono in corridoio come nomadi a sorseggiare caffè e mangiare muffin, sbriciolando in giro e parlando veramente per la prima volta.

Quel giorno era stato importante, ricordava Will, ma anche in un certo senso tragico.

Il pomeriggio, dopo il corso di pittura, Will era andato in caffetteria con Henry e Aria. Facevano spesso sosta lì loro due, anche perché Aria sembrava avere sempre fame.

Dopo un'oretta trascorsa a chiacchierare, svelando alcuni tratti importanti di ognuna delle loro famiglie, Aria disse di dover tornare a casa e scivolò fuori di soppiatto.

Dopo una mezz'ora Will e Henry si separarono. Will voleva andare a scuola da suo fratello, quel giorno aveva il corso, ma arrivato in corridoio vide Aria.

Sentì la voce del fratello: "Hai intenzione di fissarmi ancora a lungo?"

"Non mi sembra di darti fastidio" disse ostile Aria.

"Non lo dico per questo. Intendevo… non ti va di sederti?"

"Sì, d'accordo". Lei fece qualche passo e si sedette di lato, un metro circa dietro di lui.

"Sono Aria" disse con decisione, eppure tesa.

"Io Dan, piacere. Ti stringerei la mano ma le mie sono un disastro" disse con un enorme sorriso.

Lei si rilassò e sorrise di rimando.

Will era fermo sulla soglia.

"Come mai te ne stai sempre lì dietro a guardare?" chiese curioso Dan stringendo un pennello.

"Perché sei bravo. Sai quello che fai, non come tutti quei deficienti che credono di saper dipingere e che in realtà farebbero meglio a cambiare mestiere".

Dan scoppiò a ridere di cuore.

"Che c'è? È la verità" disse imbarazzata per la prima volta. "Tu dipingi con una tale grazia… e poi adoro quel dettaglio lì, quella nuvola scura che cerca di sorpassare la montagna".

Dan sembrò sorpreso, persino Will non si era assolutamente accorto di quel dettaglio. Dan poggiò i pennelli, improvvisamente attratto da lei e da ciò che aveva da dire.

Aria era speciale, era di una sensibilità e intelligenza rara, riusciva a cogliere il senso di tutto ciò che osservava con attenzione. Era in grado di togliere qualsiasi velo, ogni protezione e toccare il cuore delle cose. Will lo realizzò pienamente solo in quel momento, e ora ne era a conoscenza anche suo fratello.

Per la prima volta Will vide Dan in difficoltà, non era mai capitato che si trovasse nella posizione di non sapere cosa dire. Aveva sempre avuto la risposta pronta. Will ne fu scosso.

"Certo che hai un caratterino tu…" Poi smise di ridere e la fissò con profonda attenzione negli occhi, come non aveva guardato mai nessun'altra. Sembrava volerla comprendere subito e a fondo, colpito da un'improvvisa urgenza, come quella che lo prendeva quando aveva un ritratto in mente e dovesse fermarlo sulla tela, il prima possibile, prima che scomparisse del tutto dalla coscienza.

Aria lo fissava con la stessa attenzione, aveva le guance leggermente arrossate.

I due erano piegati l'uno verso l'altro. Dan aveva girato del tutto le spalle alla tela.

Will non se la sentiva di stare a guardare un minuto di più.

"Stai attento che potrebbe rifilarti un pugno" disse entrando in aula. I due sobbalzarono, come sorpresi a fare qualcosa che non doveva essere vista.

Dan balbettò: "Ehi, fratellino. Che… che ci fai qui?"

Will non l'aveva mai visto così: sorpreso, imbarazzato, quasi sovrastato da ciò che era appena successo e che non aveva previsto.

Aria balzò in piedi. "Will, che ci fai qui?"

Will guardò prima uno poi l'altro. "Non volevo disturbarvi" disse intendendo tutto il contrario, "comunque mi pare sia ora di andare".

Dan non si muoveva.

"Dan?"

Lui si alzò di corsa. "Sì, sì certo. Ciao allora, Aria".

"Ciao" disse lei alzando la mano in segno di saluto e uscì precedendoli, sulla soglia si ricordò di Will.

"Ciao Will. Henry mi ha detto di domattina".

"Sì. Ci vediamo al solito posto" rispose sbrigativo, come se volesse far vedere al fratello che erano molto amici.

"Bene" rispose, ma guardava solo Dan. Lui ricambiava lo sguardo. Aria scivolò fuori dall'aula.

Will gli diede uno spintone che non lo smosse quasi per nulla. Era troppo alto e più grande di lui per riuscirci. Dopo qualche minuto, il tempo per Dan di raccogliere le sue cose, si mossero.

I due camminarono fianco a fianco allo stesso passo, senza aprire bocca.

"Allora?" chiese Will spazientito.

"Allora cosa?" cascò dalle nuvole.

"Aria" disse fermandosi. Avrebbe già voluto mettere le cose in chiaro, ma non sapeva cosa dire. Era curioso di sapere cosa il fratello ne pensasse.

"Aria… Aria è… interessante", allungò il passo.

Will non aveva mai sentito dire al fratello di una ragazza che era interessante, anzi, se ne era sempre disinteressato, o erano ignoranti, o stupide, o semplicemente… anonime. Questo gli fece comprendere ciò che aveva già percepito a pelle, fermo sulla soglia della classe.

Ciò che però non riuscì a vedere, fu l'enorme sorriso impresso sul viso del fratello, che ormai lo distanziava di qualche metro. Se l'avesse visto, avrebbe avuto conferma di ogni sospetto.

Dan era stato ammesso al loro piccolo gruppo elitario.

Nei periodo successivo, i quattro divennero inseparabili.

***

"Will te li prendi o no i pennelli?" Aria glieli sventolava davanti, ma il ragazzo sembrava non averli notati, catturato da un pensiero. "Che tonto che sei oggi" aggiunse.

Henry ridacchiò sdraiandosi sul tronco. Il sole picchiava con sempre maggiore vigore. La ragazza intanto si sbottonò la camicia chiara.

"I tuoi sudoku" disse Dan lanciandoglieli. Henry li afferrò, tirò fuori una penna dalla tasca dei jeans e si rialzò. Staccò il tappetto con le labbra e li osservò attentamente.

"È già partito" disse Aria ridacchiando.

"Henry" chiamò Will in prova.

Nessuna risposta.

"È andato…" confermò.

Nonostante il parco fosse circondato dai tipici palazzi e quartieri, che erano ben visibili in lontananza, i rumori della città ne erano completamente tagliati fuori, come se fosse un altro mondo. Niente traffico, né gente che avanzava nervosa e indaffarata.

I ritmi all'interno di quella parte del parco erano diversi, rilassati. Per questo ai ragazzi piaceva tanto; amavano sottrarsi a quella vita caotica.

Anche la loro scuola non faceva differenza: studenti di corsa, professori svogliati, corridoi cupi, classi tremanti e annoiate. Sarebbe stato bello fare lezione all'aperto!

158

Dopo qualche ora di completo silenzio, Henry aveva terminato una rivista intera di sudoku, Will e Aria gli sfondi, Dan era più avanti, come al solito. Aria si distrasse e ci buttò un occhio, stava dipingendo qualcosa che in quel parco apparentemente non era presente. Usava colori sgargianti e vivi, forse era proprio così che il ragazzo vedeva quel posto. La ragazza sorrise e Dan rimase concentrato, anche se si era accorto del suo sguardo.

Will inclinava spesso la testa, come se vedere il quadro da una diversa angolazione lo aiutasse. Si sistemava il ciuffo ogni tanto dietro l'orecchio e si puliva le mani su un tovagliolo di carta poggiato sul tronco che spesso, spinto dal vento, cadeva a terra senza che se ne accorgesse, o almeno non prima di averlo cercato disperatamente con la punta delle dita senza trovarlo.

Henry era rosso dallo sforzo. Aria si era liberata delle scarpe e, con i suoi calzini arancioni, tastava il terreno come se fosse alla ricerca di qualcosa.

Il sole picchiava con ancora maggiore forza. Erano già le undici. Il progetto di entrare in seconda ora era stato ormai ampiamente messo da parte. Nessuno dei quattro ne aveva avuto l'intenzione, né avrebbe avuto voglia di riproporlo agli amici.

Quelle mattinate erano una vera e propria boccata di aria fresca per lo spirito.

Will si soffermò a guardare Aria e di nuovo sembrò perso in qualche pensiero. Nessuno se ne era accorto.

***

Dan passava sempre più tempo con loro tre, nonostante la sua presenza venisse richiesta da ogni amico, e Will di questo era felice. Il problema era l'interesse per Dan che vedeva negli occhi di Aria.

Spesso trovava la ragazza seduta dietro il fratello a osservare i suoi movimenti. Quando Will le chiedeva perché lo facesse, lei rispondeva con un: "È la migliore scuola in assoluto".

Dan era veramente bravo e disciplinato. Aria adorava osservarlo, ma a volte capitava anche il contrario. Dan entrava in punta di piedi in classe e si fermava dietro di lei ad ammirare ciò che faceva.

Aria quando se ne accorgeva sobbalzava: "Che ci fai qui?"

"Amo vederti dipingere" diceva languidamente lui. "Oggi voglio solo osservarti dipingere".

Will pensava quanto ormai Dan fosse cotto di lei, non poteva essere altrimenti. Non l'aveva mai visto ridotto così.

Un pomeriggio andarono tutti a casa di Aria. A parte Henry nessuno ci era mai stato.

Arrivati alla porta, Dan si fece avanti con grande sicurezza.

"Buon pomeriggio signora" disse allungando la mano alla madre. Il padre non era ancora rientrato. La mamma era rimasta subito colpito dall'educazione e dalla statura del giovane, sembrava più grande della sua età, un po' come Henry. I due, infatti, facevano a gara di altezza. Will, nonostante non fosse poi così basso, tra i due quasi spariva.

"Piacere. Tu devi essere Dan" disse gentilmente. Aria, intanto, controllava l'incontro con la massima attenzione. "Accomodati. Oh, Henry caro, ciao", lo baciò su entrambe le guance.

"Ciao, mia madre ti saluta, mi ha chiesto di dirti se domani sei libera per la raccolta fondi".

"Ah sì, ma certo. Più tardi la chiamo. Tanto è tornata dall'ufficio ormai, no?"

"Sì. Magari aspetta un'altra oretta, che penso sia uscita per andare a fare la spesa".

Aria era rimasta in silenzio, ogni tanto gettava un'occhiata su Dan che le faceva l'occhiolino dalla soglia.

"D'accordo. Scusa, che maleducata" disse poi accorgendosi di Will. "Piacere. Tu sei sicuramente Will?" aggiunse stringendo la mano anche a lui.

"Sì. Compagno di classe di Aria" rispose, anche se non era propriamente vero. "Dipingiamo insieme", gli venne da dire.

"Sì, so tutto. Dice che sei bravissimo" aggiunse con un sorriso, lo stesso di Aria. La madre le assomigliava terribilmente.

Will si imbarazzò. "Lo dice solo perché mi ha preso a pugni", sputò fuori senza pensarci.

"Will!" urlò Aria.

"Di nuovo? Possibile che prendi a pugni la gente come quando eri bambina?" disse la madre.

Will mimò uno scusa senza parlare.

"Se l'era meritato" commentò Aria.

"Altroché, mio fratello è un disgraziato quando ci si mette. Ma sappiamo anche bene che il secondo nome di Aria non è pazienza" aggiunse Dan per sdrammatizzare, riuscendoci.

Scoppiarono tutti a ridere. Will lievemente.

"No, proprio no. Irruenza, forse" disse la madre guardandola con dolcezza e rimprovero. "Su entrate. Non restate sulla porta. Vi preparo un tè. Vi va?"

"Su, tutti dentro". Aria li spinse in casa e quasi caddero tutti come pere nell'atrio.

"Aria, con delicatezza. Ma possibile che…"

"Sì, mamma lo so. Sono troppo violenta".

Tutti confermarono.

"Saliamo?" chiese Aria ignorandoli. Si diressero in camera.

"Non fate caso alle pareti... non abbiamo avuto modo di ridipingerle" disse Aria scrutando con apprensione il viola vivo. Su un lato della stanza vi erano le tele compiute poggiate a terra, e una fissa su un cavalletto di legno scuro, sporco di vernice. Inoltre vi era una scrivania piena di libri e fogli sul lato sinistro. Il letto era un divano che si apriva all'occorrenza. A terra si faceva notare un tappeto viola, abbinato al colore delle pareti. I peluche erano stati nascosti prontamente nell'armadio.

"Bene" disse Aria unendo le mani in uno schiocco, "non sono mai entrati tanti ragazzi tutti insieme qui dentro ma... benvenuti" aggiunse imbarazzata.

Henry era un ospite abituale, perciò di lui non si preoccupava. Ma per Dan e Will era la prima volta. Aria avrebbe voluto invitare solo Dan, ma sapeva che il padre sarebbe impazzito, e poi era troppo imbarazzante. Lei era già stata a casa dei due fratelli, loro avevano una camera unica, azzurra, con due letti. Dan aveva insistito per prendere la stanza vicina, che era usata come magazzino. Alla fine smise di insistere, perché tanto sarebbe partito molto presto per il college. Will non aveva protestato. Aveva bisogno anche lui dei suoi spazi, aveva diciassette anni, ma sapeva che il fratello diciottenne sarebbe partito molto presto e, finché c'era, era bello chiacchierare con lui. Se ne pentì aspramente quando Dan iniziò a invitare Aria in camera sua e lui era costretto a fuggire di casa, cacciato dal fratello, o spinto dal suo desiderio di non vedere ciò che i due facevano.

Un giorno si era accostato alla porta chiusa e aveva sentito Dan sussurrare parole dolci alla ragazza.

Lei aveva risposto con uno "shh".

Il cuore di Will si era spezzato. Il solo immaginare cosa stesse succedendo in quella stanza gli aveva tolto il respiro. Per la rabbia aveva tirato un pugno alla porta, facendoli sobbalzare, e poi era uscito di corsa. Aveva dormito a casa di Henry quella notte. Il giorno dopo, tutto era tornato normale, come se niente fosse mai successo.

Will si chiedeva in continuazione cosa Aria dicesse a suo padre per tutte quelle notti in cui si assentava, ma più che pensarci non poteva fare, di certo non poteva precipitarsi a casa sua e smascherare l'ipotetica bugia. Aria l'avrebbe odiato per sempre.

Da quel giorno, Will andò spesso a dormire da Henry e i due divennero grandissimi amici.

Il padre di Aria tornò qualche ora dopo a casa e rimase di sasso alla vista di tutti quei ragazzi, nonostante fosse stato precedentemente avvertito dalla figlia, dalla madre, e di nuovo dalla figlia.

"Beh... piacere ragazzi. Ma tu amiche femmine proprio no, eh?" le sussurrò. Aria non ci poteva fare niente se le ragazze erano poco interessanti o la scansavano, mentre i ragazzi l'accettavano. Lei si trovava meglio con loro, il rapporto era più diretto, puro, e poi lei in fondo era un maschiaccio. E c'era poco altro da aggiungere.

***

"Sono stati tutti individuati". I Cinque avevano preso una decisione.

Il Secondo Sacerdote non stava più nella pelle: "Iniziamo a prelevarli. Facciamolo di notte, quando nessuno può reagire".

Il Primo era fermo nella stanzetta laterale, con in mano una piccola scatola nera, osservava un piccolo ciondolo a forma di luna, a testa bassa, immobile e rigido nella sua postura.

"Da chi vogliamo iniziare?" Il Terzo nutriva ancora qualche dubbio, ma dopo un'occhiata al liquido che avanzava rapidamente, aveva fatto subito cambiare idea.

"È indifferente. Basta averli tutti".

"Basta averli tutti e velocemente" aggiunse il Quarto.

Il Secondo raggiunse il Primo e gli poggiò una mano guantata sulla spalla, "nessun ripensamento. Non ora", la luna sparì nel cassetto in un sussulto e il Primo tornò sui suoi passi.

Il Quinto era immobile di fronte alla vetrata, con la testa quasi poggiata al vetro, come fosse sintonizzato con il Primo diede sfogo ai suoi, ai loro pensieri. "Vi ricordate quando ancora sognavamo?"

Gli altri non risposero ma smisero di parlare. Restarono in silenzio.

"Vi ricordate quei terribili incubi? Quelle notti buie e spaventose, le urla?" gli uscì dalla bocca un sospiro strozzato, come se ancora potesse sentirli. "E..." si mangiò il resto delle parole.

Il Primo si avvicinò a lui e gli poggiò una mano sulla spalla: "Quella persona non esiste più".

***

"Ma dove sono finiti?" Quando Will alzò gli occhi c'era solo Henry con lui.

Henry sospirò, senza distogliere l'attenzione dalle piccole griglie nere.

L'amico osservò le tele lasciate ad asciugare e le borse sulla panchina. Poi vide le scarpe di Aria rovesciate sul suolo e si alzò.

"Lascia perdere. Vuoi un sudoku?" chiese Henry.

"Vado a cercarli" rispose lui, avviandosi.

"Will, aspetta dai" chiamò Henry alzando gli occhi dal sudoku, ma non riuscì a fermarlo.

E li trovò subito, erano sul prato, quello dall'erba alta, al posto del vecchio che russava. L'impulso fu quello di fuggire ma invece restò. Rimase a osservare in silenzio, con il cuore a terra. Aria era di spalle, in reggiseno, sopra a Dan senza maglietta.

"Ragazzi, e che diavolo!" urlò Will sopraffatto.

Aria si spostò e balzò in piedi. Lanciò contro Will la sua maglia: "Che diavolo. Che ci fai qui?"

Dan raccolse la sua maglietta e guardò con più imbarazzo di Aria il fratello. La ragazza aveva avuto una reazione completamente diversa. Senza ricordarsi che era in reggiseno avanzava verso Will minacciosamente.

"Allora? Ora arriviamo. Non rimanere lì a fissare". Aria si voltò verso Dan che stava armeggiando con i pantaloni e si avvicinò a Will come se intendesse farlo fuggire, oppure abbracciarlo. Nel suo sguardo c'era qualcosa, era dispiaciuta sicuramente. E poi?

"Sei scema o cosa? Nel parco poi" urlò Will.

"Io scema, scemo tu!" replicò senza senso lei. Non sapeva che altro dire. Era così arrabbiata di ritrovarsi in quella situazione. Se li avesse sorpresi Henry la cosa non sarebbe stata la stessa. Aria forse non avrebbe reagito così. A questo pensò Dan mentre si infilava la maglietta. Il rumore delle cicale nascoste tra gli alberi lo distolse da questi pensieri.

L'albero alle spalle di Aria, fletteva le sue foglie al vento. Il leggero fruscio e la risata di un bambino in lontananza era tutto ciò che si sentiva. I tre si guardarono intensamente, isolati in quella porzione di terra che sembrava avergli inghiottito i piedi e bloccato la parola.

Will era ora più imbarazzato che arrabbiato. Si accorse che stringeva la maglietta, gliela porse dicendogli: "E vestiti".

Aria arrossì solo in quel momento, e si coprì velocemente, come se non si fosse ricordata di essere senza.

Will li aveva lasciati lì ed era tornato da Henry. Dan era immobile dietro alle sue spalle ma lei non se ne era nemmeno accorta. Continuava a fissare Will mentre si allontanava con le spalle ricurve e le mani in tasca. La ragazza guardava quel collo bianco che poteva essere solo suo.

Aria e Dan tornarono una decina di minuti dopo. Sembravano aver litigato. La ragazza continuava a spostare lo sguardo dalla tela a Will. Pareva aver compreso qualcosa nei minuti precedenti al loro ritorno.

Dan aveva ripreso a dipingere, con l'aria tirata e seria di chi sta pensando a tutt'altro. Ogni tanto spostava il pennello dalla tela e sospirava. Forse in quei momenti la sua concentrazione volava via, e per evitare di rovinare il suo lavoro era costretto a fare una pausa.

Henry restò in silenzio. Puntava il naso sul sudoku. Will era interessato alla situazione. Cosa poteva essere successo? Stava per alzarsi dal tronco quando Henry, che apparentemente sembrava concentrato sul sudoku, lo bloccò, stringendogli il ginocchio e scuotendo lievemente la testa.

Aria era seduta a terra, stava valutando cosa fare. Dopo qualche minuto si alzò e si sedette vicino a Dan, che teneva una mano stretta a pugno sul ginocchio. La ragazza la prese e sciolse il pugno, poi la strinse forte. All'inizio Dan non voleva ricambiare, lasciò le dita inermi, rilassate, ma alla fine strinse la mano della ragazza con altrettanta forza e la guardò. Lei era realmente dispiaciuta, aveva lo sguardo dolce di chi vuole che tutto torni come prima. Fece un lieve sorriso e lui si sciolse del tutto. La baciò sulla fronte e la pace sembrò fatta.

Rimasero abbracciati e silenziosi per il resto della mattinata. Solo all'ora di pranzo Dan parlò: "Ragazzi, andiamo a pranzo, che dite? Ho una fame terribile". Prese Will per le spalle e lo spinse ad alzarsi: "Andiamo fratellino". Lo sguardo poi gli cadde sulla tela e sembrò sorpreso, con un guizzò di rabbia e disperazione negli occhi tornò a osservare quella di Aria e si estraniò da tutto. Will raccolse il suo dipinto già asciutto e lo infilò nello zaino del fratello. Dan lo coprì con il suo, poi inserì quello di Aria. Will non capì il gesto. Il fratello sbuffò e riprese Will per le spalle.

"Dobbiamo anche bere qualcosa. Con tutto questo sole…" disse Henry mettendo nella tasca posteriore dei jeans il sudoku.

"Penso di essere disidratata. Ma quanti gradi ci saranno? Che siamo in Africa?"

"Questo parco trattiene il calore peggio dell'asfalto" commentò Will.

Dan fissò il cielo azzurro sospirando, cercando di ritrovare il buonumore perso. Chiuse gli occhi e sorrise lievemente. Sembrò concentrarsi sulla natura che lo circondava. Respirò a pieni polmoni e si rasserenò.

I ragazzi raccolsero le cose e furono pronti per muoversi per cambiare scenario.

La pancia di Aria brontolò non appena si piegò a raccogliere le scarpe. Tutti e tre risero. Allora la ragazza gli lanciò contro una scarpa per farli stare zitti, senza riuscirci.

Nessuno dei quattro era pronto a ciò che sarebbe successo di lì a una settimana.

Capitolo 13

"Henry, cosa succede?" chiese la madre di Aria stringendo una mano nell'altra.

"Signora, non le so dire" rispose lui sistemando il cuscino sotto la testa di Aria.

"È svenuta nel parco" rispose calmo Will. "Noi eravamo lì e l'abbiamo trovata tra le foglie", un groppo in gola fece uscire le ultime parole come un sussurro. *Sommersa dalle foglie*, pensò.

I due amici si guardarono con apprensione, poi Henry accompagnò la madre di Aria in camera sua.

"Non si preoccupi, stiamo noi con lei. Si faccia una dormita" le disse. Tornò indietro da Will che le stringeva la mano. L'avevano infilata sotto le coperte perché il suo corpo si era fatto sempre più freddo e la carnagione appariva ancora più chiara del solito, come se la morte l'avesse baciata e se la stesse portando via, un pezzo dopo l'altro.

"Aria…" sussurrò Will. "Aria, svegliati, ti prego".

Nessuna risposta. La ragazza respirava normalmente ma era crollata in quello strano sonno.

Henry gli si sedette accanto: "Che cosa facciamo?"

Will rimase in silenzio per alcuni minuti. Vide che la ragazza stringeva le sue biglie con energia.

"Non sarà colpa dei Cinque?" chiese Henry.

"Non credo. Non sono ancora arrivati a lei. Finché trattiene gli incubi…"

"Dovremmo cercare Isaac. Forse lui sa cosa sta succedendo?" Henry fece per alzarsi.

"E dove lo andresti a cercare, genio? Alla centrale? Dai Cinque?"

Henry si risedette. "Hai altre idee?"

"Il tempo stringe. Ricordi ciò che mi ha detto Isaac? Dobbiamo sbrigarci".

"Non abbiamo direttive. Non sappiamo quanto tempo manchi, come diavolo possiamo fare? Se non ci sbrighiamo. Se lei non si sbriga, potrebbe morire. Non me ne frega niente di andare via di qui se lei rischia di morire" disse Henry pieno di preoccupazione. Si tormentava, disturbato da quell'immagine che sovrastava tutte le altre. Prese a battere il piede nervosamente.

L'amico era perso in un pensiero.

"Ehi, Will. Che idea hai?" chiese.

I due serpenti di Will si agitarono sotto le maniche, mostrandosi. Ormai erano diventati una seconda pelle e per lui non era difficile nasconderli bene, dimenticarsene persino. Era Aria che non poteva farlo, a lei gli incubi pesavano oltre ogni misura, forse perché era destinata a trovare la chiave, o più probabilmente perché l'inconscio di cui essi si facevano portatori era affollato da ricordi e tormenti talmente profondi, che se rilasciati non le avrebbero permesso di sopravvivere. E ora dormiva profondamente, nascondendosi in essi, forse prigioniera.

"Devo cercarla" disse Will scoprendo le maniche.

"Che intendi?" chiese Henry.

"Mi addormenterò e la cercherò. Lei nasconde la chiave, i suoi incubi non sono normali. Forse riuscirò a raggiungerla lì dove si è nascosta".

"Nascosta?" sospirò Henry. "Voglio venire anch'io!"

"Non puoi" disse Will.

"Ma…" strinse le mani a pugno.

Will gli afferrò le spalle: "Non sei riuscito ancora a controllare i tuoi incubi. Non puoi farlo. Ricordi cosa ha detto Isaac? I suoi potrebbero essere diversi", indicò i serpenti con lo sguardo. "Forse è necessario per tornare indietro". Non appena disse queste parole si sentì un leggero rumore giungere da Aria, ma inizialmente i due amici non riuscirono a individuarne la provenienza. Poi capirono.

"No, no. Aria, cosa diavolo stai facendo?" urlò Will salendo con un ginocchio sul letto e scuotendole le spalle con frustrazione.

"Maledizione". Henry si mise le mani nei capelli, fece il giro del letto. La faccia disperata.

Aria aveva lasciato andare le biglie. Erano scivolate dal palmo rovesciato sulla coperta.

Henry cercò di rimetterle al loro posto, ma Aria non riusciva a trattenerle.

Will lo guardò serio: "Henry. Non serve. Lei non è qui". Poi si risedette.

Nell'angolo della stanza era comparsa la nonna di Aria, nascosta nel buio. Quando Will se ne accorse saltò di nuovo in piedi.

"Benedetta ragazza. L'avevo avvertita" disse lei facendo un passo avanti sotto la luce. Aveva il viso tirato e le mani strette a pugno. Will notò l'anello di fumo intorno al suo dito e lo sguardo spaventato. "C'è un limite. Ci deve essere sempre" proseguì sospirando.

"Che intende?" chiese Henry intrecciando le braccia sul petto.

"La ragazza non è abbastanza forte. Non tornerà indietro ormai. Dio solo sa che cosa sta rincorrendo" disse cripticamente e uscì dalla camera come un fantasma.

***

I Cinque rientrarono nella stanza silenziosamente, i mantelli curvati in avanti.

"Bene, tre sono qui. Ora gli ultimi tre" disse il Primo, ma gli altri sembravano non ascoltare.

"Il sigillo ci ridarà la nostra forma originaria?" sussurrò il Terzo guardando fuori. La nebbia copriva anche gli edifici a pochi metri da loro, come un lungo mantello grigio.

"Smettila di chiederlo. È faticoso", lo rimproverò il Primo.

"Non credo. Se troveremo il sigillo, forse capiremo anche dove la vecchia ha nascosto..." disse il Secondo Sacerdote dando uno strattone al suo mantello.

"Non dirlo", il Primo lo interruppe poi incrociò le sue braccia ossute, sempre ben nascoste. "Se qualcuno ci ascoltasse?"

"E chi mai?" chiese il Secondo innervosendosi.

"Lucas non ha parlato" disse il Terzo con una punta di dubbio nella voce. Non smetteva di fissare la nebbia.

Il Secondo non ne era sicuro: "Lucas non ha parlato. O forse l'ha fatto e il Consiglio fa finta di non saperlo".

"Ci sarà sicuramente qualcuno dei volontari dall'altro mondo che lo cerca quanto lo cerchiamo noi". Il Primo ragionava dando le spalle agli altri.

Il Quarto Sacerdote rifletteva sulle varie possibilità che avevano, non molte a dirsi. "Solo il sigillo forse può avvicinare al luogo in cui è nascosto".

"Lo terrà la vecchia con sé?"

"Certo che no, idiota. Questo mondo, lo stesso incantesimo..."

"Oh maledizione" disse il Quinto teso.

"... si poggia su quello".

"Su di noi" aggiunse il Primo.

"Non parlarne come se non ci appartenesse più", lo criticò il Terzo, "perché ci appartiene".

"Non ci appartiene. Non è più qui, te l'ho già detto. Perché non ti entra in testa, cretino?" disse il Secondo toccandosi il petto. Gli altri quattro fecero d'impulso lo stesso.

"Se il vento portasse via le nostre parole..."

***

Henry strinse Will in un abbraccio che esitava a sciogliere.

167

"Tornerò" disse Will scostandosi, "con lei".

Henry annuì, allungò il pugno e Will lo colpì con un lieve sorriso.

"Andrà bene" commentò Will.

"Andrà bene sicuramente".

Will fece il giro del letto e si sdraiò lentamente accanto a lei. Prima restò qualche istante poggiato su un fianco a osservare Aria sprofondata in quel sonno che le aveva tolto ogni colore e sfumatura. Poi osservò le quattro biglie che brillavano sulla coperta rosa chiaro. Si lasciò cadere e posò la nuca sul cuscino.

Mentre Will crollava nel sonno pensò a suo fratello e ad Aria, perché lei era di certo andata a cercarlo nei suoi incubi.

"Chissà se si sarà ricordata di me, di noi due" si chiese lasciandosi andare, "chissà?"

Will pensò intensamente a lei. I serpenti, nella realtà sbagliata, quella in cui Henry l'aspettava, scivolarono nelle sue mani. Il ragazzo ne stringeva le estremità con forza. Anche in quel posto buio in cui era capitato, non li avrebbe lasciati andare.

"Aria" disse esitando. Non era ancora riuscito ad abituarsi a quell'oscurità. *Dove mi trovo?* pensò.

"Will?" La voce di Aria giunse come un sussurro lontano, un eco indefinita, piena di timore, ma vibrante.

"Aria, sei qui?" Si guardò intorno.

"Come hai fatto a raggiungermi? Cosa ci fai qui?"

"Dove siamo?" Finalmente Will iniziava a scorgere i contorni di quello strano posto, e capì dove si trovava Aria. Era qualche metro distante, di fronte a lui.

"In una grotta. Credo sia una grotta" disse con un filo di voce.

Will scivolò su una pietra e sbatté contro la parete affilata che aveva alle sue spalle, graffiandosi l'avambraccio. Ricordò subito i tagli di Aria.

"Perché sei venuta qui?" Lasciò lentamente la parete allungando le braccia in avanti per trovare l'equilibrio ed evitare di scontrarsi con qualcos'altro.

Aria esitava nell'ombra. "Vai via Will. Non tornerò indietro".

"Ma che diavolo dici? Sei cretina o cosa? Hai lasciato gli incubi!"

"Sono qui a terra da qualche parte, o forse si sono dissolti, non lo so".

C'era un'altra persona lì dentro, o una presenza almeno. Will sentiva che non erano da soli, ed era convinto che Aria si voltasse ogni tanto verso una direzione ben precisa. La sua voce infatti arrivava a tratti coperta e più distante.

"Aria" disse Will pronto a ripartire all'attacco, ma un'altra voce parlò.

"Fratellino".

Will sentì le ginocchia cedere, il cuore balzargli in petto: "Dan?"

"Sono stata io a richiamarlo qui, Will" disse ancora con un sussurro, ma la voce ben ferma.

"Allora hai ricordato ogni cosa?"

"Ma certo".

"No, non è questo ciò che conta. Che diavolo ci fai qui, Dan? Tu non dovresti essere in questo luogo".

"Che dici Will? È tuo fratello! È Dan".

Will sentiva le lacrime scendergli lungo le guance, le parole morirgli in gola: "Non devi stare qui fratellone, non devi" ripeté con una voce che andava smorzandosi una parola dopo l'altra.

Dan sembrava altrettanto commosso e non riusciva a parlare.

Will si gettò in avanti e si scontrò con la parete che separava Dan da loro.

"Che diavolo!" urlò con rabbia.

"È al di là di un muro".

"Che cosa ci fai qui Dan? In questo posto buio" urlò Will. "Lasciala andare via".

"Che diavolo dici? Stai zitto". Aria lo strattonò.

I due si ammutolirono e cercarono di calmarsi. Dan non parlava.

"Non sei felice che lui sia qui?" chiese Aria con un filo di voce, stavolta tremava come una fiamma esposta al vento.

"Sì", appoggiò i palmi contro il muro, "però…"

"Fratellino. Sono contento che tu stia bene e che sia venuto a prenderla" disse Dan.

Will batté i pugni contro la parete come se volesse buttarla giù. E piangeva, trattenendo la rabbia.

"Will, anche tu devi superarlo".

"Io l'ho fatto" disse il ragazzo senza esitare.

"Se sei riuscito a raggiungere con tanta facilità Aria in questo luogo, non ci sei riuscito".

Will sospirò rumorosamente e prese a rimbalzare sui piedi come un pugile che si prepara per un incontro. Aria si affiancò a lui, in silenzio.

"Io non sono qui" disse Dan, "non fisicamente".

"Perché no?" chiese Aria sapendo già la risposta, con la voce fredda come se provenisse dal fondo di un pozzo.

"Perché sono morto. Aria, lo sai che è così. Lasciami andare via di qui".

"No!"

"Portala via, Will".

Will esitava.

"Devi ammetterlo per superarlo" sussurrò Dan. "Dovete farlo".

Will chiuse gli occhi. In quel momento sentì una forte luce colpirgli le palpebre chiuse. La parete contro cui era appoggiato, sparì. Aprì lentamente gli occhi e si coprì la vista con il dorso della mano, quasi accecato da quella luce. Pieno di timore e di gioia scostò la mano piano. Il sole era proprio lì, forte e caldo, a illuminare gli edifici, le strade e le giornate di ognuno. Quasi si era dimenticato come fosse il sole! Nell'altra realtà non era così bello e libero, era sempre imprigionato da una rete di nebbia. Rimase imbambolato a fissarlo, commosso da quella visione. Allungò i palmi delle mani verso il cielo, così come faceva suo fratello.

Chiaramente non era più nella grotta e Aria non era accanto a lui. Si voltò più volte agitato nel non vederla. Cercò di capire dove si trovasse, ma ne fu subito certo: era la loro scuola.

L'edificio grigio dalle ampie finestre si stagliava alto contro il cielo azzurro. Una campanella suonò e lui, fermo di fronte all'ingresso, fu spinto da una folla di ragazzi che si affrettavano a entrare. Non c'erano portali, né gente impaurita.

Will salì silenziosamente le scale, fino al primo piano.

Coprì d'istinto le braccia ma non c'era niente. Sotto la felpa, gli incubi sembravano essere spariti come in una sorta di strana allucinazione. Non era possibile.

Camminò pieno di dubbi fino alla classe dei suoi amici. Aria e Henry erano lì, seduti al loro banco. Aria aveva appena tirato una gomitata all'amico, facendogli cadere a terra una penna.

Fu preso dal panico, cosa stava succedendo?

"Ehi ragazzo" disse una voce profonda alle sue spalle. Era il professore di letteratura. "Ah, Will. Torna in classe su, non hai sentito la campanella?"

Lo potevano vedere, lui era lì. Ma dove? Non potevano essere tornati. E se sì, come ci era riuscita Aria?

"Sì, signore. Vado subito" disse il ragazzo con un largo sorriso. Era così felice. La ragazza ci era riuscita in qualche modo, erano tornati. Doveva essere così.

Quello era il luogo a cui appartenevano, non il mondo sbagliato, ma quello reale, vivo, in cui si poteva invecchiare e morire. Questo non gli era mai sembrato così allettante. Avrebbe potuto finalmente progredire, crescere, cambiare e provare tutto ciò che il mondo aveva da offrirgli, senza limitazioni. Avrebbe avuto un tempo preciso per fare tutto, ma che importava? Era meglio una vita eterna ma senza emozioni? Senza progressi? No di certo. Avrebbe tanto voluto convincere anche Aria di questo.

Ci pensò e ripensò come mai prima di quel momento.

La vita è bella proprio perché ha un tempo limitato, sorrise mangiucchiando una penna che aveva trovato sul suo banco. Senza neanche pensarci si era seduto al suo posto. Osservò ogni faccia familiare che gli sembrava di non vedere da moltissimo tempo, e forse era così. *Quanto tempo sarà passato?* un sospetto iniziò a crescere dentro di lui.

Doveva essere trascorso molto, non era possibile che tutto fosse rimasto uguale, stessa classe, stesso anno. *No, non è possibile. Ma forse siamo tornati indietro*, si disse per cercare di convincersi, non voleva pensare all'altra opzione. Non vedeva l'ora di correre da Aria e chiederle come aveva fatto. Era riuscita a portare indietro anche Henry. Forse tutti.

Ripensò a Dan chiuso in quella grotta buia. Era stata Aria a volerlo? Sperò che il fratello non si trovasse più in quel luogo da solo. Non aveva neanche potuto parlarci. La felicità passò come una folata di vento e in modo apparentemente definitivo. Il dubbio non poteva essere cancellato dalla sua mente vigile e attenta. Uno come lui non poteva evitare l'evidenza.

Forse le cose non sono quelle che sembrano! Un'ombra di dubbio oscurò ogni buon sentimento.

Alla fine dell'ora, Will corse verso l'aula di suo fratello, impaurito. Sapeva che in quel mondo lui non esisteva più, non ci poteva essere.

Ma quando entro nell'aula spalancò gli occhi: Dan era lì, seduto sopra il banco, circondato come sempre da una folla di persone. Il ragazzo guardò verso di lui eppure non sembrò vederlo.

"No…" disse indietreggiando. E corse via impaurito. Avrebbe voluto piangere e sfogare tutta la sua frustrazione. Rivedere suo fratello lì, vivo e vegeto era una crudeltà. Lui si trovava in quella grotta buia e quella non era la realtà.

Dove diavolo siamo? Si scontrò contro il professore di letteratura e, senza scusarsi, proseguì.

Si bloccò solo di fronte alla classe di Aria, che chiacchierava allegramente con Henry.

"Aria, Henry, dobbiamo parlare subito" disse non appena misero fuori il piede dall'aula.

Will era agitatissimo, come se fosse braccato. Il pensiero di incrociare suo fratello nel corridoio lo terrorizzava. Non avrebbe resistito, non avrebbe mai retto quel colpo.

Aria lo guardò perplessa, Henry si mise in mezzo. "Scusa. Ci conosciamo?"

Will spalancò gli occhi, sempre più smarrito: "Henry, sono io. Will".

"Mi dispiace" disse cercando conferma in Aria, che fece un'alzata di spalle.

"Noi non ti conosciamo. Non te la prendere ma non sappiamo proprio chi diavolo tu sia" disse Aria innervosendosi.

"Aria" la sgridò Henry.

"Eh, ho capito. Ma non lo conosco, ti giuro" disse spazientendosi.

"C'è modo e modo", la rimproverò l'amico.

"Scusate… veramente non mi riconoscete? Sono Will". Il ragazzo stava mantenendo la calma come meglio poteva.

"No" disse con decisione Henry. "Ora scusaci, vorremmo mangiare qualcosa".

Aria fece per andarsene ma continuava a fissarlo con attenzione.

Will la prese per le spalle bloccandole ogni movimento: "Aria, sono io, Will. Dove diavolo ci hai portato?"

Aria lo spinse via: "Che vuoi, si può sapere?"

"Amico non alzare le mani altrimenti chiamo la sicurezza" disse Henry mettendosi in mezzo di nuovo e puntandolo con il dito.

Aria si liberò con uno strattone, prese Henry per la giacca e lo trascinò via.

La ragazza ogni tanto si voltava a fissare quello strano individuo che non aveva mai visto a scuola, chiedendosi cosa volesse.

Will si lasciò cadere lungo il muro e rimase fermo così per tutta la pausa, a riflettere.

Non è la realtà. Come posso accertarmene? si chiese premendosi le mani sugli occhi. In quel momento sentì la voce di suo fratello farsi sempre più vicina, circondata dalle risate di alcune ragazze. Non ebbe il coraggio di alzare gli occhi, lo fece solo quando sentì le altre voci lontane.

Suo fratello era quello di sempre, esattamente come lo ricordava. Uno spilungone che si faceva strada con grazia ed eleganza, seguito da ragazze e ragazzi che volevano essergli amici. Vide le sue alte spalle proprio in fondo al corridoio, vicino alle vetrate e il cuore si contrasse.

Serrò le labbra. *Non voglio restare qui, anche questo posto non è reale. Chi è quel ragazzo che sembra mio fratello? È un'immagine, una proiezione? Non può essere la realtà* si domandò cercando di capire. Poi strinse le ginocchia al petto senza sapere cosa fare. Per un momento, stordito.

Pensò intensamente ad Aria e a quello che aveva provato rinchiusa nella grotta buia, poi iniziò a capire cosa poteva esser successo.

Balzò in piedi e andò a cercarla. La ritrovò di fronte alle macchinette. Era di spalle ma la sentiva ridere. Le alte vetrate erano ben pulite, come non erano mai state, i raggi del sole risplendevano come gioielli a contatto con loro. Will avanzò nell'ultimo tratto di corridoio guardandosi intorno come se cercasse qualcosa, poi comprese. Sul lato destro mancava uno sgabuzzino che c'era sempre stato. Sul muro accanto alla sua classe, in alto, proprio vicino l'angolo dello stipite, si era formata una crepa che scendeva giù dal soffitto. Lo ricordava bene perché aveva seguito tutto il processo lungo gli anni e nessuno era mai intervenuto. Sul soffitto si era formata una macchia di umidità che si stava mangiando pian piano il muro ed era da lì che proveniva quella brutta crepa.

"Non c'è" sospirò e allungò il passo verso Aria e Henry. La ragazza si toccava ogni tanto la nuca, e a Will venne un'illuminazione. Afferrò Aria e le scansò i capelli, lì dove dovevano essere, c'erano i tagli che la grotta le

172

aveva lasciato.

"Che diavolo fai?" Henry lo spintonò contro le macchinette.

"Aria, piantala di scappare. Questo posto non ci appartiene. Torniamo indietro".

Lei lo fissava con due occhi grandi e impauriti.

"Questo è tutto matto" commentò Henry.

La voce di Dan si propagò per le scale e subito dopo si fece strada nel pianerottolo. Will si bloccò, e fissò il fratello mentre li superava senza battere ciglio, come se non li conoscesse. Fece un sorriso nella loro direzione e proseguì lungo il corridoio. Aria e Henry lo guardarono rapiti, con occhi pieni di serietà ma senza nessuno slancio particolare.

Will voleva morire. Si piegò in avanti, combattendo l'impulso di correre dietro a quel fratello immaginario e abbracciarlo, parlargli, dirgli quanto gli era mancato. Strinse il pugno al petto per cercare di tenere insieme i pezzi del suo cuore e serrò le labbra. *Non è reale. Non è reale*, iniziò a ripetere come un mantra. Prese un'ampia boccata d'aria a occhi chiusi. Perché Aria gli aveva fatto questo?

"Aria" disse con un sospiro, "è questo ciò che vuoi? Una realtà ancora più falsa da sostituire alla precedente?"

"Io… non ti capisco. Sul serio" rispose la ragazza.

Henry fece per portarla via ma lei gli fece capire di voler rimanere.

"Dan, hai visto… Dan? Quello è solo un'ombra, non è giusto fargli questo" disse con un filo di voce Will.

Aria lo guardò inclinando la testa su un lato: "E chi è Dan?"

Will non poteva credere alle sue orecchie, la fissò e cercò di trattenere la rabbia. "Dan. Il nostro Dan. Hai deciso di dimenticarlo, quindi? Di nuovo? Oddio". Il ragazzo si mise le mani sulla testa, disperato. Come avrebbe potuto svegliarla da quell'incubo? Come avrebbe fatto a riportarla indietro? Non voleva stare lì con il fantasma di suo fratello.

"Aria, ti prego" urlò stringendo i capelli neri. Lei non sembrava reagire. "Sei una vigliacca" le disse.

Lei lo superò, portandosi dietro Henry, che lo guardò con grande ostilità.

Will avanzò barcollando nel corridoio: "Sei una vigliacca. Mi hai sentito? Dan proverebbe vergogna di te. Io provo vergogna per te" urlò Will.

Aria accelerò e piegò la testa verso il petto, la sua massa di capelli neri seguì quel movimento. Intorno alle loro due figure, il corridoio sembrò perdere consistenza, perdere ancora più dettagli. Oscillò pericolosamente, inghiottendoli.

Era Aria che teneva in piedi quel posto. Sentire le parole di Will l'aveva fatta tentennare e così quel luogo che aveva creato aveva svelato le sue debolezze. Se avesse continuato così, forse Will sarebbe riuscito a farla crollare e a riportarla indietro.

Le ore passarono velocemente. Will, seduto al suo banco vicino alla finestra, si godette, per quanto poteva, i raggi di sole che colpivano la superficie della sua coscienza e le cime degli alberi verdi che oscillavano al vento. Nessun altro rumore proveniva dall'esterno. Quanto fosse definito quel mondo, Will non lo sapeva. Fuori cosa l'aspettava? Forse la sola scuola era in piedi. E loro avrebbero continuato a vivere lo stesso giorno, bloccati tra quelle quattro mura, per l'eternità. Senza conoscersi e con il fantasma di suo fratello che aleggiava sulle loro vite.

All'ora di pranzo uscì lentamente dall'aula, ignorando la voce di un compagno che lo stava chiamando. Il corridoio era quello di sempre.

Aria aveva rinforzato le difese. Will non sapeva quanto ci avrebbe messo a tirarla via di lì, ma ciò che realmente lo atterriva, era il fatto che avesse ricostruito un mondo in cui lei conosceva Henry ma non lui e Dan. Forse era questo che avrebbe sempre voluto, ignorare di averli conosciuti, tornare indietro, a un momento in cui non avrebbe provato quel dolore o complicato la sua vita a tal punto da desiderare di smettere di viverla. Come avrebbe interrotto tale convinzione?

"Fratellino". Will era fermo nel mezzo del corridoio a riflettere. Quella voce aveva bloccato ogni suo movimento, ogni suo pensiero.

"Che fai lì imbambolato? Non pranzi?"

Will alzò gli occhi verso di lui, con lentezza, pieno di timore. Forse avrebbe dovuto solo scappare via ed evitare quell'incontro. Lui era davvero quello di sempre, si muoveva senza fare rumore e lo guardava con un ampio sorriso luminoso.

"Non è vero. Non è vero" si ripeté di nuovo.

"Ce l'hai con me per qualche motivo?" gli chiese una volta di fronte a lui il fratello. Will guardava a terra, le gambe paralizzate, come se il pavimento le avesse inghiottite. Voleva solo correre, ma qualcosa lo bloccava lì, qualcosa di umano ma di sbagliato.

"Insomma Will?" chiese ancora.

Will alzò gli occhi lentamente e crollò. Lo abbracciò di colpo e non lo lasciò più andare.

"Che ti prende ora?" Lui ricambiò. Sentiva che il fratello ne aveva bisogno.

Will, che era più basso, si teneva in bilico sulla punta dei piedi, il mento appoggiato alla spalla e gli occhi aperti, fissi sul muro, sforzandosi di non piangere. Poi sentì di colpo freddo. Il corpo del fratello non era più caldo ma una pietra ghiacciata. Lo lasciò andare con il fiato sospeso, ma a occhi chiusi. Quando li riaprì, si trovò da solo. Il corridoio oscillava di nuovo, quella realtà falsificata non reggeva il peso delle loro emozioni.

Sentì una presenza sulla sinistra. Lì dove non batteva mai il sole. Nel buio vide un'ombra.

"Dovete andar via di qui". Era la voce di Dan, ma proveniva da molto lontano, forse da quella grotta buia o da un mondo che Will non avrebbe mai potuto raggiungere.

"Lo so" disse con poca convinzione Will. Riabbracciare il fratello lo aveva reso così felice e sollevato, come se il suo cuore avesse preso di colpo vigore, riempito dalla speranza e dall'amore che aveva scacciato via in un baleno ogni ombra di sofferenza. Ma non era la realtà. Dovette ripeterselo ancora molte volte, per non cedere.

Pranzò velocemente con un panino, preso alla caffetteria fuori dalla scuola. Anche quel luogo era rimasto immutato, eppure le persone, i visi che aveva incrociato fino a quel momento gli erano sembrati falsi, come se appartenessero a manichini messi lì per l'occasione. Non c'era naturalezza, né reale gioia nei loro movimenti.

In fondo alla via che ospitava la caffetteria, Will non sembrava vedere altro che un muro bianco e invalicabile, come se quel mondo si fermasse proprio lì. Erano tutti rinchiusi in neanche un chilometro di terra, in una realtà ancora più sbagliata della precedente.

I morti, devono rimanere morti, pensò mordendosi il labbro. Restò in attesa di qualcosa, seduto al tavolo vicino alla finestra, quello che piaceva tanto ad Aria, con un pezzo di prosciutto abbandonato nel piatto insieme alla carta che circondava il panino. Fissava un bicchiere di Coca Cola vuoto, in cui il ghiaccio si stava sciogliendo lentamente. Il sole del pomeriggio aiutava nell'impresa. Ogni tanto gli veniva di spostare il bicchiere all'ombra, come se quel ghiaccio andasse in qualche modo preservato. Era un gesto automatico, apparentemente senza senso.

Si sgranchì le gambe meravigliandosi di quanto sentisse tutto così reale, eppure il suo corpo dormiva nella stanza di Aria, ne era certo, non poteva confondersi su questo. Sperò che con il passare delle ore non perdesse l'orientamento, come accadeva nell'altra realtà. Se avesse dimenticato dove si trovava, sarebbe stato perduto. I loro corpi avrebbero dormito per sempre. Pensò al suo amico, immobile a vegliarli, nell'attesa del risveglio. Non voleva deluderlo. Aveva una missione.

In quel momento vide Aria entrare nella caffetteria, preceduta da Henry. I due erano come sempre inseparabili. Fu invidioso, anche se era stupido solo pensarci, che Aria avesse deciso di ricordare Henry ma non lui. Forse questo voleva significare che Henry era una compagnia più sana per lei. Del resto anche nell'altro mondo i due erano legatissimi, ancor prima di ricordare. Erano riusciti a rincontrarsi, conoscersi da zero e stringere lo stesso identico legame di prima. Mentre per lui era servito tantissimo tempo, sicuramente anni. E forse, se non fosse stato per quel quaderno, non sarebbe neanche mai successo.

Spostò il bicchiere sotto il sole senza smettere di fissare Aria. Henry lo guardava con ostilità. A Will stava antipatico quell'Henry, era più aggressivo di quanto in realtà non fosse.

La ragazza sembrò volergli dire qualcosa ma non lo fece. Prese rapidamente un panino, forse pensando a quel ragazzo sconosciuto che le aveva rubato il suo tavolo preferito, e poi era uscita. Henry aveva pensato alle bevande.

Will si picchiettò la fronte ragionando sul da farsi. Era senza energie, l'incontro con il fratello l'aveva prosciugato. Poi pensò che forse fosse proprio lui la chiave.

Si alzò e tornò verso la scuola.

Non sapeva che giorno fosse, ma forse avrebbe avuto fortuna. Se Aria aveva scelto un giorno, sicuramente era uno di quelli in cui lui era lì. E, infatti, ebbe ragione. Dan era seduto di spalle alla porta, con una tela davanti e il pennello in mano.

La sua figura seduta era come la ricordava, eppure era diversa, come se avesse un'ombra che ne copriva e disorientava il ricordo, ma che allo stesso tempo era più viva di qualsiasi altra immagine di suo fratello. Si sentiva come se fosse ancora in quella grotta, lì percepiva Dan, sentiva che lo stava ascoltando.

Will fece un passo nell'aula.

"Non ti avvicinare" disse Dan che lo aveva sentito entrare.

"Dan io..." tentò di dire.

"Resta lì". Le sue spalle si alzarono e abbassarono velocemente.

"Sono un vigliacco anch'io, sai?" disse appoggiandosi a un banco. "Ho urlato ad Aria eppure io, qui ho tentennato. Una parte di me vorrebbe rimanere, un'altra correre via portando Aria con sé. Ma credo che la seconda parte sia più forte della prima" disse abbassando lo sguardo.

"Non ti devi sentire in colpa per questo" rispose quella figura, come se in realtà non si trovasse lì.

"E invece mi ci sento. In questo posto ci sei tu, ma Aria non mi conosce. Dall'altra parte ci sono loro, ma non ci sei tu, persino il tuo ricordo è vago... Nel mondo da cui proveniamo c'è solo sofferenza".

"Però vuoi tornarci". Dan pennellò la bianca tela ma senza segnarla, come se avesse intinto il pennello nell'aria.

"È giusto così. Ero partito per riprenderla. Non pensavo di..."

"Dimenticarmi".

Will annuì, anche se lui non poteva vederlo. "Voglio tornare di là e imparare ad andare avanti. Capire come vivere... senza di te" disse a fatica. Realizzò un pensiero a cui non aveva avuto accesso fino a quel momento. "Dan io..."

"Ehi fratellino" disse Dan voltandosi, non era più quell'ombra viva eppure sconosciuta e confusa. Era solo un simulacro, di nuovo. Con gli occhi appannati Will accettò come vera anche quella manifestazione. In quel mondo non riusciva a prendere le distanze. Quello che aveva davanti era suo fratello, tanto uguale a quello di un tempo o all'ombra presente nella grotta.

"Ciao Dan" disse come se non avesse ancora parlato.

Gli sorrise ampiamente, stringendo il suo pennello e Will si sentì morire, di nuovo. Quante volte sarebbe ancora morto in quel posto? E quante avrebbe resistito?

Camminò all'indietro trascinando i piedi che si erano fatti di piombo, combattendo contro il suo corpo che non voleva lasciare quella stanza. Sulla soglia, corse via senza voltarsi indietro.

Il corridoio era ancora più cupo di quanto non fosse pochi minuti prima. Le aule intorno erano deserte. Nella penultima trovò Aria. Non seppe perché, ma era convinto che l'avrebbe incontrata lì.

I banchi erano liberi. Le pareti sembravano fatte d'aria, nessun rumore proveniva dall'edificio, né da fuori. Si sentiva solo una leggera brezza che sfogliava delicatamente le pagine dei pochi quaderni rimasti. Lei se ne stava appoggiata al banco fissando le proprie mani.

"Aria".

Lei lo guardò con gli occhi di sempre.

Lui non la rimproverò, non le urlò dietro, non disse niente. "Dobbiamo andare via di qui".

"Sai, sto combattendo l'impulso di correre nell'aula dove Dan sta dipingendo. È lì, non è vero?"

Will annuì lievemente.

Aria sospirò. Rimasero in silenzio a lungo. Will lo rispettò.

"Andiamo via di qui" disse Aria, poi si avvicinò a lui e gli strinse la manica della felpa, a testa bassa. Will l'abbracciò. La ragazza, nonostante la sorpresa, si lasciò andare. Ne aveva bisogno. Il cuore accelerò il battito, ma Aria cercò di ignorare ancora una volta quel sentimento.

"Grazie per essere venuto" sussurrò. Si scostò e chiuse gli occhi. In un istante quella realtà venne risucchiata via da una fonte sconosciuta e loro si ritrovarono nel buio.

Will era tranquillo, nonostante quel cambio rapido l'avesse fatto sussultare. Cercò di riabituarsi all'oscurità. Allungò la mano e ritrovò il muro. Si tastò le braccia e capì che anche i serpenti erano al loro posto.

"Dan", parlò per primo, "sei ancora lì?" Will lo sentì muoversi nell'ombra. Tastò con il palmo della mano la parete che li separava.

Aria guardava a terra imbarazzata.

"Non te la prendere con lei. Anch'io ho ceduto a quel desiderio. Per un momento ho desiderato rivederti, riabbracciarti. E Aria me ne ha dato la possibilità, anche se non era reale. Ascoltami. Ho capito che avevi ragione. Io sono qui soprattutto perché non ho superato la tua morte. È la verità. Sono venuto per portare via Aria e poi mi sono lasciato andare, ho perso di vista ogni cosa. Ho fatto sparire il mio dolore. Ma non è giusto".

Aria tentennava ancora. Dan lo percepì.

"Non vuoi vivere nuove esperienze? Crescere, cambiare, maturare, avere una famiglia, dei bambini?" chiese Dan dall'ombra. "Per farlo, per seguire quel processo naturale devi lasciarti andare senza riserve, non avere paura".

"Siamo come ciechi in una grotta buia" Aria sospirò accanto a Will.

"È questa la vita" disse Dan.

Will non s'intromise. Li lasciò parlare.

"Va accettata così com'è" disse Aria piena di consapevolezza. "È così. Will ha ragione. Sono stata una vigliacca e non è da me".

"Sei una campanula…"

Aria serrò le labbra, appoggiò le mani alla parete. "Una campanula…" ripeté e strinse le mani a pugno.

Capitolo 14

"Vedi questo fiore?" Dan era sdraiato sul prato. Aria aveva poggiato la testa sul suo petto, entrambi rivolti verso il cielo. Si girò a pancia in giù per guardarlo, il mento si alzava e abbassava al ritmo del respiro di Dan.

"È una campanula. Un fiore bello, forte e colorato. E l'incredibile è che sono più di duecentocinquanta specie. Tantissime sfumature…" disse osservandola con un sorriso. "Penso ti somigli, sai? Tu sei proprio così, bella, forte e piena di sfumature".

Aria arrossì: "Che scemo che sei!" Si voltò di nuovo affondando la nuca nel petto e facendolo sussultare. "Dico sul serio" rispose Dan.

"Beh. Grazie", sorrise. Non le riusciva molto facile essere dolce, ma stava imparando lentamente. Sulla porzione di cielo che stava osservando, si stagliò una campanula. Dan gliela poggiò sul naso. Lei la prese e l'allungò verso l'azzurro. Il fucsia intenso le ricordava le giornate d'estate. Dan le tirò indietro i capelli dalla fronte con la grande mano, poi la lasciò ferma lì. Aria fece scivolare le dita sul naso, poi sulle labbra e baciò la sua mano delicatamente.

Il dolce vento aveva dato una piccola scossa ai fili d'erba che presero a danzare intorno a loro.

***

Henry si era appisolato. Rialzò la testa di colpo e vide che i corpi dei suoi due amici non si erano mossi. "Paura di morire, paura di vivere", sussurrò strofinandosi gli occhi con le mani.

Toccò il braccio di Aria, la sua temperatura era così lieve. Anche quella dell'amico doveva essersi abbassata, come se il loro corpo stesse facendo i conti con la morte e si raffreddasse lentamente. D'impulso Henry appoggiò l'orecchio sul petto di Aria e sentì che il cuore batteva. Fece il giro del letto.

"Amico mio, forza", gli toccò la spalla. La porta dietro di lui era chiusa, nessuno era venuto a disturbare. Il giorno sembrava ancora lontano. Si stropicciò gli occhi e incrociò le braccia al petto. Quella lunga attesa lo stava distruggendo. E se gli amici fossero rimasti intrappolati? O peggio, morti?

Cosa succede se muoiono lì dentro… ma può succedere? Fu preso dai dubbi e iniziò a pensare che forse non era stata una buona idea, avrebbero dovuto rifletterci più a fondo ed evitare i rischi. L'amico iniziò a temere, come mai prima di quel momento, di non rivedere più i suoi amici, mai più.

Poi sentì rumori confusi provenire dal piano di sotto, qualcuno cadere per le scale, le urla della nonna. Poi avvertì dei passi affrettati salire verso la stanza.

Henry d'impulso chiuse la porta a chiave, la sbarrò con un mobile, poi con un altro. Agitato guardava la porta e poi gli amici.

Afferrò una mazza da baseball abbandonata in un lato, Aria aveva giocato persino a baseball, e brandendola come una spada, fronteggiò la porta, in attesa, pronto a difendere i suoi amici.

"Sbrigatevi, vi prego" sussurrò guardandoli per l'ultima volta.

***

La grotta iniziò a crollare.

"Che succede?" urlò Will. "Aria sei tu?"

"Non lo so. Forse. Desidero solo uscire di qui! Dan!"

Il pavimento sotto i loro piedi si aprì di colpo e piombarono tutti in una stanza. La seconda stanza.

Aria si rialzò da terra e si guardò intorno. Non era per nulla spaventata.

"Conosci questo posto?" chiese Will.

Aria annuì. "Sono venuta qui molte notti. Ho superato quel muro", indicò quello alle loro spalle. "Questa è la seconda stanza".

"Aria, Will", la flebile voce di Dan proveniva da oltre le pareti.

"Di là" disse lei con il desiderio di raggiungerlo.Ricordò tutti gli incubi in cui le chiedeva di trovare la strada. Ora ce l'avrebbe fatta, a ogni costo.

La ragazza fece segno a Will di seguirla, arrivata di fronte al muro, lo toccò, era sempre caldo, gelatinoso, lei tremò e Will fece un passo indietro per la sorpresa.

Aria infilò la punta delle dita nel muro. Piano ogni parte del suo corpo sparì nella parete. Will dopo una breve esitazione la seguì.

La terza stanza era identica alla seconda, forse più luminosa. Le pareti cambiarono lentamente colore, ora erano giallognole, tendenti al marrone. Aria si guardò intorno e vide che non vi era nessuna finestra.

"Sono qui", la voce di Dan era vicinissima. Doveva trovarsi dietro quel muro. La ragazza stava per superarlo quando notò un dettaglio che nell'altra stanza non c'era. Nell'angolo era poggiato un piccolo vaso azzurro e un'allegra campanula fucsia pendeva silenziosa dai suoi bordi cercando attenzione.

Aria ne fu catturata. Nonostante Will le avesse afferrato il braccio e cercato di trattenerla, lei era finita in quell'angolo. Will mise le mani sui fianchi e sospirò guardando a terra. Non poteva impedirle di ricordare. Rimase in silenzio. Aria prese il vaso e accarezzò con la punta delle dita i petali del fiore. Visualizzò senza volerlo una serie di immagini tra cui una macchina che correva veloce. Poi vide il viso di Dan e il suo.. Spalancò gli occhi. Le pareti intorno a lei sembrarono vacillare.

Era di nuovo nella prima stanza. E senza Will.

***

Dan si precipitò fuori casa con la giacca infilata solo a metà. Aria lo aspettava sul marciapiede, tenendosi di spalle al vento. Le giornate di sole e caldo erano velocemente tramontate, non si sarebbe mai detto che fosse passata solo una settimana da quella splendida giornata al parco.

"E Will?" chiese Aria non vedendolo, non domandò di Henry perché sapeva essere fuori con la famiglia.

Dan fece una smorfia: "Will non viene. Andiamo ora?" Si infilò bene la giacca, facendola scivolare sulle spalle.

"Che fretta" disse Aria stringendosi nella giacca.

"Scusa", si avvicinò per salutarla poiché se ne era completamente dimenticato.

Aria non l'aveva mai visto così nervoso. Silenziosa si accostò a lui e si infilò sotto la sua giacca. La schiena era calda, come se fosse passato al centro di un incendio prima di uscire.

Dan sembrò rasserenarsi, la strinse a sé, attorcigliandola nella sua giacca.

"Mi dispiace che Will non venga" ribadì lei, le sembrava strano che rifiutasse una mostra di pittura che così tanto desiderava vedere.

Aria era sovrappensiero. Nell'ultima settimana aveva provato emozioni contrastanti. In realtà credeva di averle sempre provate, ma da quel giorno nel parco se ne era finalmente accorta.

Dan la vide fissare a terra e decise di non interrompere i suoi pensieri, ma si chiedeva con insistenza cosa la tenesse occupata. Sperò stesse pensando alla mostra. La strinse più forte a sé come a reclamare attenzione e lei rispose con un sorriso. Dan era tranquillo, stranamente tranquillo. Era la presenza della ragazza, il calore del suo corpo a rasserenarlo. Prese una boccata d'aria fresca e sorrise.

Il vento si era fatto più forte, le foglie gli svolazzavano intorno come in un balletto frenetico, il sole era già nascosto in parte dietro gli alberi, i marciapiedi erano sgombri, come se tutti si fossero già chiusi in casa per ripararsi dall'arrivo del brutto tempo.

Nonostante fossero solo le quattro del pomeriggio, c'era una calma innaturale, persino gli uccelli avevano smesso di cantare.

I due attraversarono le strisce. Aria sorrise al ragazzo che ricambiò e pensò al magnifico pomeriggio che l'aspettava.

Una macchina sbucò dall'incrocio, spezzando quel silenzio. La ragazza vide gli occhi neri dell'uomo, il viso deformato dalla sorpresa e dallo spavento. Dan prontamente tirò indietro Aria, che cadde in malo modo sul marciapiede, sbattendo la testa contro un palo. Per un attimo la vista le si offuscò, un rivolo di sangue non le permetteva di mettere a fuoco con l'occhio destro la scena. Poi si alzò in piedi.

"Dan" disse barcollando verso la strada. Una macchia di sangue si allungava piano sull'asfalto. Il sangue era ovunque.

Sentì un urlo, si guardò intorno e si accorse di essere stata lei a gridare, quella era la sua voce.

Forse qualcuno l'aveva raggiunta, non capiva, non sentiva. Le voci le arrivavano alle orecchie, deformate, come se lei fosse chiusa in una bottiglia di vetro senza tappo. Poi di colpo crollò a terra.

Si risvegliò in una stanza d'ospedale. Will era accanto a lei e cercava di mostrarsi tranquillo, ma si vedeva che aveva pianto a lungo. Appariva ancora più bianco di quanto già non fosse.

"Aria" disse dolcemente, "sei sveglia". Le accarezzò la mano abbandonata sul letto.

Lei si tirò su a sedere, l'anca faceva male, aveva una benda bianca intorno alla fronte e una fasciatura sul ginocchio che ricordava di aver sbattuto contro il marciapiede.

"Lui…" disse solo.

Will serrò le labbra e cercò di trattenersi, come se si fosse esercitato a lungo a dare quella risposta, senza però riuscirci. Guardava fisso le mani che teneva a pugno sulle lenzuola bianche. Scosse solo lievemente la testa. Era l'unica cosa che riusciva a fare in quel momento.

Aria non pianse, guardò prima lui, poi gli alberi fuori dalla finestra e uscì da quella stanza con il pensiero.

Will restò accanto a lei tutto il giorno, in caso ne avesse bisogno. Erano passati i genitori di Aria ma non quelli di Dan. La madre di Aria era distrutta ma era felice che la figlia stesse bene, la baciò sulla fronte, piangendo e se ne andò a casa senza dire altro. Non era riuscita neanche a guardare Will e aveva difficoltà a rimanere in piedi. Il padre la sorreggeva come fosse la sua gruccia.

Il ragazzo temeva che Aria avrebbe fatto qualcosa di folle se non gli fosse stato accanto. Non mangiava, né beveva. Fissava fuori dalla finestra, impassibile.

Il medico dopo un po' passò a visitarla e disse che dopo una notte di osservazione poteva essere dimessa. Will se ne rallegrò e decise di rimanerle accanto, sia per lei che per lui stesso. Non avrebbe potuto sopportare di tornare in quella casa da solo. Non riusciva a credere ancora.

Ogni tanto cercava di parlarle, ma lei non rispondeva. La gruccia per aiutarla ad alzarsi era vicino al letto ma Aria non intendeva muoversi dal letto, se ne stava lì, a fissare fuori, anche quando fece buio.

Un'ora prima avevano sentito il medico parlare con il padre di Aria. La porta era socchiusa ma alle loro orecchie giunse ogni singola parola. L'uomo che li aveva investiti era ubriaco, ed era sopravvissuto, se ne stava al secondo piano dell'ospedale con una fasciatura alla testa, un paio di costole incrinate e una gamba rotta.

Aria ascoltò impassibile. Will corse in bagno a vomitare.

Arrivate le undici di sera, il ragazzo crollò in un sonno irrequieto, era sfinito. Si addormentò con la guancia destra poggiata sul letto di Aria, di fianco alle sue braccia. La ragazza gli accarezzò la testa un paio di volte, poi si alzò lentamente. Sorreggendosi con la gruccia sgattaiolò fuori. Eluse le infermiere del piano e salì con l'ascensore. Il ginocchio le faceva terribilmente male, l'anca la faceva oscillare pericolosamente, ma se ne infischiò. La testa le girava, a tratti vedeva sfocato, ma si fece forza e proseguì. Gettò uno sguardo in ogni stanza. Le luci a neon del corridoio erano state abbassate per la notte. Solo in quel momento Aria si accorse di essere scalza. I suoi piedi nudi avanzavano incerti sulle mattonelle bianche e fredde, il suo corpo proiettava un'ombra misera che a tratti spariva completamente, inghiottita dal buio.

In una stanza trovò l'uomo. Lasciò cadere la gruccia a terra e si scagliò contro di lui. Iniziò a colpirlo senza sosta: pugni sulla testa, sul viso, sulle spalle, sul petto. L'uomo si contorse nel letto urlando per lo spavento e il dolore, ma lei non accennava a smettere, come se non si stancasse mai. Si teneva l'anca con la mano sinistra e continuava a picchiarlo con la destra. Il suo viso era inespressivo.

"No, basta, no" urlò l'uomo.

Nel corridoio si accesero le luci. Fu Will a entrare per primo nella stanza.

"Aria, fermati!" Il ragazzo la prese per le ascelle e la tirò indietro. Lei intanto continuava a scalciare, cercando di liberarsi.

"Aria, smettila ora. Smettila, smettila" disse Will in un urlo di disperazione.

Gli infermieri richiamati dal rumore entrarono a soccorrere l'uomo.

Aria rivolse lo sguardo a terra. Will la voltò verso di lui e lei non oppose resistenza.

La ragazza si abbandonò tra le sue braccia e lui la strinse forte a sé. Solo in quel momento si lasciarono andare alle lacrime, insieme. Aria singhiozzava in silenzio, chiedendosi perché fosse successo proprio a loro.

Dopo alcuni minuti, Will la prese in braccio e la portò giù in camera guardando dritto di fronte a sé. Nessuno ebbe il coraggio di fermarli o dire qualcosa. Aria era debole come non lo era mai stata e non si oppose a quel gesto. Aveva esaurito ogni energia.

La mattina seguente Henry, avvertito da una telefonata, piombò nella stanza di Aria, che era già vestita e pronta a tornare a casa. La ragazza e Will lo fissarono sospirando, le labbra serrate, gli occhi pieni della stessa tristezza. Si abbracciarono forte. La ragazza sparì tra i due amici. L'infermiera era venuta per accompagnare Aria fuori, com'era previsto dalle direttive dall'ospedale, ma vedendo la scena ritornò sui suoi passi. Commossa richiuse la stanza dietro di sé.

Nei mesi successivi Aria non era più uscita di casa. Stava attraversando la più grande crisi della sua vita. Non piangeva, né urlava, se ne stava semplicemente chiusa in camera sua a riflettere.

Will e Henry andavano insieme a trovarla e spesso si fermavano lì a dormire.

Aria aveva ripreso a dipingere, perciò lei e Will passavano così i pomeriggi, mentre Henry riempiva pagine e pagine di sudoku senza lamentarsi. Ogni tanto Aria osservava gli amici e si chiedeva quando si sarebbero ripresi, quando tutti loro ci sarebbero riusciti.

La ragazza si accorse che da dietro Will appariva simile a Dan, con quel collo lungo e le spalle magre. Ma a differenza di Dan, i capelli di Will erano lunghi fin sotto le orecchie e disordinati. Dan preferiva tenere un taglio molto corto, quasi rasato. Al solo pensarci lo stomaco le si chiuse. Il funerale di Dan era stato insostenibile per ognuno di loro. Avevano ancora le immagini della bara che scorreva di fronte ai loro occhi. La scuola inoltre era diventata un tormento. Sul banco del fratello di Will venivano posizionati sempre fiori freschi. I compagni di classe e non solo loro, piangevano in continuazione, e fissavano Will quanto passava nei corridoi. Henry in quei frangenti lo portava via.

Spesso i due ragazzi si ritrovavano sotto la tromba delle scale, in una piccola zona al buio che nessuno vedeva, a mangiare o parlare. Si nascondevano lì per togliersi dallo sguardo indiscreto degli altri.

Quando Henry era impegnato con i corsi pomeridiani avanzati, che seguiva per avere ottimi voti ed entrare in una prestigiosa università e poi insegnare, Will andava da solo da Aria. Portava con sé nuove tele, mentre ormai aveva lasciato da lei pennelli e altri strumenti. Sempre più spesso dormiva lì, per terra, perché la sua stanza gli procurava un'infinità di incubi insopportabili.

I due amici dipingevano con gli stessi colori, spesso immagini molto simili. Will amava questa sintonia.

Dopo un paio di mesi, Aria fu pronta a uscire. Aggrappata a Will e con la testa alta, avanzò per i corridoi della scuola. Nessuno le chiese niente, le diedero solo il bentornata. Aria riprese a parlare e a ridere come prima, apparentemente senza sforzo.

Will si chiese quale fosse stato il processo nella sua testa, quali terre avesse attraversato per poi tornare a essere se stessa. Ma alla fine si accorse che gli interessava solo che lei tornasse l'Aria di sempre. Sorrise nel vederla serena e anche lui ricominciò a vivere.

Tra di loro non parlarono mai della morte di Dan. Era un evento che nessuno di loro aveva superato nella maniera giusta. Metabolizzato forse, ma non superato in modo sano. Neanche dopo otto mesi.

Will e Aria erano sempre più inseparabili. Quel sentimento che era già presente tra loro, si era andato rafforzando. Un giorno lei gli prese la mano e lo baciò, lo fece in maniera naturale. Lui era rimasto sorpreso e Aria aveva riso nel vedere la sua reazione. Così Will l'aveva tirata di nuovo verso di lui e baciata con serietà, senza esitazione e senza lasciarla andare via. Poi aveva sorriso malizioso nell'osservare la sua reazione. Finalmente aveva vinto.

Henry soffriva, si era fatto da parte. Capiva di non potersi mettere fra i due amici, e poi desiderava solo che loro fossero felici. Rimase così relegato al suo ruolo di amico d'infanzia, tentando di rinunciare a lei.

I tre, quando venne l'estate, tornarono al parco. Passeggiarono lungo il sentiero, osservando le persone che, come al solito, si godevano quella pace.

Arrivati al punto in cui i fili d'erba erano più alti, Aria cercò di raggiungere il luogo in cui lei e Dan amavano sdraiarsi, ma Will la trattenne. Le stringeva con vigore la mano e lei, nonostante stesse bene con lui, si sentiva oppressa ogni giorno di più. Fissò quel punto nell'erba cercando di vedere il cuore di ogni cosa, di fare il punto della situazione e d'indagare nei suoi sentimenti, come prima non aveva fatto.

Mentre seguiva Will verso il tronco che Henry aveva già raggiunto, prese una decisione.

Aria fece scivolare fuori dalla tasca una catenina d'argento, con una piccola w, poi senza dire una parola la legò al collo di Will, che sorpreso non disse nulla. Il ragazzo prese il ciondolo tra le dita: "E questa?" disse sorridente. Era il primo regalo che Aria gli faceva come sua ragazza.

"È per il tuo compleanno" disse lei abbassando gli occhi.

"Ma è la prossima settimana" commentò il ragazzo. "Comunque grazie. È bellissima" aggiunse.

Aria si staccò dal suo abbraccio e camminò verso il prato. Will capì che c'era qualcosa che non quadrava. La seguì distante. La ragazza scivolò tra gli alti fili d'erba, lasciando scorrere il palmo sulle loro punte agitate.

Nel frattempo si era alzato un vento sostenuto che sembrava smuovere ogni cosa, anche le coscienze. Aria si voltò verso Will, sapeva che era dietro di lei. Il ragazzo si era fermato poco prima dell'inizio del prato, come se quella zona non potesse attraversarla, come se non gli fosse permesso.

"Aria, stai…" stava per dire Will.

"Hai sentito parlare dell'altro mondo?" chiese la ragazza.

Will la guardò senza capire, inizialmente. "Sì, certo. Lo sanno tutti. Molti stanno partendo".

Aria gli lasciò la mano: "Voglio andare anch'io. Ne ho parlato con mia madre e mia nonna e…"

"No! Sei impazzita?" disse Will sorpreso. "In quel posto dimenticherai ogni cosa".

"Inizierò una nuova vita", sorrise lievemente.

"Quella non è una vita, è un inferno. Dimenticherai tutto, anche…"

"Sì, anche Dan", si voltò verso Henry che si era appena seduto.

"Come puoi?" la voce perdeva man mano la sua energia, le parole uscirono come un suono distorto.

"Voglio. Partirò domani" disse cercando di controllare la voce. Gli occhi erano pieni di lacrime, non voleva lasciare Will lì, ma il resto era troppo pesante da sopportare: il senso di colpa, la paura.

"È per colpa mia che lo fai?" chiese allungando debolmente le braccia lungo i fianchi.

Lei lo guardò dritto negli occhi. "No".

"Ti senti in colpa, è così? Ma dobbiamo andare avanti. Dan non vorrebbe…"

"Basta. È così e basta. Non sei tu, sono io. Non nominare Dan, lascia stare, per favore. Lasciami andare via, ne ho bisogno" disse tutto d'un fiato, poi si avvicinò a Will e premette le labbra contro le sue, a occhi chiusi, con tristezza. Entrambi sentirono il sapore salato di quel bacio.

Will vacillò ma non voleva cedere, "non serve a nulla scappare, ogni cosa va affrontata, possiamo farlo, come abbiamo fatto in questi mesi, insieme. Io capisco come…"

"Basta, Will, ti prego", disse con un sorriso amaro, le lacrime che facevano capolino ai lati degli occhi azzurri. Si guardarono per un lungo istante. Will sembrava cercare le parole, confuso e ferito.

Aria dopo aver tentennato lo lasciò lì e si allontanò a passo veloce.

"Ma io ti amo!" urlò sperando di fermarla, non aveva altre parole che quelle.

Lei esitò solo per un breve momento, ma non arrestò il suo cammino, incrociò anche Henry ma chiuse gli occhi per non affrontarlo. Henry aveva capito la gravità della situazione e sembrava che stesse già cercando una soluzione. Guardò Will, poi le spalle di Aria sparire tra gli alberi.

Un vento forte prese a tirare, agitando i lunghi fili d'erba che erano rimasti alle loro spalle, unici testimoni di quella rottura.

**

"Sei quasi arrivato, Will".

Il ragazzo si svegliò come da un lungo sonno. Era seduto a terra e aveva rivissuto ogni momento della morte di suo fratello, senza volerlo.

"Dove diavolo è finita Aria?" chiese alzandosi.

"Fa un altro giro nei suoi ricordi. Come hai fatto te, fratellino". Dan era accanto a lui.

"Sei qui allora".

"No, sono qui solo perché ce l'avete fatta, finalmente. Posso accompagnarvi all'uscita".

"Non penso di esserci riuscito", si tastò la testa. "Scusami Dan".

"E di cosa?"

Gli occhi di Will erano profondamente tristi: "Quel giorno io e te…"

**

"Oggi non verrai alla mostra" disse Dan chiudendo la porta.

Will si stava infilando le scarpe: "Che?"

"Hai capito. È ora che ti distanzi un po' da Aria".

"Che c'è? Sei geloso?" disse Will per provocarlo.

"Non ti azzardare".

"Che ti prende? Datti una calmata", si alzò in piedi.

"No, tu stai a casa. Non dirò altro".

"Non mi puoi impedire di venire".

"Certo che posso, ti chiudo dentro".

Will lo spintonò senza spostarlo più di tanto. "La metti così? Allora ti dirò come la penso. Tu sai benissimo che Aria mi piace, da sempre. Non è così?"

"Sono tuo fratello e non sono stupido".

"Bene" disse Will stringendo le mani sui fianchi.

"Bene cosa?"

"Bene. Smetterò di trattenermi. Te la soffierò, così la smetterai di sentirti sempre il migliore tra di noi. Ti dimostrerò che preferisce me".

"Oh, ma sentilo. Sicuro il ragazzino".

"Mi sono sempre fatto da parte, per te. Ma tu mi attacchi. Non mi puoi cancellare dalla sua vita, o impedire di vederla, questo non te lo permetto.

Non credevo che avessi così paura".

"Che cosa?" Dan avanzò di un passo.

"Hai sentito bene. Paura. Hai paura che lei scelga me?"

"Ma vai al diavolo" disse spingendolo contro la parete.

"Vacci tu" urlò Will.

Dan uscì sbattendo la porta. Will si portò dietro l'orecchio i capelli e prese fiato. Scagliò a terra la tela che era in un angolo, ancora incompleta. Poi poggiò gli occhi sull'ultima dipinta dal fratello, le tonalità nere e grigie vorticavano insieme, inghiottendo la tela.

"Sì, ero insicuro. Molto insicuro. E non ti dovevo minacciare" disse Dan pentito.

"Sono stato un cretino. Quelle sono state le nostre ultime…" si stropicciò il viso, stanco.

"Sì, fratellino lo so. Ma abbiamo avuto un'altra occasione e poi lo sai che ti voglio bene".

Stavolta Will non lo sgridò, ma sorrise.

"Beh. Nessun lamento per la sdolcinatezza?"

"Oggi no. Te lo concedo".

"Sai, avevo paura quel giorno. Perché c'era un fondo di verità in quello che mi hai detto. Lei provava qualcosa per te e io non lo volevo accettare. A lungo andare chissà le cose come sarebbero andate?"

"Non dire cretinate. Ha sempre avuto occhi solo per te", Will sbuffò.

"Sai che non è vero, altrimenti non avresti lottato. Tu sei sempre stato un tipo pigro. Ma per le battaglie giuste hai sempre dato tutto te stesso. E quella era una giusta battaglia che forse avresti vinto, un giorno o l'altro".

Will sospirò, senza dire nulla.

"Smettetela di sentirvi in colpa. Io starò bene. Mi prometti che combatterai ancora?"

Lui lo guardò con profonda indecisione.

"Approvo al 100%" disse con un sorriso.

Will annuì. "Non dipende solo da me" aggiunse poi. Dan si limitò a sorridere.

"Andiamo ora. Aria è pronta".

Will scattò in avanti: "Sai dov'è?"

"Sì, la sto raggiungendo".

"Sei in due posti… oddio", scosse la testa confuso.

Dan rise. "Sì, sono in due posti contemporaneamente. È una forza".

"Aria ha lasciato andare il suo incubo. Non so come faremo a tornare indietro", ricordò Will. Dopo tutto quel trambusto gli era completamente sfuggito.

"Tranquillo".

Will pensò a lei e dimenticò il problema del ritorno.

"Andrà come deve andare", sospirò Will.

Dan sorrise come se già sapesse cosa stesse per succedere, cercò di stringergli la spalla ma sapeva di non potere, così fermò la mano solo a qualche centimetro. Will sorrise tristemente e restò di fianco al fratello. Era così alto, persino lì.

Prima di andare Dan disse: "Trovare la chiave e usarla è una sfida più complessa di quello che sembra. Dovrà fare molto di più".

"Che intendi?"

Dan si guardò intorno, come se avesse paura che qualcuno li ascoltasse: "La vecchia donna, cerca di fuggire da lì".

"La vecchia donna?" chiese Will non capendo bene.

"C'è una vecchia donna nella terra che collega questa realtà alla vera. È intrappolata ed è lei l'artefice di tutto questo. Ha stretto un patto con i Cinque. Ascoltami, se dovesse cercare di stringere un patto con Aria, impedisciglielo e scappate" disse con un tono serio.

"Che cosa? Perché, cosa potrebbe succedere?"

"Non... non riesco a dirlo" rispose Dan tastandosi le labbra con angoscia.

"Potrebbe rimanere intrappolata?"

Dan annuì, ringraziando per la perspicacia del fratello.

"E tu non potresti far nulla".

"Ho capito" disse Will deciso.

"Bene. Siamo arrivati. Dopo questa stanza c'è il risveglio".

"E Aria?"

"Ognuno dovrà fare il grande passo per sé".

Will lo guardò con preoccupazione.

"Stai tranquillo, lei si sveglierà, non ha bisogno che di se stessa per riuscirci".

Il ragazzo guardò con profonda commozione suo fratello.

"Lo so, fratellino, lo so. Ti voglio bene anch'io" disse sorridendo.

Will, dopo un ultimo sguardo, prese fiato e serrò le labbra, pronto a oltrepassare l'ultimo muro.

***

Rannicchiata in un angolo, con la campanula in mano, Aria ripensò a ogni momento di quei lunghi otto mesi, riempiendosi di sentimenti contrastanti: sofferenza, angoscia ma anche amore.

"Beh?" disse Dan dal centro della stanza.

Aria non poteva crederci, era proprio lui, in carne e ossa, o almeno così sembrava. Si alzò e si avvicinò a lui esitando.

"Rimani lì" disse lui. Lei sospirò.

"Insomma, ti sei decisa ad andare via di qui?" chiese con un sorriso. "Sei una gran testarda, fattelo dire", la prese in giro il ragazzo, poi scoppiò a ridere guardando l'espressione mezza arrabbiata di Aria, che dopo un attimo si sciolse in lacrime.

"No, no, che combini ora?" chiese lui con dolcezza. "Will ti sta aspettando oltre queste pareti. È ora che tu lo raggiunga. Ti ha aspettato tanto".

Aria smise di piangere e lo fissò interrogativa.

"Mi hai sentito. È ora che tu vada avanti".

"Ma…"

"Ascoltami, senza interrompere".

"Sei tu lo scemo che m'interrompe sempre".

"Ecco la mia Aria" disse ridendo.

"Scusa. Dicevi?" chiese con un po' d'imbarazzo.

"Tra te e Will c'è sempre stato qualcosa".

"Che diavolo dici?"

"Non ti arrabbiare e non negarlo. Io me ne ero fatto una ragione. Non ricordi? Il giorno del parco l'ho capito. Abbiamo litigato come non avevamo fatto mai prima di quel momento".

***

"Ti piace mio fratello? Ammettilo forza", incrociò le braccia, arrabbiato.

"Che diavolo dici?" rispose Aria.

"Sei rimasta imbambolata di fronte a lui e mi pare tu te la sia presa troppo quando ci ha scoperto. Alla fine chi se ne frega".

"Chi se ne frega? È tuo fratello, è un mio amico. È stato imbarazzante".

"Tutto qui?" fece un passo avanti.

"Ma certo… non fare il cretino".

"Non credo sia tutto, io vi vedo", sospirò e si avvicinò con passo stanco.

"Che?"

"Senti, lascia perdere… torno di là, tu fai come ti pare".

"Cretino!" urlò lei.

Dan camminò verso gli altri, ma si fermò a una decina di metri di distanza, con le braccia sui fianchi. Cercava di riprendere fiato e ritrovare la calma, per tornare la persona di sempre, il tranquillo, scanzonato Dan, quello che vede solo giornate piene di sole. Essere così arrabbiato non gli si addiceva. Aria si fermò a qualche metro da lui e attese che lui riprendesse a camminare, era furiosa ed era stata punta sul vivo. Sentiva conficcato nel petto uno spillo che le dava tremendamente fastidio, ma non ne capiva l'origine. Sapeva solo quanto l'avesse irritata che Will li avesse visti.

***

"Tu non avevi capito quel disagio che provavi, ma io sì. Vedevate il mondo con gli stessi occhi. I vostri dipinti erano così simili, usavate persino i colori nella stessa maniera. A volte vedendo i vostri quadri vicini mi sentivo abbattuto. Tu poi provavi una certa esitazione quando c'era lui nei paraggi. Mi sono reso sempre più conto che…" sospirò, "la sintonia con lui era più forte di quanto non fosse mai stata con me".

"No, non è vero. Io ti amavo" disse Aria avanzando arrabbiata.

"Ecco. Ora provi solo colpa perché non ami più me".

"Io ti amerò sempre".

"Lo so, ma è ora che tu vada avanti. Andiamo forza", le porse la mano ma sapeva che lei non avrebbe mai potuto toccarla. Lei allungò la sua con un sospiro, la tenne a un centimetro da quella di Dan. Le dita si sfioravano solamente ed entrambi immaginarono la sensazione, come se in realtà stessero stringendo le mani. Poi insieme attraversarono il primo muro, lasciando la campanula a terra.

La ragazza sospirò e proseguirono.

Arrivarono alla quarta stanza senza nessuna difficoltà, niente era in grado di bloccare il cammino di Aria quando era decisa. Guardava dritta davanti a sé.

"Ci siamo. Sei pronta?"

Lei annuì, si voltò verso Dan e prese fiato.

"Will si sarà già svegliato. Cerca di trattarlo bene".

Lei abbozzò un sorriso: "Non ti dimenticherò mai. Te lo giuro".

Dan sorrise toccandosi la testa quasi rasata: "Lo so".

Aria si mise in punta di piedi e circondò il suo collo con le braccia, sfiorando con la guancia le sue spalle. Rimasero così a occhi chiusi, senza potersi toccare. Eppure Aria riusciva a percepire il suo calore, il suo respiro. Ricordava il ritmo del suo battito.

Dan avrebbe tanto voluto trattenerla lì con lui, ma non poteva, non era la vita che voleva per lei.

"Grazie Aria" sussurrò.

Lei si staccò lentamente, con le lacrime agli occhi.

"Sei una piagnucolona quando ti ci metti" commentò lui ridacchiando.

"Cretino!" Aria tirò su con il naso senza guardarlo in viso: "Ci rivedremo".

"Ti aspetterò dipingendo" rispose lui sereno.

La ragazza sorrise e annuì. Poi fece un passo avanti. Senza più voltarsi Aria sorpassò il muro.

Capitolo 15

Stranamente la ragazza non si svegliò. Dan non aveva dubbi, pensava che ce l'avrebbe fatta e invece dormiva ancora. Aria si guardò intorno spaventata. La luce era più intensa di qualsiasi cosa avesse mai visto prima e le impediva di vedere bene, ma lo riconobbe comunque.

"Cosa ci faccio nel giardino degli aranci? Will!"

Nessuna risposta.

Si concentrò sui suoni che la colpirono improvvisamente, saturando l'aria. Il battito del cuore si faceva sempre più forte e più intenso. Sentì un chiacchiericcio indistinto. Camminò lungo il sentiero, c'era un'ombra di un individuo di bassa statura accanto a un albero. Se ne stava immobile sotto una pioggia di foglie. Lei rabbrividì inconsciamente, ma la ignorò. "Will!" Il cuore batteva sempre più forte. *Se si fosse perso e non riuscisse a tornare?* Pensava solo a lui e a come uscire di lì. Dopo aver parlato con Dan il suo cuore si era fatto più leggero, non c'era più quella patina scura a coprirlo, era libera. Eppure non riusciva a svegliarsi.

Poi le vide, le ombre di altre persone avanzavano tra gli alberi. Corse verso di loro. Accostati a un tronco vi erano un bambino biondo, una donna dai lunghi capelli castani e tre uomini di diverse età, che stavano litigando. Aria si avvicinò.

"Cerchiamo da questa parte" disse l'uomo sui cinquanta. La ragazza non riusciva a scorgerne i lineamenti. Rimase catturata da un raggio di luce che quegli uomini non sembravano vedere e si incamminò verso la fonte cercando di non farsi vedere. Il battito si intensificava a ogni passo.

Al centro del giardino, lontano da quegli sconosciuti, la piccola ombra sembrava fissarla dal prato. Era sicuramente una persona di piccola statura, ne era sempre più certa. Guardò meglio e vide una vecchia donna ricurva, che si muoveva a fatica, forse non era neanche lì e quello ne era solo il riflesso. La donna sembrava fosse padrona di quel luogo e che ne reclamasse ogni centimetro. Se ne stava lì a osservare, comparendo e scomparendo nei suoi incubi. Quante volte l'aveva notata? Non riusciva a ricordarlo.

Nonostante il brivido che le provocava la sua vista, Aria se ne disinteressò e procedette verso l'albero, ma dopo pochi passi la luce si spense, l'ombra sparì e il battito cessò. Si nascose dietro un tronco, il battito riprese, ancora più forte, riempiva l'aria con tale potenza che quasi le impediva di sentire le voci degli uomini. Le sembrava di non riuscire a respirare, come se quel battito si stesse insinuando nel suo corpo prendendo il controllo. L'ondata di panico che seguì la fece vacillare. Per questo non si accorse di aver rotto un ramo che era a terra, proprio accanto a una radice. Tutti si girarono all'unisono a guardarla.

"Tu chi diavolo sei? Come hai fatto a entrare qui?" chiese l'uomo più anziano. Gli occhi erano due fessure scure e cattive. Aria capì quanto fossero impauriti. Gli altri si guardavano intorno come se si aspettassero che qualcuno li venisse a prelevare da un momento all'altro.

"Rispondi ragazza" disse il bambino biondo che non doveva avere più di dodici anni.

Aria ritrovò il suo controllo, quella sensazione di oppressione svanì. "Voi chi diavolo siete. Io sto cercando l'uscita di questo posto" disse Aria. "Che state cercando?"

Le cinque persone si guardarono tra loro, indecisi se fidarsi.

"Se è riuscita a entrare forse sa qualcosa, chiedi" disse uno degli uomini spingendo la donna. E visto che nessuno parlava prese lei stessa la parola: "Stiamo cercando la chiave. Deve essere qui, nel giardino degli aranci, ma è sorvegliato ogni momento del giorno, come sai, e non ci è possibile rimanere più di qualche minuto".

Aria era rimasta senza parole, guardò le persone e capì che non provenivano dal suo mondo, non di certo, non vestiti in quella maniera. In quel momento sentì il palmo della mano bruciarle, le biglie erano tornate al loro posto, il pavimento si aprì sotto i suoi piedi e la scena scomparve.

Quando si svegliò sentì un gran freddo, gli arti del corpo erano intorpiditi.

"Aria, finalmente" disse Will.

La ragazza era sollevata alla sua vista, ma non disse nulla, si fece aiutare ad alzarsi, stava in piedi a fatica. Poi guardò Will e gli diede un sonoro schiaffo lì dove già gliene aveva dato uno, in quell'altra vita.

"Ahi, ma che ti prende?" urlò lui.

"Che mi prende? Che cosa ti è saltato in mente? Non dovevi venirmi dietro, imbecille" urlò.

"Grazie tante. La solita gentilezza". Will sapeva che anche lei ricordava tutto, sperava che dopo il chiarimento con Dan le cose sarebbero tornate quelle di sempre. L'esser riusciti a svegliarsi presupponeva che ognuno di loro avesse superato la morte di Dan, che fossero pronti a ricominciare.

Will mise il broncio e sospirò, incrociò le braccia al petto come a proteggersi. Era così deluso. Si era immaginato la scena in altri mille modi diversi, ma non in quello.

Aria si avvicinò lentamente e, senza che lui se lo aspettasse minimamente, lo abbracciò.

"Sono contenta che tu stia bene" sussurrò lei in imbarazzo. Poggiò la fronte sul suo collo pallido, mentre Will, ancora sorpreso, sciolse le braccia e l'abbracciò strettissima. Chiuse gli occhi respirando il suo profumo. Era tanto che non stavano l'uno nelle braccia dell'altro!

Aria si staccò e lui a malincuore la lasciò andare, ora avrebbero dovuto affrontare la situazione in cui si trovavano.

"Che diavolo di posto è questo?" Aria finalmente se ne accorse. Era stata talmente preoccupata e poi sollevata alla vista di Will, da dimenticarsi completamente tutto il resto. "Dov'è Henry?"

"Io non lo so. Quando mi sono svegliato, ero sdraiato sul tuo letto, ma il letto era in questa stanza".

La ragazza si guardò intorno. La stanza rettangolare era ampia e aveva dei soffitti altissimi, pareti di marmo che trattenevano il freddo, pavimento con mattonelle bianche lucide, talmente lucide che ci si poteva specchiare. E non c'era altro, nessuna finestra, solo il letto al centro. Sembrava la stanza di un edificio moderno abbandonato. Non sapeva perché ma le dava quell'impressione.

Camminò qualche passo e si scontrò con un muro di vetro spesso. Cadde all'indietro ma Will la sorresse. Aria strinse più forte le sue biglie e si ricordò di averle, le osservò come fossero una parte del suo corpo, erano calde e sempre identiche a come le ricordava. Ai piedi ritrovò il solito procione.

"Che diavolo..." disse la ragazza.

"Dimenticavo di dirti che siamo circondati da questa parete di vetro. È talmente trasparente che non ci si accorge neanche della sua esistenza" sbuffò lui. "Prima ho dato una testata e ho capito" aggiunse ridendo.

Aria ci si gettò contro e poggiò una mano alla ricerca di un'uscita, cercando di mantenere la calma, ma le gambe ancora non si muovevano al suo comando. I jeans non la riscaldavano abbastanza e le sembrava che il sangue non riuscisse a circolare bene.

"L'ho tastata centimetro per centimetro, c'è una porta su un lato, la noti? Le pareti di vetro aderiscono solo in quel punto con la stanza che vedi. C'è una porticina, eppure non può essere raggiunta, perché è staccata da questa, c'è un piccolo atrio prima di questa gabbia di vetro".

"Siamo intrappolati in una stanza di vetro?" cercò di parlare con calma lei.

"Esatto" disse Will, "e non è tutto".

"C'è dell'altro?" Aria notò il serpente che era a terra e gli circondava i piedi. Era così tanto tempo che non lo vedeva apparire.

"E quello?"

"Non possiamo manipolare i nuovi incubi. Devono essere queste pareti", le indicò. Si strofinò la fronte con un palmo della mano e Aria capì quanto fosse preoccupato.

"Chissà cosa diavolo hanno fatto a Henry?" disse lui quasi tra sé e sé.

"Ci hanno prelevato e gettato in questo posto, ma a che scopo?" per un attimo sentì la mente offuscata.

Will la guardò intensamente: "Non si è ancora fatto vedere nessuno, ma lo sai".

"Sono i Cinque, non è così?" Aveva gli occhi pieni di stupore, eppure lo sapeva benissimo che prima o poi l'avrebbero catturata. Aria si aggrappò alla sua felpa: "Ascoltami, so dov'è" sussurrò.

Will era felice e preoccupato allo stesso tempo per questa notizia: "Beh, ovviamente non lo sai, chiaro?"

"Chiaro" disse guardando da un'altra parte ma pensando a tutt'altro.

"Dobbiamo uscire di qui" disse Will, "e anche velocemente". Si iniziò a innervosire e ricordò le parole di Isaac solo in quel momento. Era stato talmente preso a riportare Aria indietro, ad affrontare i ricordi e la morte di Dan da essersene dimenticato. Si sentì stupido per questo. Voltò le spalle alla ragazza e rimase con le mani sui fianchi per alcuni lunghi istanti. I serpenti sembravano essere più pesanti del solito, le braccia gli facevano male e provava tutto il peso di quella situazione che gli gravava sulle spalle schiacciandolo pian piano. E lui non poteva fare altro che assistere.

"Che cos'hai?" chiese Aria scrutandolo con attenzione, a lei non poteva nascondere niente.

Will sospirò: "Il tempo per trovare ciò che ci serve è limitato". Ormai non poteva più tacere, lei doveva sapere a cosa andava incontro.

"Limitato" ripeté Aria tastandosi il mento. "Che succede allo scadere?"

Il ragazzo sospirò di nuovo: "La chiave sparirà".

"Ok".

"Insieme a te", Will prese fiato.

Aria era impassibile: "Bene".

I due si sedettero sul letto.

"Che ti prende ora?"

"Siediti anche tu" disse calma lei.

"Sei impazzita?"

"Stai tranquillo, arriveranno molto presto. Il tempo scade anche per loro".

Will si sedette: "Hai ragione. Anche loro vogliono qualcosa, si faranno vedere".

"E contratteremo".

"Sai che quelli non sono tipi da contrattazioni".

"So cosa vogliono", indicò il procione, "e se lo vogliono devo cederlo io di mia spontanea volontà, non potranno prenderselo. Altrimenti l'avrebbero già fatto".

"È così", si sentì stupido per il fatto di non riuscire a ragionare a mente lucida, ma aveva una sola frase in mente: *Sa dov'è. Quale sacrificio richiederà?* Non le aveva detto tutta la verità. Ciò che Dan gli aveva confessato era forse troppo per quel momento. Ci avrebbero pensato a tempo debito. Probabilmente sarebbero riusciti a evitare quella vecchia e a oltrepassare la porta senza essere fermati. Ma tutti gli altri? Dovevano trovare il modo per mettere fine a quella realtà per liberare ogni persona, eppure non avevano la minima idea di come fare, almeno non lui. Forse Aria sapeva più di quanto sembrasse!

"Troveremo ciò che ci serve, poi capiremo il da farsi" disse sicuro. Aveva visto la ragazza contorcere una mano nell'altra, muovendo le biglie, era più agitata di quanto non facesse vedere, ma voleva fare la dura, come al suo solito. Will poggiò la sua mano sulle sue e lei si calmò.

Aria come poteva fare i conti con ciò che aveva scoperto? In quel posto non era il caso di parlarne.

Lei era convinta che i Cinque ignorassero completamente quell'informazione. Avrebbe quindi potuto utilizzarla a suo vantaggio, al momento giusto.

Quelle persone... pensò Aria. Poi sentì la mano calda di Will riportarla in quella stanza, cercare di infonderle la sua forza e di farle capire che lui non sarebbe andato da nessuna parte. Ma lei lo sapeva già.

Improvvisamente la porta sul lato destro della stanza di vetro si aprì con un fragore. Aria e Will scattarono in piedi, mettendosi sulla difensiva. Aria strinse le biglie e si mostrò calma. Lo stesso Will, era ciò che avevano deciso silenziosamente.

L'apparente tranquillità vacillò però alla vista di Henry. L'uomo baffuto, che pareva facesse anche il lavoro sporco, lo spinse nella stanzetta attigua e Henry sbatté con le spalle contro il vetro che lo separava da Aria e Will.

Henry appariva esausto. Gli avevano legato le mani dietro la schiena con un filo argenteo che sembrava duro come il ferro, visti i segni che gli stava lasciando sulla pelle.

Aria fece un passo avanti ma rimase a fissare un punto fuori dalla porta.

Will corse al vetro e si inginocchiò dov'era l'amico. "Henry!" batté un paio di colpi e lui aprì gli occhi, annuì lievemente. Aveva un grande livido sulla fronte e i capelli spettinati, come se qualcuno li avesse afferrati con forza. Era stato sicuramente percosso.

Will era furioso, fece qualche passo indietro, tornando al fianco di Aria. Il ragazzo si accorse che il suo sguardo superava l'uomo baffuto, in attesa di qualcosa.

I Cinque fecero il loro ingresso come se fluttuassero a centimetri da terra. I loro movimenti fluidi li facevano apparire più simili a fantasmi che a esseri umani. Scivolarono vicino al vetro. Aria notò che era impossibile osservare i loro visi. Nessun centimetro di pelle risultava scoperto.

"Benvenuti, signori" disse Aria con grande sicurezza, come se stesse invitando degli ospiti a entrare in casa sua.

I Cinque si guardarono sorpresi. Will lo era quanto loro.

"Aria e Will" disse quello con il mantello rosso.

"I Cinque Sacerdoti" disse Aria con un sorriso sprezzante, ignorando Henry che cercava di alzarsi in piedi senza riuscirci.

I Cinque sembravano osservare i loro incubi, ma non era facile a dirsi perché i loro occhi erano nascosti dal mantello, solo attraverso l'inclinazione della testa era possibile immaginare vagamente la loro direzione. Uno fece un passo avanti e scrutò la ragazza attentamente. Lei si sentì gelare ma non tentennò.

Aria prese la parola prima che lo facessero gli altri: "Allora, signori, andiamo al dunque. Se siamo qui, chiaramente avete capito che la chiave o il sigillo è nascosto nei miei incubi. Voi volete questo", indicò il procione, "e io potrei anche darvelo".

Che stai facendo? sembrava urlare il viso di Will, ma il ragazzo non disse una parola, rimase al suo fianco in silenzio, aveva piena fiducia in lei.

I Cinque si guardarono perplessi. "Il tuo amico in cambio di quello" disse il Sacerdote con il mantello giallo.

"Non cedo ai ricatti" rispose tranquilla lei, poi sorrise, "non c'era bisogno di tutto questo", indicò la stanza, "voi avete una paura folle e il tempo stringe".

"Stai zitta ragazzina. Come ti permetti di parlarmi così" disse quello con il mantello blu, facendosi avanti.

Aria continuò come se nessuno l'avesse interrotta: "E io morirò presto insieme al sigillo".

Gli altri si guardarono di nuovo. "Sì, lo so. Io so tutto". Si sedette tranquilla sul letto e poggiò la caviglia sul ginocchio dell'altra gamba, poi iniziò a far oscillare il piede in aria, come se stesse ascoltando una musica invisibile, con molta calma.

Aria parlò prima che il Sacerdote nervoso aprisse bocca. Gli altri erano abbastanza storditi e non sapevano ancora bene come reagire.

"Potrei darvelo, certo. Ma ho qualcosa di meglio".

Will era irrequieto, spostò il peso da un piede all'altro e incrociò le braccia come se fosse a conoscenza di ogni cosa. Sperò che stesse bluffando.

Aria sapeva di avere il coltello dalla parte del manico.

"Di questo non avete bisogno. Perché io so dov'è nascosto il sigillo. E se volete posso portarvi lì".

I Cinque restarono senza parole, valutarono quelle della ragazza con grande attenzione, ponderando bene le possibilità.

Will si era voltato di scatto, altrettanto stupito. *Che diavolo ha in mente?*

"Perché lo saprete anche voi, si nasconde nell'incubo di qualcuno, ma il sigillo, o la chiave, non è estraibile da lì. L'incubo dà solo le indicazioni, la mappa al possessore per trovare dov'è realmente nascosto. E io quella mappa ce l'ho ben stampata in mente" disse lei indicandosi la fronte.

"Dicci dov'è e vi lasceremo andare. Tu e i tuoi amici potrete tornarvene a casa". Il Sacerdote dal mantello rosso era quello più calmo e riflessivo, notò Aria.

La ragazza ridacchiò e si alzò in piedi: "Poveri voi. Ciò che la vecchia non vi ha detto è che avete bisogno di me per estrarlo. Non avete il potere di farlo da soli", scosse la testa divertita, "lo avrete capito anche voi ormai. Quella donna è furba, molto più di tutti noi" disse fermandosi a pochi passi da loro con le mani sui fianchi.

"Conosce la vecchia" disse uno.

"Stai zitto" bofonchiò l'altro.

I Cinque erano in confusione.

"Non l'ascoltate, mente!" disse il Sacerdote agitato, le mani guantate strette a pugno.

"Non abbiamo bisogno di te, basta il tuo incubo, quello aprirà ogni porta".

"È solo una mappa, imbecilli. Quante volte ve lo dovrò ripetere?"

"Ragazzina!" Uno si scagliò contro il vetro. Aria incrociò le braccia sorridendo.

"Ve lo ripeto di nuovo. Voi vi aspettavate che lavorando sull'incubo sarebbe saltato fuori di colpo il luogo in cui è nascosto, e poi? Pensavate di andare lì con l'incubo ed estrarlo in qualche maniera. Ma la vecchia vi ha preso in giro, solo io posso farlo, me l'ha chiaramente detto".

Will non capiva se stesse bluffando. Riusciva a tenere testa ai Cinque che si guardavano sperduti.

"Metti caso che tu abbia ragione. Quale sarebbe la tua idea?" Il Primo Sacerdote apprezzava l'aggressività della ragazzina e voleva starla ad ascoltare.

"Andiamo lì, tiro fuori il sigillo, ve lo lascio e io me ne torno a casa con i miei amici. Tutto qui".

Will sapeva che quelle non erano le sue intenzioni. Ma come avrebbe fatto a stappare la chiave se i Cinque erano lì a controllarla?

Dietro i Cinque, proprio dietro la soglia, c'era un'altra figura, ad Aria dava coraggio vederla lì.

Il ragazzo fece qualche passo in avanti: "Signori. Temo abbia ragione, forse dovreste ascoltare".

"E tu chi diavolo sei?" chiese il Secondo.

L'uomo baffuto lasciò Henry e si avvicinò al ragazzo: "Si chiama Isaac, è uno dei miei collaboratori più brillanti".

"Verrò con voi" disse sicuro, poi fece un mezzo inchino, "se me lo permetterete. Così controllerò i movimenti della ragazzina e lo stato dell'incubo, non si sa mai cosa la predestinata possa farne".

I Cinque sembrarono riflettere. Aria guardò Isaac come se non l'avesse mai visto. Lo stesso fece Will, affiancandola.

"Dobbiamo. Il tempo è quasi scaduto" disse il Secondo a bassissima voce.

"E va bene. Forza". Il Primo con un gesto fece sparire le vetrate.

L'uomo baffuto, intanto, fece alzare Henry: "Portiamo anche lui per sicurezza".

Isaac legò le braccia di Aria dietro la schiena e la spinse brutalmente verso la porta. Will fece un passo avanti ma si trattenne. Un altro uomo era venuto per lui.

"Andremo in pochi, per non attirare l'attenzione" disse il Primo, poi osservò in silenzio Will, il Secondo, come se lo leggesse nel pensiero, si accostò a lui e sussurrò, "non vi ricorda qualcuno?" Gli altri non risposero.

Appena messo piede fuori dall'edificio principale, Aria rimase a bocca aperta nell'osservare per la prima volta la centrale. Gli edifici erano grossi palazzoni rettangolari, molto simili a quelli della sua vera città. I vetri rispecchiavano i flebili raggi del sole. Doveva essere mattina.

"Forse siamo stati addormentati solo per una notte", ad Aria era sembrato molto di più.

"Dov'è?" chiese impaziente il Secondo.

"Seguite me" disse Aria trascinandosi il procione e stringendo la mano a pugno. *I Cinque si saranno accorti che ho alcuni incubi manipolati? E perché non mi sono stati tolti?*

Will pensava alla stessa cosa. Tirò bene le maniche sui polsi, dimenticandosi dell'incubo che si trascinava dietro.

Forse... rifletté stringendo le biglie.

Isaac la spingeva in avanti e ogni tanto le stringeva le mani bene a pugno, ricordandole di nascondere gli incubi che aveva con sé. I lunghi capelli biondi spesso gli cadevano sul collo facendole il solletico. *Sarà stato lui*, pensò Aria senza voltarsi a guardarlo.

Decisero di procedere a piedi. Le strade erano sgombre, la nebbia ai suoi massimi livelli e la giornata non era ancora iniziata. Nessuno li avrebbe visti passare. Aria non protestò, il giardino degli aranci era vicino. Quasi riusciva a sentire l'odore degli alberi. Più si avvicinava a quel luogo e più si agitava, non sapendo ancora cosa avrebbe fatto. Aveva deciso di improvvisare.

I Cinque ansimavano rumorosamente dietro di lei, mettendole ancora più fretta. Sembrava che non fossero abituati a spostarsi. Per quanto tempo erano stati chiusi nel loro palazzo? Non ricordava nessuna loro apparizione pubblica esterna a quell'edificio, nessuna recente almeno. Cercò di immaginarsi cosa si nascondesse sotto quei mantelli, ma non ci riuscì. Cosa gli aveva fatto la vecchia? Quando l'aveva nominata, i Cinque, come si aspettava, erano trasaliti. Cosa avrà richiesto loro in cambio? Per far crollare quel mondo non bisognava far fuori i Sacerdoti, ma andare direttamente alla fonte. Forse una volta avuta la chiave ne avrebbe avuto la possibilità!

Will era pochi passi dietro di lei, spinto da un uomo tre volte più alto di lui. Il ragazzo le sorrise facendole capire di non preoccuparsi, eppure il suo passo era debole, lo sguardo leggermente appannato. Era la presenza dell'incubo a rallentarlo, anche lui, forse più di Aria, non riusciva a sopportarne il peso nella forma grezza. Ed era forse la completa consapevolezza a farlo percepire come qualcosa di innaturale. Ancora più una parte di loro stessi, staccata.

La leggera pendenza era iniziata già da qualche metro.

Aria si sentiva stanca, non le sembrava di dormire da giorni, eppure qualcosa le dava la carica: la vicinanza alla soluzione di quel mistero. L'adrenalina anche, e il suo incubo non manipolato. Non era più abituata ad averlo con sé sotto quella forma... ormai innaturale. Le dava una strana sensazione.

Forse quell'incubo grezzo, nelle mani dei Cinque, avrebbe permesso di estrarre il sigillo, ne era quasi sicura. O forse non c'era nessuna regola precisa, bastava solo desiderarlo. Ma i Cinque avevano sin dall'inizio mai avuto la reale possibilità di trovare il sigillo? Dovevano sperare che la consapevolezza del possessore arrivasse con ritardo, che non desiderasse liberarsi e che non sapesse come manipolare gli incubi. Ma era difficile. Durante il risveglio dei ricordi, spinti dagli incubi, si iniziava a volerli tenere con sé, e la separazione diveniva sempre più dolorosa, più complicata. Ciò ovviamente spingeva a non separarsene. In qualche modo ognuno avrebbe trovato la strada.

La vecchia forse desiderava che venisse trovata la chiave. Non che il mondo fosse sigillato. Ma perché? pensò la ragazza.

Il risveglio poteva avvenire in qualsiasi momento e interessare chiunque. Aria pensò a sua nonna e alla signora Frost, per loro era stata una cosa innocua. Un ricordare, quando desiderassero ricordare, e dimenticare quando non volessero tenerlo a mente. Ma non era giusto così. Bisognava ricordare in ogni momento. Era un dovere.

La ragazza sorrise ripensando a Dan e le biglie si scaldarono, ritemprate da questi pensieri così potenti. Aria non aveva più paura di niente. Arrivata ai cancelli del giardino degli aranci, i Cinque sembrarono sorpresi e si fermarono, mentre lei avanzava con estrema sicurezza. La nebbia sembrava essere più forte che pochi minuti prima. A qualche metro di distanza non si riusciva a vedere bene.

I Cinque la bloccarono: "Dacci l'incubo ora, e dicci dov'è".

"Ancora? Vi ripeto che…"

"E noi non ti crediamo" disse il Primo, "la palla è in mano nostra".

"Razza di… Io desidero solo cedervi il sigillo e tornarmene alla mia beata vita" urlò Aria. "Non me ne frega niente dei vostri dubbi. Seguitemi e basta. La palla è solo in mano mia. Sempre che voi vogliate il sigillo", camminò più velocemente trascinandosi Isaac dietro, che abbozzò un sorriso involontario.

"Ehi, ragazzina, fermati immediatamente", il Primo camminò fino a lei e la schiaffeggiò con tale forza che cadde a terra. "Abbassa quel tono o farai una brutta fine".

Lei si rialzò: "Beh, forza", allargò le braccia, "poi voglio vedere come recupererete il sigillo", si inchinò provocatoriamente, "signore".

Il baffuto trascinò Henry di fronte a lei. Il ragazzo era così pallido che sembrava essere già morto. Il ginocchio sinistro sanguinava sotto il jeans. L'uomo lo lasciò cadere a terra. Sembrava come una marionetta nelle sue mani. Aria si morse il labbro.

"Se fai scherzi o ti permetti ancora di parlarmi in quella maniera… Vedi il ragazzo?" fece un segno all'uomo baffuto che strattonò il braccio sinistro di Henry con violenza, fino a romperlo. Il rumore dell'osso che si spezzò le fece venire la nausea e vacillò.

"Perderà pian piano un pezzo", disse sicuro di sé il Secondo con grande soddisfazione.

"Signore" disse l'uomo baffuto, "secondo me è all'altro ragazzo che bisognerebbe staccare qualche pezzo".

"Procedi" disse colpito.

Will nascose i serpenti sotto pelle e si preparò. Indurì lo sguardo, sapeva che sarebbe successo. L'omone gli slegò le mani e lo tenne fermo per le spalle.

Aria guardò impassibile, fino a quando l'uomo baffuto, con la sua grassa stazza, non trascinò Will di fronte ad Aria e non prese una delle sue braccia.

"Fermi, maledetti, fermi!" urlò lei dimenandosi. Isaac riusciva a tenerla a malapena.

"Oh, ecco il punto debole" disse il Primo. "Avanti".

Aria cercò di raggiungerlo, voltandosi prima verso l'uomo che stava dietro Will, poi verso il Primo Sacerdote. Ma le sue minacce silenziose non servirono a fermarli.

L'uomo baffuto afferrò il braccio di Will.

"Fermo!" urlò ancora Aria.

Girò il braccio innaturalmente, fino a spezzarlo. Will non emise che un lieve gemito e guardò con profondo disprezzo il suo aguzzino. Piccole gocce di sudore iniziarono a scendere dalla fronte. Il suo solito ciuffo ribelle pendeva debole sulla guancia.

Il Secondo rise felice.

"Torna al tuo posto" ordinò il Primo a Will.

"Maledetti" disse Aria, pensando a quando gliel'avrebbe fatta pagare.

"Ora sarai più disciplinata" disse uno di loro a un paio di passi da lei.

Lei si voltò e riprese a camminare, ignorandolo, e lanciò una breve occhiata dispiaciuta a Will quando lo sorpassò. Ma lui stava bene, ci voleva ben altro per piegarlo. Era Henry a stare in piedi a malapena. Si chiese come avrebbero fatto a trascinarlo via.

Appena superato il cancello, Aria fu invasa dal solito, intenso profumo. Una lieve brezza aveva spazzato via la nebbia che, come ogni volta, era assente. Forse non era stato merito della brezza, quel luogo era sempre sgombro dalla nebbia.

I Cinque sembrarono sorpresi. Quel luogo era un mondo a parte, era vitale eppure anche oscuro, uno strano, distorto equilibrio che Aria non era ancora riuscita a mettere in chiaro.

Come poteva un luogo così bello, così vivo, in cui le stelle risplendevano in cielo ogni notte e la nebbia non poteva entrare, essere anche così carico di terrore?

La ragazza vide distanti due ombre. La vecchia piegata su se stessa appariva una piccola montagna, un tronco spezzato. Al suo fianco vi era una nuvola scura che si confondeva con l'ambiente e che gravava su di lei come fosse un prolungamento, ma era qualcosa di più. La sovrastava. Aria lo percepì chiaramente, e la vecchia lo temeva e amava allo stesso tempo. Lei provava la stessa cosa nei confronti di quel luogo. Era un legame invisibile.

La ragazza seguì la direzione che il raggio di luce, nel suo incubo, le aveva mostrato e si fermò di fronte a un albero. Le due figure erano sparite.

"Eccoci qui" disse Aria senza voltarsi. I passi delle altre persone si arrestarono alle sue spalle.

"Bene" disse il Primo.

"Procediamo" aggiunge il Secondo, impaziente.

Uno di loro continuava a tacere, a pochi passi dagli altri. Aria lo aveva notato sin da subito.

Isaac spinse Aria verso l'albero. La ragazza lo guardò e lui annuì come a incoraggiarla. Will si tirò avanti, portandosi dietro l'uomo alto tre piani. Poi si strinse con forza il braccio sinistro, facendo una smorfia.

"Voglio Henry accanto a me" disse la ragazza prima di cominciare.

L'uomo baffuto lo gettò a terra ai suoi piedi, tanto non sarebbe potuto scappare neanche volendo.

Isaac si allineò a Will con un movimento quasi impercettibile. Aria raccolse l'incubo e sospirò.

I Cinque fecero un altro passo in avanti.

Aria sentì qualcosa di simile al battito del cuore, sempre più forte, e capì da dove provenisse. Era sotto i suoi piedi, la terra tremava lievemente. Nessuno riusciva a percepirlo. Lei si voltò a guardare i Cinque, sembravano provati, come se mettere piede in quel posto li schiacciasse.

Il Secondo Sacerdote si appoggiava al Primo, un altro era voltato verso il cancello. Il Quarto si guardava intorno come fosse spaventato da qualcosa. Il Quinto ansimava come se avesse corso fino a quel momento, si era distanziato ancora di qualche passo.

Che strano, pensò Aria osservandoli bene. Lei non si sentiva così, neanche Isaac o Will, le sembrava.

"Allora, sbrigati" disse il Primo con un tono d'urgenza, voleva fuggire di lì con il sigillo.

Aria si era fermata di fronte all'albero che era proprio al centro del giardino. La luce iniziava a salire piano oltre il muretto che delimitava il giardino.

La ragazza prese in mano il suo incubo. Il tronco sembrava aspettare. Aria sentì le biglie bruciare e le strinse forte. Nascosta dal procione, spinse il palmo della mano con le biglie sul tronco, come colpita da una profonda consapevolezza; qualcuno sembrava stesse guidando il suo gesto.

Sul legno iniziò a prendere forma un disegno luminoso. Una luce potentissima costrinse tutti a coprirsi gli occhi, tranne Aria, che sembrava ipnotizzata. Lei chiuse gli occhi. Desiderava con tutte le sue forze avere la chiave. Ripensò a Dan, al suo bel mondo pieno di sole, in cui il tempo scorreva e ogni cosa era possibile.

Isaac le stringeva forte le spalle, come se avesse paura che venisse spazzata via da un momento all'altro.

Il disegno sull'albero stava per completarsi. Aria teneva ancora la mano sopra. Quando l'ultima linea si chiuse, il disegno si illuminò di colpo, poi si annerì, come se stesse morendo, e si spense.

Aria staccò il palmo della mano e lo guardò. Sopra, l'immagine si era trascritta con chiarezza. Le linee nere bruciavano e le biglie erano sparite. Quello che vedeva era un marchio, sentiva che le era sempre appartenuto, come se fosse semplicemente emerso da dentro di sé e si fosse fatto strada tra la carne. Eppure era stato l'albero a trasferirlo sulla sua pelle, non il contrario.

La ragazza notò le sei foglie che spiccavano, una di esse, la terza, sembrava leggermente più grande delle altre ed era nera. Le altre, invece, mantenevano solo le linee intorno, così come ricordava di averle disegnate sul quaderno.

"Allora, allora" urlò il Primo avvicinandosi, "dov'è?"

Aria, come se sapesse già cosa fare, si staccò da Isaac che comprese al volo e diede una gomitata all'omone. La ragazza si piegò, poggiò il palmo della mano a terra e afferrò Henry. Will si aggrappò a lei e il pavimento sparì, come se la sua mano l'avesse disintegrato.

I tre caddero in quel buco buio, inizialmente con lentezza, come a rallentatore. Aria vide i Cinque fiondarsi verso di loro. Poi vide il Quarto con le mani nei capelli e Isaac fuggire via, sapeva che Aria sarebbe tornata a prenderlo, a prendere tutti loro.

Solo in quel momento la ragazza pensò a sua madre, da sola in quella casa, spaventata a morte dalla vita, e a sua nonna, convinta di avere ragione, cieca quanto chiunque altro. Quell'oscurità l'inghiottiva e sentiva come se la stesse disgregando in tanti piccoli pezzi. Continuò a stringere il braccio di Henry, che non riusciva a vedere e a controllare che Will non la lasciasse andare.

Aria non era in grado di tenere gli occhi aperti, la loro caduta sembrava non avere mai fine, e la sensazione che provava era strana. Non le sembrava propriamente di cadere, anzi, le sembrava di venir strappata via da una forza che la trascinava in orizzontale verso un punto preciso. Non stava precipitando, era come se corresse per strada, senza correre. Poi di colpo più niente.

***

"Che intenzioni hai?".Wade cercava di calmare l'amico che non ne voleva sapere di fermarsi.

"Faccio quello che avrei dovuto fare tanto tempo fa. Vado da lui" disse Lucas senza tentennare. I suoi occhi decisi ebbero il potere di chiudere la bocca di Wade che non aveva mai visto l'amico così sicuro.

"Ti ascolto".

"Io conosco i Cinque. Devo andare lì e tentare".

"Se vai tu, vengo anch'io".

"Tu devi restare Wade, se Aria e Will dovessero tornare... uno di noi deve essere qui ad accoglierli".

Wade sospirò. "Come farò a sapere che è andato tutto bene?" Si preoccupava terribilmente per l'amico. I due erano stati inseparabili per tutti quegli anni. Si sostenevano e proteggevano l'un l'altro.

"Il consiglio è stato praticamente smantellato" disse Lucas.

"Non è vero".

"Sai che è così. Le riunioni sono diventate rare. Non ci lasciano la stanza, le attrezzature. La scorsa settimana mi hanno bloccato all'ingresso con una scusa. E lo stesso è successo agli altri" sospirò. I ruoli sembrarono essersi invertiti.

"Apri gli occhi, Wade. Qui non frega più niente a nessuno. Pensano che chi vuole andare, è libero di farlo. Del resto finché non entrano in guerra che gliene importa? Potrebbe non succedere mai".

"Ma succederà!"

"Certo, se il sigillo viene trovato. Ma potrebbe non accadere mai. E per loro questo ora non è abbastanza. Quindi addio consiglio, benvenuti sacrifici" disse Lucas infilandosi lo zaino sulle spalle. "Per questo devo andare" aggiunse uscendo dalla stanza e percorrendo il corridoio seguito dall'amico, poi si fermò sulla soglia della stanza dalle pareti azzurre. "Ho già perso un figlio e ora devo combattere per quello che resta. Fino a ora, non l'ho fatto" sospirò.

Wade gli poggiò la mano sulle spalle: "Sono sicuro che sta bene".

"Lo troverò a ogni costo e risolverò questa situazione con i Cinque, fosse l'ultima cosa che faccio" disse Lucas stringendo le mani a pugno.

L'uomo sembrava essere stato catturato da un pensiero molto potente, tirò fuori dalla tasca una piccola scatola nera e la strinse con forza serrando le labbra. "Tocca a me" pensò senza smettere di guardarla.

Wade chiese istintivamente: "C'è dell'altro?"

"Non ho detto la verità sui Cinque" rispose in un sussurro. "Non ho detto la verità…"

I due rimasero immobili, quasi senza respirare, inghiottiti dal silenzio assordante di quella stanza vuota.

Capitolo 16

Di colpo si schiantarono contro un pavimento duro, innaturalmente duro.

Aria aprì gli occhi e a tentoni cercò gli altri. La nebbia era così fitta che ostacolava la vista.

Quel luogo le toglieva il respiro. Un forte senso di oppressione e di angoscia la colpì. Sentì lo stomaco contorcersi. Si guardò intorno impaurita: il non riuscire a scorgere un minimo segno che le permettesse di orientarsi la stordiva. Dov'era? Che cosa doveva fare?

Poi tra la nebbia comparve la sagoma di una casa, come se fosse stata sempre lì e lei non l'avesse notata.

La ragazza fece qualche passo in avanti. Il disegno sulla mano le bruciava, lo guardò per la prima volta con attenzione. Era l'immagine stilizzata di un albero, come quello che aveva disegnato sul quaderno quel giorno, ma al centro c'era qualcos'altro, sembrava un seme, anche se non ne era certa, in quel punto non era chiaro, come se quella figura volesse nascondersi nella carne.

"Benvenuta", una voce che sembrava vicina eppure lontana le parlò.

Aria guardò dritto davanti a sé, la nebbia si diramò lentamente, eppure la casa non era ancora messa a fuoco, così come la piccola figura, nascosta in una nube scura. Due occhi di un azzurro sbiadito si fecero largo lentamente.

"Sei tu, la vecchia donna?" sussurrò Aria.

La vecchia aveva gli occhi e le guance infossate, braccia e gambe esili come grissini, la pelle ingrigita la rendeva indistinguibile dalla nebbia, sembrava ormai tutt'uno con essa. I movimenti erano rigidi e leggeri, il suo corpo era piegato in avanti in una posizione innaturale, rattrappito e stanco, e sembrava scricchiolare a ogni passo. Si fermò a una manciata di metri da lei, Aria si meravigliò per i suoi lunghi capelli argentei, l'unica cosa che di quella figura non le faceva ribrezzo.

"Non mi aspettavo che ce la facessi, anche se lui ne era più che convinto" si voltò verso la casa. La piccola finestra in alto sembrò emettere un grugnito. "Ma ce l'hai fatta invece" disse con una voce flebile e sofferente, piegando il suo piccolo corpo gracile in avanti con uno stridio fastidioso, come di ossa che si spezzano e ricompongono.

Aria aspettò che la donna continuasse.

"Memoria o non memoria, il possessore destinato alla chiave si sarebbe risvegliato, se non oggi, domani. E le possibilità che quei Cinque babbei riuscissero a trovare il possessore, attraverso lo studio di ogni incubo, era a dir poco una scommessa impossibile, come trovare un ago in un pagliaio. Non dipendeva da me, ma io desideravo che tu trovassi la chiave" disse come se invece intendesse il contrario. Poi guardò verso la finestra e continuò: "L'ho desiderato in ogni mondo che ho creato, tutti la stanno cercando e…" si rese conto di aver detto troppo, ma pensò che tanto quella ragazza non sarebbe mai uscita di lì. Mai.

"C'è una chiave per ogni mondo?" chiese Aria interrompendola.

"Oh certo mia cara. Una chiave e un sigillo. Però nessuno ci era ancora riuscito. O almeno, nessuno era sopravvissuto" strinse le mani ossute al petto. La ragazza notò le sue unghie lunghe e scure.

Aria strinse il palmo con il disegno al petto: "La chiave e il sigillo sono la stessa cosa non è così?"

La vecchia la guardò sorpresa.

Continuò la ragazza: "Questo stesso disegno è entrambe le cose e si può usare in ogni direzione".

"Come hai fatto a capirlo?"

"L'ho sentito" rispose serrando le labbra.

Una risata fragorosa che non sembrava umana, ruppe la loro discussione.

"È proprio la sostituta, non c'è altro dubbio".

"È solo arrivata fino qui e…" disse tentennando.

"Ti sembra poco? Guardala, è come te quando sei arrivata. Non è invecchiata ancora di un istante".

Aria tentava di capire da dove provenisse la voce ed era sicura che la fonte fosse quella piccola finestra. Eppure quella voce si distorceva e ricomponeva come se provenisse da un luogo lontano. Metteva i brividi.

"Chi diavolo sei, vigliacco?" urlò Aria ritrovando il coraggio. "Vieni fuori se hai coraggio".

La voce rise di nuovo, era ancora più aspra e sottile, e arrivò ad Aria come una pugnalata.

"Mi piaci, ragazza".

"Quando sei arrivata qui qualcosa è cambiato" sussurrò la vecchia, che tremò vistosamente, poi ritrovò stabilità. Tutte le parti in causa tacevano.

Aria tentava ancora di trovare gli altri e allo stesso tempo una via d'uscita, ma continuava a non riuscire a orientarsi.

"Non troverai una via d'uscita. Qui non c'è. Non per te, ragazza".

"Io ho la chiave o mi stai dicendo che questo è tutto un imbroglio?" alzò in alto la mano che si illuminò come un faro tra la nebbia.

"Quello sarebbe accaduto, chi lo sa?" disse persa nella follia, "forse sì, forse no" ridacchiò dicendo frasi sconnesse, "se tu non fossi destinata a me, a lui…" disse la vecchia.

"Che cosa stai dicendo?" chiese lei ritirando la mano.

"Sei viva, sei arrivata fino a qui e lui dice che gli appartieni".

"Io non appartengo a nessuno. Tantomeno a voi".

La voce rise di nuovo.

"Dove sono i miei amici?"

"Ma come, non li vedi? Sono proprio accanto a te" rispose la vecchia.

Aria si guardò intorno e la nebbia si diradò rapidamente, scoprendoli. Henry e Will erano accasciati a terra improvvisamente invecchiati.

"Che cosa gli avete fatto?" urlò Aria.

"Non sei invecchiata di un istante, tu non puoi andare via di qui. Non sei destinata a usare la chiave per guidare le persone fuori. Non tu. Tu rimarrai qui".

"Neanche per sogno!" urlò seria la ragazza cercando di digerire lo shock di pochi istanti prima.

"Sigliamo un patto" disse la vecchia con voce ferma, come se rivivesse un ricordo. "La loro vita per la tua".

Aria sembrò pensarci. I due amici erano a terra, invecchiati di cento anni, sarebbero morti se non fossero usciti da lì.

Will emise un gemito e lentamente si tirò su in piedi, facendo leva sull'unico braccio sano, con uno sforzo immenso. Nonostante l'improvvisa vecchiaia lo avesse piegato, lui insisteva nel rimanere in piedi, ben dritto. Fissava con aria minacciosa la vecchia donna, che fece un passo indietro, sorpresa dal fatto che fosse riuscito ad alzarsi. Aria lo era quanto lei.

Will strinse la mano della ragazza, il braccio sinistro era ancora spezzato.

"Nessun patto" disse con un filo di voce. "Risolveremo tutto" sussurrò lui nel vedere l'aria affranta di Aria.

La vecchia era rimasta imbambolata a fissarli: "Vero amore".

Will e Aria si guardarono, rafforzando la stretta.

"Che aspetti? È il momento" disse la voce con tono minaccioso.

La donna serrò le scarne labbra, le mani tremavano.

"Sbrigati! O ci penserò io" continuò la voce.

La nube nera si fece densa e appiccicosa, si attaccò al terreno e avanzò verso di loro, inghiottendo il corpo immobile della vecchia, paralizzata.

Aria pregò per trovare una via d'uscita, e la vide. A pochi passi da lei a terra, una porticina trasparente si era liberata dalla nebbia. Strinse la mano di Will, prese Henry e si lanciò su quel passaggio, il disegno sul palmo della mano bruciò e loro scomparvero in una nuvola di terra.

"Non può essere" disse la vecchia trascinandosi dolorante verso quel punto; la terra aleggiava intorno a lei come incantata.

La voce riprese a ridere, non troppo dispiaciuta di esserseli lasciati scappare.

"È andata in un altro mondo. Ma non può farlo, nessuno può farlo" disse la vecchia accasciandosi. Il tremore la scuoteva così forte che sembrava stesse per spezzarsi in mille parti.

"Impressionante. Davvero impressionante" disse la voce ritirandosi.

La donna crollò a terra: "Vero amore" sussurrò.

"Sai che per loro non ci sarà nessun futuro. Né per loro, né per il mondo. Quella ragazza è ormai legata a me, per l'eternità".

La vecchia si voltò di scatto a quelle parole.

"Come te".

Lei abbassò gli occhi a terra, prostrata. "Sono così belli… io non so se…"

"Non possono. Il legame è stato stretto, il patto siglato".

"Nessun patto ancora".

"Ma lei mi appartiene comunque. E non riuscirà a uscire di qui".

La donna si coprì il viso con le mani ossute, come fosse raccolta in preghiera, mentre l'ombra scura rise ancora euforica, espandendosi nell'atmosfera e mescolandosi alla nebbia. Come una nuvola pronta a gettare pioggia, sovrastò la piccola figura piegata a terra fino a farla scomparire.

Aria si svegliò smossa dalle urla intorno a lei.

"Ragazza, alzati! Cosa fate lì in mezzo?" disse una donna correndo al riparo.

La ragazza era stordita, si guardò intorno di scatto, piena di angoscia, ma in quel momento non riuscì a mettere a fuoco. Vedeva solo persone scappare, inciampando quasi su di lei, sentiva rumori di spari, parti di pareti crollare. Allungò una mano. Will era svenuto accanto a lei, giovane di nuovo. Di Henry neanche l'ombra.

"Will…" disse debolmente scuotendolo, ma lui non si svegliava. Il pavimento tremò, come se lontano da lì fosse in corso una guerra. Il ragazzo si alzò in piedi e perse quasi l'equilibrio. La vista andava e veniva. Ancora rumori di esplosioni, urla disperate. Will alzò gli occhi. Un soffitto altissimo, di vetro, lasciava entrare e cadere a picco i raggi del sole proprio su di loro, fermi al centro dell'edificio diroccato, che doveva essere di un bianco marmo ora scuro e usurato per la devastazione.

Aria si tirò su, alcune persone la urtarono. Il rumore di un paio di stivali di gomma, una macchia rossa in lontananza, gli oggetti si confondevano, *no rimani in piedi Aria*, si incoraggiò, confusa.

Vi erano detriti a terra, tanto sangue, gente riversa al suolo, ovunque, alcuni strisciavano verso i corridoi che si aprivano sui lati, altri tentavano di alzarsi in piedi. Un uomo era rimasto incastrato sotto una lastra di pietra. Will era ancora privo di sensi. La luce le dava fastidio agli occhi, il palmo della mano le bruciava. Si coprì le orecchie per non sentire quelle urla stridenti, si guardò intorno, sperduta.

Dov'era? Cosa stava succedendo?

Della stessa serie

Seconda Parte

Dopo il Mondo di Nebbia, una nuova dimensione attende Aria, Will e Henry, in cerca di nuovi indizi sulla chiave in grado di riportarli alla loro realtà. Il Mondo del Bosco però non è dei più ospitali: ci sono due schieramenti che continuano a farsi guerra senza un motivo apparente, e la società sembra del tutto arretrata, le donne non hanno potere e sono sottomesse agli uomini, spesso violenti e brutali. Non proprio il posto ideale per una come Aria, che proverà a modo suo a cambiare le cose. Ma, con il passare dei giorni, non sarà invece proprio quel mondo a cambiare i ragazzi?

Nel mentre, Lucas e Wade arrivano nel Mondo di Nebbia alla ricerca dei loro figli, imbattendosi nei Cinque Sacerdoti, che sembrano avere un conto in sospeso proprio con Lucas...

Secondo capitolo della trilogia distopica di Ilaria Pasqua "Il Giardino degli Aranci", "Il Mondo del Bosco" fa luce su alcuni dei misteri irrisolti (qual è l'origine dei Cinque? Come si creano i mondi, e in cosa consiste il "patto"?) senza dimenticare però i personaggi alla base della storia: Aria, Will e Henry, tre ragazzi costretti a una missione sempre più pericolosa e sempre più lontani da quei giorni pacifici dove vivevano in armonia; quei giorni potranno mai tornare?

Terza parte

Intrappolata nei mondi paralleli nati dai patti tra persone disperate e una vecchia misteriosa, la strada di Aria e dei suoi compagni verso il loro "vero mondo" si rivelerà sempre più complicata e impegnativa: mancano ancora tre sigilli da aprire, Will si trova sempre intrappolato nel mondo del bosco e i misteri da svelare dietro a quelle realtà artificiose e inquietanti sono ancora tanti... chi è davvero la "vecchia", e che ruolo ha l'Ombra che si cela dietro di lei? Qual è la vera natura del giardino degli aranci? Ma soprattutto, Aria sarà abbastanza forte da sopportare il dolore che si cela in quei mondi di finti oblio e a portare a termine il suo compito?

L'universo fantasy e distopico inventato da Ilaria Pasqua con "Il mondo di nebbia" e sviluppato in "Il mondo del bosco" trova la sua grandiosa ed emozionante conclusione in "Il confine dei mondi", parte finale della trilogia "Il giardino degli aranci". Sei pronto a seguire il viaggio di Aria, Will e Henry fino alla fine?"

Ringraziamenti

Ringrazio i miei genitori e Rudy per l'incoraggiamento ma soprattutto per la pazienza enorme che hanno sempre.

Ringrazio tutti i film visti e i libri letti, immense fonti di ispirazione e di gioia, il bellissimo giardino degli aranci nascosto nella mia Roma, sempre libero dalla nebbia.

Ringrazio Marco e Annalia di Nativi Digitali per la fiducia dimostratami.

E infine tutte le persone che sono arrivate all'ultima pagina di questo volume.

A voi dico... ce ne sono altri due!

Ilaria

Ti è piaciuto questo libro?

Nativi Digitali Edizioni pubblica testi di autori italiani emergenti in formato digitale, il nostro è un mercato di nicchia, non disponiamo di budget importanti per investimenti pubblicitari e quindi facciamo affidamento anche alla buona volontà dei nostri lettori per farci conoscere. **Vuoi sostenerci?** Hai diversi modi per farlo:

- Scopri gli altri ebook dal catalogo sul **nostro sito www.natividigitaliedizioni.it** e acquistali dallo **store** che preferisci
- Lascia una recensione onesta nella store dove l'hai comprato
- Seguici sui nostri **canali social**
- Se il libro che hai appena letto ti è davvero piaciuto e ritieni che meriterebbe più diffusione, **parlane** ai tuoi amici lettori, oppure sui forum e gruppi di appassionati.

In ogni caso, ricorda: non farti prendere dal panico e, ovunque vai, porta con te un asciugamano.

Indice generale